Bullenbeißer

ms
MännerschwarmVerlag

ROLF REDLIN

BULLENBEISSER

Kriminalroman

Männerschwarm Verlag
Hamburg 2010

Bibliografische Information der Deutschen Bibliothek
Die Deutsche Bibliothek verzeichnet die Publikation in der Deutschen Nationalbibliografie; detaillierte bibliografische Daten sind im Internet über http//:www.dnd.ddb.de abrufbar.

Rolf Redlin
Bullenbeißer
Kriminalroman

Umschlaggestaltung: Carsten Kudlik, Bremen, unter Verwendung einer Fotografie von Denis Potschien - Fotolia.com
Druck: Finidr s.r.o., Tschechien
1. Auflage 2010
ISBN 978-3-939542-87-2

Männerschwarm Verlag
Lange Reihe 102 - 20099 Hamburg
www.maennerschwarm.de

PROLOG

53.728889,10.140833
Hamburg, Duvenstedter Brook

Die Stimme war sein Freund. Sie belog ihn nie. Er konnte sich auf sie verlassen, sie gab ihm ein Gefühl der Sicherheit.

Jetzt zum Beispiel. Er fuhr in einen Kreisverkehr hinein. Die Stimme hatte vorgeschlagen, im Kreisel gleich die erste Straße rechts abzubiegen. Er hatte nicht auf sie gehört. Manchmal brachte es ihm Spaß, einfach nicht zu tun, was die Stimme von ihm verlangte. Einfach mal unkooperativ sein. Im Job hätte er sich das nie getraut. Dabei war es so einfach: statt abzubiegen im Kreisverkehr bleiben, nichts weiter. Er genoss das Gefühl, aus der Reihe zu tanzen.

Wie immer blieb die Stimme ganz ruhig. Jeder normale Mensch hätte jetzt protestiert: Hallo, hab ich nicht gesagt, du sollst die erste rechts abbiegen? Manch einer wäre vielleicht sogar aus der Haut gefahren. Wörter wie Idiot oder andere Schimpfworte wären gefallen. In der Folge hätten sich Eheleute zerstritten und gute Freunde für immer entzweit.

Die Stimme blieb verbindlich und freundlich, ließ ihn einfach eine Ehrenrunde drehen und gab ungerührt erneut die Anweisung, rechts abzubiegen. Er wollte kein Spielverderber sein, folgte der Anweisung und bog ab.

Gestern am späten Abend hatte er einen Zifferncode eingegeben und die Stimme hatte ihn über Nacht verlässlich ans Ziel geführt. Den Code hatte er per Web-Messenger bekommen. Zunächst hatte er nicht gewusst, wohin es ging. Sie waren erst nach Osten und dann lange in Richtung Norden gefahren, hatten Dortmund, Münster, Osnabrück und Bremen passiert und waren jetzt in Hamburg angekommen. Auf die Stimme konnte er sich verlassen. Der BMW schnurrte und glitt dahin. Er fühlte sich sicher und behütet.

Und er ging immer auf Nummer sicher. Den Zifferncode hatte er seinem Trainingspartner Lars gegeben – ein Bulle, wie er im Buche stand. War noch jung, grad Ende 20. Er hatte diesem Lars einen Umschlag gegeben und gesagt: ‹Wenn du bis morgen Mittag keinen Anruf von mir bekommst, dann mach ihn auf.›

Lars hatte nicht weiter nachgefragt. Sie hatten überhaupt nie viel miteinander geredet. Eines Tages hatte Lars ihm geholfen, die Hantel beim Bankdrücken abzulegen. Von da an trainierten sie zusammen. Er wollte nicht reden, sondern einfach nur in seiner Nähe sein. Er hatte sich auf den ersten Blick in Lars verliebt und wusste, dass diese Liebe keine Zukunft hatte. Besser zweimal wöchentlich trainieren und ein bisschen träumen. Manchmal kam er nicht, dann hatte er irgendwelche Einsätze. Lars war pflichtbewusst; im Laufe der Zeit hatte er sich angewöhnt, rechtzeitig Bescheid zu sagen. Mittlerweile kannte er sogar Lars' Dienstplan. Lars dagegen wusste nichts von ihm.

Leere Straßen am Hamburger Stadtrand und die Stimme gab weiter ihre Anweisungen. Er bog nach links auf einen Wanderparkplatz ab. Der Parkplatz grenzte an eine Wiese. Highland-Rinder grasten im Morgennebel. Er stellte den Motor ab und holte tief Luft. Nun musste er ohne die Stimme auskommen. Erste Sonnenstrahlen blitzten durch hellgrüne Buchenblätter. Gleich war es so weit. Er würde sich erlauben, aus der Reihe zu tanzen.

Er dachte an die Firma, an die Ausschreibung in Caracas, die sie gewinnen wollten, und an die E-Mail aus Singapur, die er dringend beantworten musste. Alles so weit entfernt und so klein. Er öffnete die Tür.

Die Luft draußen erschien ihm kühl, dabei war es schon Ende Mai. Er nahm die Krawatte ab, zog das Hemd aus, legte beides ordentlich auf die Rückbank und schlüpfte in ein Sweatshirt. Er hatte extra eines mitgenommen, das nicht zu weit war, wollte dem Gegner möglichst wenig Angriffsfläche bieten. Er setzte sich auf den Fahrersitz, die Beine nach draußen, und öffnete die Halbschuhe. Er zog die Tuchhose aus und stieg in eine kurze Trainingshose. Als er die Laufschuhe zuschnürte, fühlte er sich startbereit.

Er streckte die Finger aus. Waren ganz ruhig, beide Hände! Perfekt! Andere Zeitgenossen stürzten sich an Gummibändern von Brückengeländern ... Er lächelte in sich hinein. Das war kindisch. Tief durchatmen und nicht die Übersicht verlieren. Er musste nur dem Plan folgen.

Stufe eins: warm machen. Er lief auf dem Parkplatz im Kreis, mindestens 20 Runden, beim Zählen kam er durcheinander. Es folgten einige Sprints, dazwischen Liegestütze. Er klopfte den Sand von den Händen.

Stufe zwei: strecken, das ganze Programm. Er drückte gegen einen einzeln stehenden Baum, spürte jeden Muskel in den Beinen. Hoffentlich machten die Waden keine Schwierigkeiten, er neigte zu Krämpfen. Dehnübungen für Brust und Brustwirbel, das brauchte er gewiss. Und dann schön lockern!

Aus der Hosentasche auf dem Rücksitz piepte es: seine Breitling. Das war das Signal, sechs Uhr morgens. Er musste los. Sonnenstrahlen brachen sich jetzt im Blätterdach der Buchen, was für ein perfekter Tag. Der Adrenalinpegel war ebenso perfekt, alle Sinne auf Empfang, alles unter Kontrolle.

Der Gegner. Bisher hatte er sich über den Gegner keine Gedanken gemacht. Was brächte das auch. In einer halben Stunde würde er vermutlich wieder im Wagen sitzen. Als strahlender Sieger oder besiegt, in jedem Fall ziemlich schmutzig.

Er trabte los, den beschriebenen Waldweg entlang. Der andere konnte irgendwo lauern. Bloß wo? Er spürte den Puls und war doch ganz ruhig. Hochkonzentriert. Wie mochte er aussehen, wie würde er ihn erkennen?

Mach dir keine Gedanken, ich erkenne dich, hatte der Gegner ihm geschrieben.

Er sah ihn nicht kommen. Auf einmal war der da. Er dachte nicht, reagierte nur. Instinktiv: Griffe, Würfe, Schläge. Der Gegner war überall zugleich. Überall und nirgends. Verdammt! Er fand sich selbst am Boden wieder. Der gegnerische Arm legte sich um seinen Hals. Er spürte noch den klammernden Griff. Seine Abwehr scheiterte. Die Klammer an der Halsschlagader schloss sich. Ihm wurde schwarz vor Augen.

1

Geografisches Gitter. Ein über die Erdkugel gelegtes Gitternetz aus Längen- und Breitengraden. Die Längengrade verbinden die beiden Pole, die Breitengrade verlaufen parallel zum Äquator. Zu den Polen hin verringern sich die Abstände zwischen den Längengraden. Das Gitter besteht daher aus ungleich großen Feldern.

51.261149,6.736282
Düsseldorf, Messe

Das war knapp. Hinter mir zischten die pneumatischen Türen der Stadtbahn. Der Zug fuhr mit sanftem Rucken an. Die beiden Waggons waren nur noch spärlich besetzt. Die Messe hatte ihre Tore für heute geschlossen.

Der Dienst auf der Messe gefiel mir, er bot Abwechslung vom Polizeialltag. Ein paar Tage ohne die üblichen Verdächtigen aus Unterschicht oder Migrantenmilieu. Einmal nicht in der Gosse waten, keine Butterfly-Messer, keine Fußballfans. Fälle von Betäubungsmittelmissbrauch kamen hier eher selten vor und beschränkten sich auf weißes Pulver in den Nasen von Werbeleuten. In den Sanitärräumen hockten keine ausgemergelten Gestalten, um sich Glücksbringer in die Venen zu pumpen. Langweilig? Nein, langweilig wurde es nicht. Auch Menschen mit scheinbar gesichertem Einkommen begingen Eigentumsdelikte. Sie entwendeten Notebooks oder iPhones. Das war ebenso erschütternd wie beruhigend. Irgendwie waren die Menschen eben doch alle gleich. Die Arbeit würde mir nie ausgehen.

Ich setzte mich auf einen der freien Plätze und schaute zum Fenster hinaus. Bald würde es draußen ganz dunkel sein. Die Straßenbeleuchtung nahm glimmend ihre Arbeit auf. Werbung für Druckmaschinen klebte auf den Scheiben, auf freien Seitenflächen, man konnte nirgendwo hinschauen, ohne sie zu lesen. Eigenartig. Ob der durchschnittliche Fahrgast jemals in seinem Leben eine Druckmaschine kaufen würde? Doch alle vier Jahre lockte diese Messe Fachpublikum aus der ganzen Welt nach Düsseldorf. Heute Mittag war ein aufgeregter Chinese bei uns auf der Wache gewesen. Der bemitleidenswerte Mann war am Vormittag, müde nach durchzechter Nacht, auf einer Parkbank im Freigelände unter den wärmenden Strahlen der Sonne eingeschlafen. Als er wieder aufwachte, fehlte die Notebooktasche. Obwohl es von vornherein aussichtslos war, begleitete ich den Asiaten zur Parkbank. Gemeinsam und auf Englisch radebrechend irrten wir über das Messegelände. Selbstverständlich glaubten weder der Einsatzleiter noch ich, dass dies von irgendwelchem Nutzen sein mochte. ‹Flagge zeigen› lautete die Devise, die Messe-Polizei wollte bei einem Besucher aus Übersee nicht den Eindruck von Untätigkeit erwecken. Das Notebook mit den so wichtigen Firmendaten fand sich natürlich nicht wieder an. Na ja, das war wohl nicht nur in Düsseldorf so.

Unwillkürlich tastete ich nach der Sporttasche. Die stand immer noch neben mir auf der Sitzbank.

51.201738,6.781257
Düsseldorf-Bilk, Himmelgeister Straße

Das Top-Fitness hatte rund um die Uhr geöffnet. Grelles Licht leuchtete mir durch die Schaufensterscheiben entgegen, doch senkrechte Lamellen versperrten die Sicht in das Innere des Studios. Ich öffnete die Tür und sogleich hüllte die gleißende Helligkeit mich ein. Am Tresen stand wie immer um diese Zeit Angela. Ihr Lächeln strahlte mindestens so hell wie die zahllosen Halogenlampen. Ich fand Angela ziemlich attraktiv, keine Frage. Wenn sie mich nur nicht so an meine Ex erinnern würde. Der gleiche Kurzhaarschnitt, der gleiche Sport-BH. Genauso hatte ich Petra in Erinnerung.

«Hallo Lars», begrüßte sie mich.

Sie sah gut aus. Sie sah sogar verdammt gut aus. Das sollte ich ihr bei Gelegenheit mal sagen. Und überhaupt: Ich wurde das Gefühl nicht los, Angelas Lächeln könnte mehr bedeuten als professionelle Freundlichkeit. Ob ich mit ihr anbändeln sollte? Mein Blick streifte den BH. Es schien, als könne ich darunter mehr Fülle ausmachen als bei Petra. Wer redete den Frauen eigentlich ein, sie müssten wegdrücken, was sie eigentlich vorzeigen sollten?

«Alles okay?», fragte Angela.

Ich zwinkerte ihr wortlos zu, nickte und ging in die Umkleide.

Während ich mich dann beim Spinning abstrampelte, kreuzten sich unsere Blicke ein weiteres Mal. Alles klar, das könnte wohl was werden. Ich musste nur wollen, die war bereit.

Nach Petras Abgang vor einem halben Jahr hatte ich mich voller Enthusiasmus in den Kontaktmarkt gestürzt. Das mit den sorglosen One-Night-Stands klappte allerdings nicht so wie erhofft. Ich erinnerte mich genau an das letzte Mal. Ein Kollege nahm mich nach Recklinghausen in das ‹Pflaumenbaum› zu einer ‹Screw-Me-Party› mit. Am nächsten Morgen wachte ich neben einer brünetten Versicherungskauffrau auf. Beim gemeinsamen Frühstück schwärmte sie vom eigenen Reihenhaus mit Garten. Ich zögerte keine Sekunde und folgte dem Fluchtreflex.

In der nächsten Schicht riet mir Kollege Sakowski zu mehr Gelassenheit. Nüchtern kommentierte er meine Trennung: ‹Deine Petra hat wahrscheinlich schon lange 'nen anderen Stecher gehabt ...› Beinahe hätte ich mich deswegen mit ihm geprügelt, wenn nicht jemand geistesgegenwärtig dazwischengegangen wäre. Wer weiß, vielleicht hatte Sakowski recht.

Angela trug fast immer knappe Oberteile und zeigte Bauchnabel. In diesem Umfeld war sie eine der wenigen Frauen ohne Nabelpiercing und Schlampenstempel. Das gefiel mir. Es gefiel mir sogar außerordentlich. Piercings sind ordinär, ich habe keine Lust auf Frauen, die jeden mal ranlassen. Über die das halbe Fitnessstudio schon rübergerutscht ist.

Für ein paar Minuten beobachtete ich sie. Angela sprach mit einer Kundin, anscheinend einer Anfängerin. Sie legte dabei diese Art automatischer Freundlichkeit an den Tag, die auch Verkäuferinnen haben. Das Studio füllte sich und manche Besucher beeindruckten mit stattlichen Muskelpaketen. Ein gebräunter Laffe baggerte ganz ungeniert. Als der in der Umkleide verschwunden war, drehte sie sich plötzlich zu mir um und zwinkerte mir zu. Ach Angela, wenn du bloß Petra nicht so ähneln würdest. Das Letzte, was ich jetzt am Hals haben wollte, war eine Art Ersatz-Petra.

Nach meiner Übernahme in den Polizeidienst waren Petra und ich in eine gemeinsame Wohnung gezogen und hatten fünf Jahre zusammengelebt. Fünf schöne Jahre. Petra hatte eine Ausbildung zur Krankenpflegerin absolviert, einige Jahre in einer Klinik gearbeitet und war dann in den Außendienst eines Herstellers von Klinikprodukten gewechselt. Während ich mich durch meine Schichtdienste quälte, erwies sich Petra als Vertriebsgenie. Sie stieg in die Leitungsebene auf und ihr Gehalt übertraf meine Bezüge bald um das Doppelte. Es kam, wie es kommen musste. Aus heiterem Himmel machte sie Schluss, angeblich, um zu sich selbst zu finden. In einer Partnerschaft ginge das nicht, die würde sie nur einengen. Ich kam mir vor wie ein Idiot. Vermutlich war ich in ihrer neuen Umgebung nicht vorzeigbar, in der die Männer Cabrio fuhren oder dunkle Limousinen.

Inzwischen fühlte ich mich vom Spinning gut aufgewärmt

und begann das Training an den Kabelzügen. Trapezmuskel und Trizeps standen auf meinem Trainingsplan. Viele Männer verbringen Stunden mit Bizepstraining, um mächtige Oberarme zu bekommen. Das ist ziemlich dumm, schließlich hängen die Arme meistens einfach nur herunter, und dann bestimmt allein der Trizeps, ob ein Oberarm kräftig wirkt oder nicht. In mehreren Sätzen streckte ich die Arme gegen das auf die Kabelzüge wirkende Gewicht, bis sie schön aufgepumpt waren und die Muskeln hervortraten. Zu meinem Leidwesen ist mein Körperbau von Natur aus gedrungen. Meine Gene haben mich nicht mit übermäßiger Körpergröße gesegnet. Meine Extremitäten sind eine Spur zu kurz, dafür aber umso kräftiger ausgeprägt. Gern hätte ich ein klein wenig athletischer gewirkt.

«Weißt du eigentlich, welcher außerordentlichen Gunst du dich erfreust?» Jemand sprach mich von hinten an. Das konnte nur der schöne Tim sein, der hier als Trainer die Anfänger und Gelegenheitsbesucher betreute. Ich beendete meinen Satz und wandte mich um.

«Hi Tim, keine Ahnung, wovon sprichst du?»

«Unzählige Typen haben Angela erfolglos angebaggert. Nicht umsonst nennt man sie ‹das blonde Eis›. Doch momentan scheint sie nur Augen für dich zu haben.»

«Ernsthaft?»

«Ernsthaft! Tu nicht so, als ob du das nicht bemerkt hast. Ich hab doch selbst gesehen, wie ihr euch zuzwinkert. Was läuft denn da?»

«Nichts läuft da, ich brauche meine Ruhe und Abstand. Weißt du doch.»

Tim lachte: «Dann pass mal auf, dass nicht noch mehr geredet wird ...»

«Was wird geredet?»

Ich bemühte mich, den aufkeimenden Ärger zu unterdrücken.

«Du und Gerd, dieser Smartie, das ist schon aufgefallen, dass ihr beide unzertrennlich seid. Wenn du Angela flachlegst, könntest du deinen Ruf festigen. Bisher konnte noch keiner bei ihr einen Stich landen.»

So ein Quatsch! Gerd und ich waren nicht ‹unzertrennlich›, es machte einfach nur Spaß, mit ihm zu trainieren. Wir sahen uns ausschließlich im Studio. Als es mir nach Petras Abgang schlecht ging, hat Gerd mir ohne dumme Sprüche zugehört.

«Wieso Smartie? Gerd ist beruflich erfolgreich, da muss man schon ein bisschen smart sein», entgegnete ich.

Der schöne Tim grinste. «Sag nicht, dass du es nicht weißt? Da wärst du wohl der Einzige ...»

«Was soll ich wissen?»

«Na, dass dein Gerd ein Schwanzlutscher ist.»

«Gerd ist schwul?!»

Mir verschlug es die Sprache. Tim lachte schallend. «Manchmal seid ihr Bullen noch einfältiger, als man so denkt. Soll ich dir mal was verraten: Der war sogar in dich verknallt.»

«Du spinnst ja total», ich tippte mir an die Stirn. «Woher willst du das denn wissen?»

«Wir haben über dich gesprochen, als wir zusammen waren.»

«Hör jetzt auf mit diesen Spielchen, wann habt ihr beide über mich gesprochen?»

Nun senkte Tim die Stimme, schaute in die Runde und zischte mir leise, aber deutlich ins Ohr: «Na, manchmal bläst er mir einen. Und glaub es mir: Er kann das ziemlich gut. Das hat sonst weiter nichts zu sagen, er hat bar dafür bezahlt ... jedes Mal.»

So ein Idiot. Ich wandte mich abrupt von ihm ab. Was war der Kerl nur für ein Waschweib! Zu gern hätte ich ihm die Eier einzeln zerquetscht. Zum Glück ließ ich mich nach zehn Jahren Berufserfahrung nicht mehr so leicht provozieren.

Bloß weg hier. Da suchte ich mir besser ein anderes Studio. Meinetwegen konnte Gerd ja mitkommen. Diesen Tim wollte ich nicht wiedersehen.

Draußen war es inzwischen dunkel geworden. Eine Bahn näherte sich, doch ich brauchte jetzt einen Spaziergang. Den Kopf klar bekommen. Hinter mir verblasste das Licht des Fitnessstudios.

51.199802,6.780973
Düsseldorf-Bilk, Am Steinberg

In meiner Einzimmerwohnung lebte ich so, wie es Petra niemals toleriert hätte: Alt-Bier füllte den Kühlschrank, Frühstücksbrett und Besteck lagen die ganze Woche über auf dem Küchentisch. Wozu abwaschen, wenn es ohnehin immer wieder benutzt wurde? Ich öffnete ein Schlösser und streckte mich auf der Couch aus.

Ob das wohl stimmte mit Gerd? Und wenn ja, wieso habe ich nichts davon bemerkt? Wir treiben Sport zusammen. Na und? Gab das diesem Tim das Recht, dumme Sprüche abzulassen und Gerüchte zu verbreiten? Ob Gerd diesem Tim tatsächlich den Schwanz gelutscht hat?

Der schöne Tim war einer von diesen Menschen, die ihre Tage ausschließlich im Studio verbrachten. Er hatte eine Traumfigur. Finanziell gesehen brachte der Job als Trainer nicht allzu viel ein. Allein die Nahrungsmittelergänzungen, von denen er zweifellos jede Menge konsumierte, konnten eine schöne Stange Geld kosten. Solche Typen fanden meistens Wege, um sich ein zusätzliches Einkommen zu verschaffen. Mancher dealte nebenbei noch mit anabolen Substanzen, ein anderer jobbte als Model. Wenn der Körper wie gemeißelt aussah, ergaben sich vielerlei Möglichkeiten.

Ob Gerd sich tatsächlich in mich verguckt hat? Jedenfalls hat er mir nicht solche Blicke zugeworfen wie Angela, das hätte ich doch wohl bemerken müssen. Oder hat Gerd die Situation ganz richtig eingeschätzt und sich lieber nichts anmerken lassen? Hat auf Handbetrieb geschaltet und dabei an mich gedacht? Eigenartige Vorstellung. Ist das peinlich oder ein Kompliment? Und was würde nun in Zukunft geschehen? Jetzt, wo ich es wusste?

Erst vorgestern hatten wir noch miteinander gesprochen. Gerd hatte gelacht und gesagt: ‹Lars, frag jetzt nicht, ich mach mal was Unvernünftiges. Wenn ich mich bis morgen Mittag nicht bei dir gemeldet habe, dann öffne diesen Umschlag hier.›

Ich hatte ebenso gelacht, etwas wie ‹du spinnst ...› geantwortet und den Umschlag weggesteckt.

‹Morgen Mittag› war schon lange vorbei, Gerd hatte sich nicht auf dem Handy gemeldet und war auch nicht zum Training erschienen. Hastig suchte ich in der Sporttasche nach dem Umschlag und fischte ihn aus dem Seitenfach. Ein billiger ungefütterter Umschlag ohne Anschrift. Ich nahm ein Blatt heraus, das von einem Laserdrucker beschrieben war.

‹Lars, wenn du diesen Umschlag öffnest, ist vermutlich etwas Ernstes passiert. Als Polizist wirst du wissen, was zu tun ist. Du findest mich hier: 53.728889,10.140833.›

Eine Zahlenkombination, was mochte das bedeuten? Inwiefern war das eine Ortsbeschreibung? ‹Du findest mich hier ...›, hatte Gerd geschrieben. Wo war ‹hier›?

Kurz entschlossen griff ich zum Telefon und wählte die Nummer von Kollege Bergner. Im Dienst und privat waren wir ein eingespieltes Team. Am anderen Ende der Leitung meldete sich Bergners Frau. Ich fragte nach ihm und der Hörer wurde weitergereicht.

«Hallo Lars, nun musst du aber die perfekte Ausrede haben, wenn du mich bei dem störst, was wir hier grade treiben ...» Bergner lachte laut.

«Eine Ziffernfolge in zwei Blöcken als Ortsangabe, was sagt dir das?»

«Und deshalb störst du uns? Das sind UTM-Koordinaten. Für dieses GPS-Satellitensystem. Global Positioning System. Navis, also Navigationssysteme, arbeiten damit.»

Bingo! Darauf hätte ich auch von allein kommen können.

Nun musste ich nur noch ein Problem lösen: «Sag mal, hast du nicht so ein Ding?»

«Klar», antwortete Bergner, «ich bring es nächste Woche mit, wenn wir gemeinsam Dienst haben.»

«Äh, könntest du vielleicht jetzt gleich nachschauen? Ich wüsste gern, wo das ist.»

Bergner seufzte. «Das ist nicht dein Ernst ...»

«Doch, bitte.»

«Sag mal, mir fällt grad ein, wieso guckst du nicht im Internet?»

Ich stutzte. «Im Internet?»

«Ja, bei Google. Google Maps. Müsste funktionieren. Das zeigt dir auch an, wo es ist.»

«Moment, das probier ich gleich mal aus.» Mit der freien Hand schaltete ich den Monitor ein und öffnete den Internet Explorer. «Kleinen Moment noch ... so, fertig.»

Ich gab die Koordinaten ein und Sekunden später hatte ich die Antwort.

«Das ist am nördlichen Rand von Hamburg, direkt an der Landesgrenze zu Schleswig-Holstein.»

«Was hast du da denn vor?»

Im Hintergrund nörgelte Bergners Frau.

«Das erkläre ich dir ein anderes Mal. Kannst du mir noch einen Gefallen tun? Besser gesagt zwei?»

«Geht in Ordnung, wenn ich schon mal dabei bin. Worum geht's denn?»

«Erstens, kannst du morgen meinen Dienst auf der Messe übernehmen, und zweitens, kann ich mir das Navi leihen?»

«Hallo! Ich habe dienstfrei, weißt du das nicht mehr?»

Bergner leistete nur schwachen Widerstand. Das mit dem Tausch von Diensten, noch dazu unangekündigt, war nicht so einfach, aber dennoch machbar. Ich hatte schon häufig für Bergner Dienste übernommen. Als Single war das für mich kein Problem, und ich wusste, eines Tages würde sich das auszahlen. Heute war dieser Tag gekommen.

«Alles klar. Du musst dann eh früh raus. Ich komm morgen früh um fünf bei dir vorbei und hol das Navi raus. Ist der Akku geladen?»

53.728889,10.140833
Hamburg, Duvenstedter Brook

Es dauerte einen Moment, bis ich das Motorrad sicher abgestellt hatte. Für den Seitenständer der Kawasaki fand sich eine Baumwurzel, an der er sich abstützen ließ.

Und nun? Was ich hier vorfinden würde, war mir nicht klar. Allerdings wusste man das vor einem Einsatz niemals. Es kam lediglich darauf an, dass man professionell reagierte.

Aus dem durchsichtigen Kartenfach des Tankrucksacks schaute mich das Display von Bergners Navi an. Wenigstens der kleine Kasten wusste, wo wir uns befanden.

Weiter ging es anscheinend nur zu Fuß. Ich stieg ab und blickte suchend umher. Keine Spur von Gerd. Ein Stück weiter parkte ein einzelner Pkw mit Hamburger Kennzeichen. Die Kühle des Morgens verflog langsam. Ich öffnete den Brustreißverschluss der Lederkombi, nahm das Navi in die Hand und machte mich auf den Weg.

Der Spazierweg durch einen hellen Buchenwald war nur kurz. Auf einer angrenzenden Wiese grasten schottische Hochlandrinder. Hübsch hier.

Dann sah ich rot-weißes Absperrband flattern.

Ich war angekommen. Angekommen an einem zerwühlten Stück Waldlichtung.

«Guten Tag!» Offenbar war ich nicht allein hier. Ich drehte mich um, sah einen sehr drahtigen Mann von Mitte 30 aus dem Gebüsch steigen und auf mich zukommen. Die Vormittagssonne spiegelte sich auf seinem Glatzenansatz.

«Guten Tag», erwiderte ich. «Was ist denn hier los?»

Der Mann zückte einen Dienstausweis und zeigte ihn kurz vor; zu kurz, um ihn wirklich lesen zu können. Doch ich hätte auch so erkannt, dass es sich um einen Kripo-Mann handelte. Die sehen überall gleich aus.

«Hamann, Kriminalpolizei Hamburg, darf ich fragen, was Sie hier tun?»

Ich versuchte mich in einem Lächeln. Es wurde nicht erwidert, vielleicht war es mir misslungen.

«Brentrop, Lars Brentrop, aus Düsseldorf. Ich suche hier nach einem, äh ...», verflucht, wie sollte ich Gerd nur nennen, «... nach einem Freund.» ‹Trainingspartner› hätte sich ziemlich blöd angehört, ‹Bekannter› noch schlimmer. Dann eben ‹Freund›. Wieso auch nicht?

«Und wie kommen Sie darauf, dass Sie Ihren Freund hier finden werden?»

«Na ja, er hat mir für den Fall der Fälle diese Ortsangabe hinterlassen. Wir kennen uns nur flüchtig, aber ich bin auch Polizist, und da hat er wohl ...» Dabei langte ich in die Innentasche der Lederkombi.

Hamann trat sichernd einen Schritt zurück und griff mit der rechten Hand ebenfalls in seine Jacke. Ob ich so furchterregend aussah? Nein, er musste das einfach tun. Eigensicherung geht vor. Es war dumm von mir gewesen, einfach in die Jackentasche zu greifen. In Amerika wäre ich jetzt vielleicht schon tot gewesen.

Hamann runzelte die Stirn, als er meinen Dienstausweis sah. Ich verneinte die Frage, ob meine Anwesenheit dienstlicher Natur sei, fragte noch mal, was denn nun passiert sei. Statt einer Antwort lud er mich zu einem Kaffee ins Präsidium ein. Das sollte kumpelhaft rüberkommen, tat es aber nicht. Hamann konnte ebenso wenig Freundlichkeit spielen wie ich. Ich spürte so etwas wie Sympathie ihm gegenüber.

Die wenigen Schritte zum Waldparkplatz gingen wir schweigend. Auf dem Parkplatz zeigte er ungespieltes Erstaunen, als er das Motorrad sah.

«Bist du ... äh, sind Sie damit heute Morgen aus Düsseldorf gekommen?» Beinahe hätte Hamann die professionelle Distanz unterschritten.

Ich nickte: «Knapp drei Stunden, von der Haustür bis hierher.»

Hamann pfiff anerkennend durch die Zähne.

«Wir können die Mühle unmöglich hier stehen lassen», befand er.

Damit hatte er wohl recht. Wir sahen uns beide an.

Er zögerte einen Moment und fuhr dann fort: «Okay, du fährst einfach hinter mir her, parkst dann vor dem Präsidium und wartest da, bis ich dich hole. Okay?»

Ich nickte und versuchte mich wieder an einem freundlichen Lächeln. Das Eis war anscheinend gebrochen.

53.604863,10.010648
Hamburg-Winterhude, Polizeipräsidium

Im Präsidium führte Hamann mich hinauf in sein Büro. Er teilte es mit zwei weiteren Kollegen. Hamanns Schreibtisch erkannte ich unschwer, denn darauf stand das grasgrüne Modell einer Kawasaki Ninja. Entweder fuhr er das gleiche Motorrad wie ich oder er träumte wenigstens davon.

Lachend zeigte ich auf das Modell. «Schön grün.»

Ein Zucken umspielte Hamanns Augenwinkel, und mir war klar, dass dies als mittlerer Gefühlsausbruch zu werten war. Er bot mir einen Stuhl an und zog los, um einen Becher Kaffee zu besorgen.

Mehr als eine Viertelstunde blieb er verschwunden. Klar, sie würden auf meiner Dienststelle anrufen und sich nach mir erkundigen. Ich war an einem Tatort aufgetaucht und hatte dort mit einem Dienstausweis der Düsseldorfer Polizei herumgefuchtelt. Sie mussten mich überprüfen. Dass sie mich nicht in einem kahlen Vernehmungsraum warten ließen, wertete ich als persönliches Entgegenkommen Hamanns. Die Kollegen, die im Dienstzimmer ein und aus gingen, betrachteten mich mit scheelen Blicken. Ich schaute aus dem Fenster und sah futuristische Hochbahnzüge vorüberfahren. Auf einem dritten Gleis rumpelte ein endlos langer Güterzug vorbei.

Endlich kehrte Hamann zurück. Er war in Begleitung einer

etwa zehn Jahre älteren Frau in elegantem Kostüm. Hamann hielt zwei Kaffeebecher in den Händen, die Frau eine Akte. Sie war zweifellos nicht die Kaffeekocherin, sondern Hamanns Chefin.

Ich erhob mich zur Begrüßung, sie legte die Akte auf den Schreibtisch und schüttelte mir die Hand.

«Guten Tag, Herr Brentrop, ich bin Kriminaldirektorin Berit Jensen. Wir haben zwischenzeitlich mit Ihrer Dienststelle gesprochen. Abgesehen von einer Vorliebe für den offensichtlich kurzfristigen Tausch von Dienstzeiten scheinen Sie ein verlässlicher Kollege zu sein. Gestern Morgen haben Sie auf dem Düsseldorfer Messegelände Ihren Dienst verrichtet, als Tatverdächtiger kommen Sie also nicht infrage.»

Zögerlich hob ich die Hand für eine Zwischenfrage.

Mit einem knappen «Ja?» erteilte sie mir das Wort.

«Entschuldigen Sie, ich weiß immer noch nicht, was eigentlich ...»

Die Jensen sah missbilligend zu Hamann hinüber. Völlig zu Recht hatte der mich im Unklaren gelassen. Mit einer knappen Handbewegung forderte sie ihn auf, das Nötigste kurz zusammenzufassen. Der arme Mann tat mir leid. Mit solch einer Chefin hatte er es gewiss nicht einfach. So eine wie die Jensen hatte immer die besten Zensuren. Die mäßigen Erfahrungen in der Praxis machte sie mit perfekt angepasstem Verhalten bei Besprechungen auf ranghöheren Führungsebenen mehr als wett. Und bestimmt erwies sie sich als Meisterin darin, was man heutzutage gern als ‹Networking› bezeichnet. Unter Garantie bescheinigte die Personalakte ihr ein hohes Maß an emotionaler Intelligenz, Empathie oder wie immer sie das hier nennen mochten. Die Arbeit machte derweil vermutlich dieser bemitleidenswerte Hamann.

Hamann räusperte sich: «... also, ein Jogger hat am Tatort gestern gegen 10:35 Uhr eine männliche Leiche gefunden, etwa 40 Jahre alt. Am Tatort haben wir Kampfspuren gefunden, du hast ... äh, Sie haben das selber gesehen. Das Opfer ist äußerlich unverletzt. Wir vermuten, dass der Tod durch Einsatz von Würgetechniken eintrat, der Bericht der Gerichtsmedizin liegt noch nicht vor ...»

Die Jensen unterbrach Hamann mit einer Handbewegung. Ihr Gesichtsausdruck hatte schon bei Hamanns unbewusst gewähltem ‹Du› eine Spur von Missbilligung gezeigt, nun gingen ihr diese Informationen anscheinend zu weit.

«Bitte fassen Sie sich kurz!»

Die siezen sich doch tatsächlich, schoss es mir durch den Kopf.

«... und auf dem Parkplatz wurde ein 5er BMW mit Düsseldorfer Kennzeichen gefunden, zugelassen auf eine Düsseldorfer Firma. Es handelt sich um den Firmenwagen des Vertriebsleiters Gerd Vollmer.»

Die Jensen drehte ihren Stuhl mit der Lehne zu mir und zeigte mit dem Finger auf mich.

«So, Herr Brentrop, jetzt bitte eines nach dem anderen. Kennen Sie diesen Gerd Vollmer?»

Zu meinem eigenen Erstaunen blieb ich ganz ruhig. Diese Jensen wollte hier die Taffe raushängen lassen. Sollte sie doch.

«Wenn es derselbe Gerd Vollmer ist; ja, den kenne ich.»

Hamann zog einen Personalausweis im Plastikbeutel hervor und zeigte ihn mir. Ja, das war Gerd auf dem Foto, wenn auch noch recht jung. Ich nickte zur Bestätigung.

«Und weiter? Nun lassen Sie sich nicht alles einzeln aus der Nase ziehen. Woher kannten Sie ihn?»

Meine Güte, ist die schlecht drauf. Die Jensen funkelte mich an. Wahrscheinlich verachtete sie mich, den kleinen stämmigen Schutzpolizisten. Ich konnte mir gut vorstellen, was sie von mir dachte. Irgendetwas in der Art von ‹10.000 Volt in den Armen und trotzdem geht im Kopf kein Licht an›. Vermutlich nahm sie es mir persönlich übel, dass bei der Aufnahmeprüfung zum Polizeidienst von Frauen geringere körperliche Voraussetzungen als von Männern verlangt wurden. Höchstwahrscheinlich hatte sie ihre Schwierigkeiten mit Klimmzügen und Bankdrücken gehabt.

«Herr Brentrop, woher kannten Sie ihn?»

«Gerd ist ... Gerd war mein Trainingspartner.»

«Wie war Ihr persönliches Verhältnis zu ihm?»

«Persönlich? Wir haben zweimal die Woche zusammen trainiert, eine Stunde lang, mehr nicht. Ehrlich gesagt, ich kannte bis eben nicht einmal seinen Nachnamen.»

Die Jensen und Hamann schauten ungläubig. Die Stimme der Jensen wurde nun ganz sachlich und ruhig.

«Herr Brentrop, hatten Sie eine sexuelle Beziehung zu Gerd Vollmer?»

Jetzt hatte die Alte mich doch aus der Fassung gebracht.

Hamann schaute unterdes aus dem Fenster.

Ich schüttelte den Kopf und antwortete so entschlossen wie möglich: «Nein!»

«Verstehe. Sie haben sich aber vor über sechs Monaten von Ihrer langjährigen Partnerin getrennt?» Immer noch dieser sachliche Tonfall in ihrer Stimme.

Was sollte das jetzt? Woher hatte sie das? Und was hat Petra mit all dem zu schaffen? Die dumme Schnepfe, vielleicht war sie selbst eine Lesbe? Überzeugt davon, jeder männliche Polizist würde sein Ding in jedes Loch stecken, egal ob Frau oder Mann?

Und sie ließ nicht locker: «Wie hat er sich denn so beim Training verhalten? Oder danach? In der Umkleide? Unter der Dusche?»

Jetzt hatte sie die Grenze überschritten. Das war eindeutig frech. Hamann wurde ein klein wenig rot. Im letzten Moment kriegte ich die Kurve und behielt mich in der Gewalt.

«Sie meinen, wenn mir mal die Seife aus der Hand gerutscht ist?»

Hamann zeigte zum ersten Mal ein schmales Lächeln.

Die Jensen machte eine wegwerfende Handbewegung und stand auf. «Herr Brentrop, mein Mitarbeiter wird Ihre Aussage zu Protokoll nehmen. Vielen Dank für Ihre Hilfe.»

Ich erhob mich, um ihr die Hand zu geben, doch sie hatte schon die Tür hinter sich geschlossen.

Hamann setzte sich mir gegenüber an den Schreibtisch. Wir schauten uns an. Ich deutete auf das grüne Motorradmodell und fragte: «Deine?»

«Hmm», brummte Hamann und nickte dabei, «hab ich mir vor sechs Jahren selbst geschenkt, als ich zur Kripo gekommen bin.»

«Meine ist genauso alt. Hab sie mir nach Übernahme in den Polizeidienst gekauft.»

Hamann zeigte einen Gesichtsausdruck, der wie ein versonnenes Lächeln aussah. Wieder räusperte er sich.

«Sie, also Frau Jensen, steht gewaltig unter Druck.»

Anscheinend hielt er es für erforderlich, sich für sie zu entschuldigen.

«Wie es scheint, haben wir hier so etwas wie einen Serientäter. Dies ist schon der vierte Fall dieser Art. Jedes Mal wurden die Opfer an abgelegener Stelle überfallen, es fand ein Kampf statt. Der Tod der Opfer trat in jedem Fall durch Blockade der Halsschlagader ein.»

Ich nickte. Würgetechniken waren mir vertraut.

«Wir haben bisher nur wenige greifbare Fakten», fuhr Hamann fort. «Die Opfer stammten allesamt aus entfernten Gegenden, sie müssen in irgendeiner Weise zum Tatort gelockt worden sein. Alle Opfer waren durchtrainiert, dem Anschein nach stark genug, um sich wehren zu können. Der Täter muss schon gut beieinander sein, wenn er den Opfern in dieser Weise überlegen war.»

Bei diesen Worten musterte Hamann meinen Oberkörper. Ich hatte die Jacke der Lederkombi abgelegt. Er fixierte mich mit beiden Augen, sein Glatzenansatz glänzte.

«Wenn da noch was ist, was wir hier zur Aufklärung des Falles wissen müssen, dann sag es mir. Bitte. Auch Hinweise auf einschlägige Kontakte von Gerd Vollmer können nützlich sein. Ich muss dir das hoffentlich nicht erklären.»

Ich zögerte kurz und fragte dann rundheraus: «Sag mal, wieso vermutet ihr einen homosexuellen Hintergrund? Und woher wisst ihr von Gerds sexueller Orientierung?»

Nun wurde Hamann verlegen: «Das war ehrlich gesagt ein Bluff von der Jensen. Bei den Taten selbst liegen keine Hinweise auf freiwillige oder erzwungene sexuelle Handlungen vor, auch nach dem Tod des Opfers nicht.»

«Und wie kommt ihr dann darauf?»

«Die ersten drei Opfer waren sämtlich schwul.» Er schaute mich unverwandt an. «Gibt es da noch was, das wir wissen sollten?»

Das gab es. Und ich erzählte Hamann von Tim und dessen Beziehung zu Gerd. Hamann würde eine Dienstfahrt nach Düsseldorf unternehmen müssen.

Er pfiff durch die Zähne. «Das ist mehr, als wir bisher hatten ...»

«Das ist noch nicht alles!» Ich zog den Umschlag aus der Jackentasche, nahm den A4-Bogen heraus, legte ihn vor mich auf den Schreibtisch und strich ihn glatt. Die GPS-Koordinaten schauten mich an.

53.728889,10.140833

«Was ist das?», fragte Hamann.

«Das hat Gerd mir gegeben, bevor er nach Hamburg fuhr. Er wusste anscheinend, dass es gefährlich sein könnte, und hat mich sozusagen als Rückversicherung gewählt.»

«Aber hallo!» Hamann griff nach dem Zettel. «Vielleicht ist das der Weg, auf dem der Täter das Opfer an den Tatort lockt.»

Hamann schob den Zettel in einen Aktendeckel.

«Ich heiße übrigens Torsten», sagte er.

Ich bin mir sicher, dass er versuchte zu lächeln.

51.253844,6.780217
Düsseldorf-Derendorf, Johannstraße

«Na, hast du dir einen schönen Tag in Hamburg gemacht?»

Dienststellenleiter Petersdorff schloss die Tür hinter uns und reckte sein breites Kreuz. Auch mit Ende 40 hinterließ er rein körperlich immer noch einen nachhaltigen Eindruck.

In jungen Jahren war er Motocross gefahren und verblichene Fotos schmückten sein Zimmer. Petersdorff im Fluge auf seiner Crossmaschine, Petersdorff mit verdrecktem Gesicht und einer Champagnerflasche in der Hand. Als ich neu in die Dienststelle gekommen war, hat er mich mal zum Crossen mitgenommen. Ich war ein guter Fahrer, aber mir fehlte der Spaß am Schrauben, denn was mit draufgängerischer Fahrweise an Material zerstört wurde, musste in der Woche darauf mit viel Geschick wieder repariert werden.

Mit übertriebener Höflichkeit bot er mir einen Stuhl an und nahm selbst hinter dem Schreibtisch Platz. Seine Kiefer mahlten. Kein Zweifel, er war erregt. Wenn er sich wegen irgendwelcher Nichtigkeiten aufregte, konnte Petersdorff ausgesprochen laut werden. Blieb er jedoch so seltsam ruhig, dann stand es wirklich schlimm. Ich beschloss, den reuigen Sünder zu geben, komme, was da wolle.

«Ohne Rücksprache mit mir Dienste zu tauschen ist aus disziplinarischer Sicht im Grunde schon vollkommen indiskutabel. Dass ich auf Nachfrage auch noch kräftig flunkern muss, geht nun aber wirklich zu weit.»

Petersdorff pochte mit der unangespitzten Seite eines Bleistiftes auf die Schreibtischunterlage. Ich betrachtete den vergilbten Kaktus auf der Fensterbank.

«Und dann muss ich dich noch bei so einer aalglatten Kriminaldirektorin aus Hamburg heraushauen. Lars Brentrop, was tust du mir da an? Was läuft da?»

Ich entschuldigte mich mit gesenktem Blick. Er hatte ja recht. Die Jensen hatte natürlich penibel den Dienstweg eingehalten und ganz oben angefragt, um Erkundigungen über mich einzuziehen. Aus dem Präsidium hatte man dann Petersdorff angerufen. Er hatte die Jensen zurückrufen müssen. Das Gespräch war wohl in der ihr eigenen Art verlaufen. Was blieb dem Mann übrig, als mich im eigenen Interesse zu decken?

«Verdammt noch mal! Was hattest du da überhaupt zu suchen?»

Er knallte den Bleistift auf die Schreibtischunterlage. Die Mine hat das bestimmt nicht überlebt. Langsam gewann seine Stimme die gewohnte Lautstärke zurück. Ein gutes Zeichen; er war dabei, sich zu beruhigen. Ich entspannte mich und berichtete mit knappen Worten vom gestrigen Tag. Petersdorff hörte mit offenem Mund zu und nickte hin und wieder kaum merklich. Ob er die Sache gefressen hatte? Es schien so.

«Kann ich jetzt an die Arbeit gehen?»

Ich tat einen Schritt in Richtung Tür.

«Nein! So schnell kommst du aus der Sache nicht raus, Lars Brentrop.»

Verdammt, was denn nun noch? Ich hatte mich reumütig gegeben, das fiel mir schon schwer genug. Wollte er mich etwa dazu verdonnern, den Rest des Tages an irgendeinem Computer zu sitzen und einen Bericht zu schreiben?

«Heute wird es nichts mit normalem Dienst.»

Oje, das konnte ja heiter werden. Petersdorff genoss sichtlich meine Verunsicherung und legte eine kleine Pause ein.

«Deine neuen Freunde aus Hamburg haben dich angefordert. Du wirst gleich zum Präsidium fahren und dir dort in der Fahrbereitschaft einen Wagen geben lassen. Damit holst du einen ...», Petersdorffs Blick verharrte kurz auf einer ausgedruckten E-Mail, «... Kriminalhauptkommissar Hamann vom Hauptbahnhof ab. Der kommt mit dem ICE um 11:05 Uhr. Hamann wird hier in Düsseldorf ermitteln und du wirst ihn dabei unterstützen. Alles klar?»

Ich war sprachlos. Damit hatte ich nicht gerechnet.

«Soll ich mich wieder umziehen?»

Petersdorff grinste. «Nee, behalt man die Uniform an.»

Ich wandte mich zum Gehen, hatte schon den Türdrücker in der Hand, da kam Petersdorff hinter mir her und legte mir eine Hand auf die Schulter.

«Lars, noch etwas ...»

Ich schaute ihn an. Er sah mir direkt in die Augen.

«Lars, wenn da irgendetwas dran ist, dann möchte ich zuerst davon erfahren. Und zwar bevor Sakowski Wind bekommt und Sprüche klopft.»

War da tatsächlich ein Anflug von Verlegenheit zu spüren?

«Wo soll was dran sein?»

«Ich werde hier keine wie immer gearteten Diskriminierungen dulden.»

«Was für Diskriminierungen?»

«Wenn du schwul bist, dann steh lieber offen dazu, bevor das Getuschel losgeht.»

Er nahm die Hand wieder von meiner Schulter.

«So ein Quatsch! Dafür gibt es keinen Anlass.»

Als ich die Tür schloss, las ich den Zweifel in seinem Blick.

51.21972,6.794422
Düsseldorf, Hauptbahnhof

Am Hauptbahnhof war natürlich kein Parkplatz zu finden. Aber wozu hatten sie mir in der Fahrbereitschaft einen Ford Fiesta mit NRW-Kennzeichen gegeben? Es ersparte mir die Parkplatzsuche, auch wenn der Kleinwagen bei Hamann nicht viel hermachen würde. Und obendrein konnte jeder Idiot den Wagen als Dienstfahrzeug ausmachen. Ich stellte ihn neben den Streifenwagen der Bundespolizei am Konrad-Adenauer-Platz ab, gab den Kollegen kurz Bescheid und spazierte zum Bahnsteig.

Der ICE kam pünktlich und dank meiner Uniform konnte Hamann mich im Gewimmel rasch finden. Zur Begrüßung zuckten seine Mundwinkel. Er freute sich also, mich zu sehen.

«Lars, ich habe mir einen festen Zeitplan gemacht, damit wir alles schaffen. Fahren wir zuerst in das Fitnessstudio? Ich möchte diesen Trainer dort sprechen.»

Die Jensen war 400 Kilometer entfernt und hatte den Mann dennoch voll im Griff: Er hatte einen festen Zeitplan!

Hinter dem Tresen des Top-Fitness stand Angela im Licht

der Halogenlampen. Ich leistete ihr Gesellschaft, denn Hamann wollte allein mit Tim sprechen.

Sie strahlte mich an. «Lars, beinahe hätte ich dich nicht erkannt. Die Uniform steht dir gut.»

«Oh, danke.»

Ich hätte das Kompliment gern erwidert, aber ich konnte wohl schlecht sagen, dass ihr Busen in einem anderen BH sicher viel besser zur Geltung käme. Die trockene Studioluft kribbelte in meiner Nase. Ich schnäuzte in mein Taschentuch.

«Hast du dich erkältet?», fragte sie.

Ich winkte ab. Ach wo. Angela mischte hinter ihrem Tresen irgendwelche Säfte und reichte mir ein Glas mit einer orangen Flüssigkeit.

«Hier, trink das. Geht aufs Haus.»

«Was ist denn das?»

Ich drehte das Getränk misstrauisch in der Hand. Sie lachte.

«Sanddorn mit O-Saft. Viel Vitamin C!»

Vorsichtig nippte ich. Schmeckte ein wenig säuerlich, aber sehr gesund. Ich stützte meine Ellenbogen auf den Tresen und beugte mich in ihre Richtung.

«Sag mal, wieso stehst du denn um diese Zeit hinterm Tresen?»

«Meine Kollegin ist im Urlaub und heute Vormittag sind keine Vorlesungen.»

Nanu, Angela war eine Studentin? Leider konnten wir nicht weiterreden, denn Hamann stand schon wieder neben mir.

«Ein schmieriger Typ», kommentierte er ungefragt, als sich die Türen des Top-Fitness hinter uns geschlossen hatten. Sein Gespräch mit dem schönen Tim war unergiebig gewesen.

Ich brummte ein paar Worte der Zustimmung.

«Und Tim heißt er auch nicht. So nennt er sich hier nur, weil's so schön jugendlich-sexy klingt», ergänzte Hamann.

Sieh mal an, das hatte ich nicht gewusst. Hätte ich allerdings auch von allein draufkommen können.

«Jetzt steht die Wohnung von Gerd Vollmer auf dem Plan», sagte er, «aber vorher müssen wir im LKA noch jemanden vom Kriminaldauerdienst abholen. Es muss einer von euren Leuten dabei sein.»

Vom Handy rief ich den Kollegen an. Er schrieb noch an einem Bericht und bat uns, so lange in der Kantine einen Happen zu essen.

«Wohin geht's denn?», fragte der KDD-Mann.

Ich fragte meinerseits Hamann nach der Adresse.

«Ach ja, kennst du ja nicht ...»

Hamann hielt mir seinen Zeitplan unter die Nase und ich las Gerds Adresse laut vor.

«Oberkassel, nur vom Feinsten», kommentierte der KDD-Mann, «über die Rheinkniebrücke ist das ja nur ein Katzensprung.»

51.231717,6.752319
Düsseldorf-Oberkassel, Schorlemerstraße

Wir hielten vor einem imposanten Gründerzeitgebäude. Natürlich gab es auch hier keine Parkplätze, also stellte ich den Fiesta einfach mit Warnblinker in zweiter Reihe ab.

Hamann öffnete mit Gerds Schlüssel die Haustür. Wir ignorierten den uralten Fahrstuhl und nahmen die Treppe. Gerds Wohnung war atemberaubend. Wände, Gardinen und Einrichtungsgegenstände, alles strahlend weiß. Nur die abgeschliffenen und geölten Dielen des Pitchpine-Bodens gaben den Räumen einen Hauch Wärme.

Im Schlafzimmer stand auf einer Designer-Anrichte ein Bilderrahmen aus Acrylglas. Es war kaum zu fassen: Das Bild zeigte mich, bekleidet mit Muskelshirt und in Most-Muscular-Pose. Ich erinnerte mich: Wir hatten die Bilder aus Blödsinn gemacht, als Gerd sich eine neue Digitalkamera gekauft hatte. Der KDD-Mann sah mich an und lächelte mit schmalen Lippen.

Das Wohnzimmer schien endlos und war nahezu leer. An

der Längswand hing ein riesiger Flachbildschirm, ihm gegenüber stand eine weiße Ledercouch. Auf einem gläsernen Schreibtisch lag ein teures Apple-Notebook mit Aluminiumgehäuse. Hamann klappte das Notebook auf und drückte den Einschaltknopf. Nach wenigen Sekunden erschien die Passwortabfrage. Er kam nicht weiter.

«Schiet ... Aber einen Versuch war es wert», murmelte er.

In diesem Moment klingelte es an der Wohnungstür. Ich öffnete die Tür. Im Treppenhaus stand ein Mittdreißiger in Jeans und weißem T-Shirt. Er sah mich mit großen Augen an.

«Wo ist Gerd?»

«Sie kennen Herrn Vollmer?»

«Ja, ich kenne Herrn ... Moment, du bist ja Lars.» Der Mittdreißiger machte ein erleichtertes Gesicht. «Hat Gerd endlich mal mit dir gesprochen ...»

Zwischenzeitlich war der KDD-Mann neben mir in der Tür erschienen.

«Müller, Kriminaldauerdienst. Kommen Sie doch einen Moment herein. Darf ich fragen, wer Sie sind?»

«Schwarz, Linus Schwarz ist mein Name.» Der erleichterte Ausdruck war aus seinem Gesicht verschwunden. «Ich bin ein Freund von Gerd. Was ist mit ihm? Ich versuche schon seit gestern, ihn zu erreichen.»

«Herr Schwarz, in welchem Verhältnis stehen Sie zu Gerd Vollmer?»

«Wir sind gute Freunde, aber unser Verhältnis ist nicht ...», er warf mir einen kurzen Seitenblick zu, «... sexueller Natur. Ist etwas passiert?»

Ich hielt es für angebracht, dem Mann reinen Wein einzuschenken. «Gerd ist getötet worden. Vorgestern.»

Linus griff zum Türrahmen und stützte sich dort ab.

«Wie, getötet?»

«Wollen Sie sich setzen?», fragte der KDD-Mann.

Linus nickte stumm und fing dann hemmungslos an zu heulen.

Auch das noch.

«Wie konnte das passieren? War es ein Unfall?» Linus schluchzte heftig.

«Herr Schwarz, Herr Vollmer wurde Opfer eines Gewaltverbrechens. Können Sie uns etwas über den Umgang und die Vorlieben von Gerd Vollmer sagen?» Endlich mischte sich auch Hamann ein.

«Gerd? Gerd stand auf Typen wie ihn.» Mit dem Finger wies Linus in meine Richtung. «Stämmig muskulös. Mit so einem auf die Matte gehen. Erotische Ringkämpfe, das war sein Ding.»

Die drei starrten mich an.

Was konnte ich denn dafür?

«Gerd hat wie wild trainiert. Wollte wenigstens ein bisschen so werden wie Lars.» Linus sah mit glasigen Augen durch mich hindurch. «Aber insgeheim hat er wohl genau gewusst, dass er so oder so bei dir keine Chance haben würde.»

Wieder schauten die drei mich an. Was immer sie jetzt dachten, ich wollte es nicht wissen.

«Aber gucken Sie doch mal in seinen Mac. Da werden Sie sicher jede Menge Aufschlussreiches finden. In letzter Zeit war er da sehr umtriebig.»

«Das Ding will ein Passwort haben», sagte Hamann.

Linus lächelte. «Wenn es weiter nichts ist. Eins-acht-null-vier-acht-null.» Er sah mich entschuldigend an. «Dein Geburtsdatum, das hat er im Studio rausgekriegt.»

Der KDD-Mann hörte gar nicht mehr auf zu lächeln.

Hamann tippte das Passwort ein und es klappte. Seine Mundwinkel zuckten. Wie es aussah, freute er sich.

«Woher kennen Sie Gerds Passwort?», wollte ich wissen.

«Gerd hat doch keine Ahnung von Macs. Ich habe den Systemadministrator für ihn gemacht. Obwohl das eigentlich völlig überflüssig ist. Aber Gerd war gewohnt, für alles einen Dienstleister zu haben.»

Alles klar. Dieser Linus war Gerds Computerspezi gewesen und ich sein Personal Trainer.

Hamann spielte unterdessen mit dem Mac. Er hatte ein Bildarchiv geöffnet und auf dem Schirm erschienen nackte muskelbepackte Kerle mit Riesendödeln. Fasziniert scrollte er durch die bizarre Bilderwelt, bis er auf ein Bild stieß, das zwei amerikanische Cops beim Blowjob zeigte. Hamann klappte das Notebook zu.

51.199802,6.780973
Düsseldorf-Bilk, Am Steinberg

Als ich an diesem Abend in meiner Wohnung eintraf, wünschte ich mir nichts sehnlicher als ein Bier. Gott sei Dank war im Kühlschrank noch eine Flasche Schlösser, ich holte erst mal Nachschub vom Balkon. Sicherheitshalber legte ich gleich fünf Flaschen in den Kühlschrank. Mit dem Bier in der Hand setzte ich mich vor den Fernseher, legte die Füße hoch, vergaß dann aber, ihn einzuschalten.

Wir hatten Linus Schwarz mit ins LKA genommen und dort seine Aussage protokolliert. Er gab an, während der Tatzeit in Düsseldorf gewesen zu sein. Der KDD-Mann versprach Hamann, das Alibi morgen zu überprüfen. Anschließend hatte ich Hamann zum Zug und den Fiesta wieder ins Präsidium gebracht.

Nun war es beinahe 21 Uhr.

Ich stellte mich vor den Spiegel im Flur und markierte im Scherz die Most-Muscular-Pose. Ich versuchte zu lächeln, doch es gelang mir nicht.

Vor einem Jahr, da hatten wir viel gelacht, Gerd und ich. Das war ein ganz normaler Tag gewesen, als wir die Fotos machten. Gerd war überhaupt immer gut drauf. Dass er viel älter war als ich und offensichtlich gutes Geld verdiente, störte mich nicht. Schon als Kind hatte ich gern mit Älteren gespielt. Außerdem schmeichelte es mir zugegebenermaßen ein wenig, dass sich ein so erfolgreicher Mann mit mir abgab.

Er ließ sich seinen Status nicht anmerken und in der Trennungsphase von Petra hatte er keine dämlichen Ratschläge parat wie manch anderer.

Ich schaltete den PC ein und schaute mir die Fotoserie noch einmal an. Gerd hatte sich auch in der Pose versucht. Er war etwas flachbrüstig, trainierte jedoch hingebungsvoll und das Ergebnis konnte sich durchaus sehen lassen. Jetzt lag er irgendwo in Hamburg in der Gerichtsmedizin im Kühlfach.

Ich leerte die erste Flasche und öffnete die zweite.

Okay, Gerd war schwul gewesen. Es war schon komisch, dass ich so wenig Privates über einen Menschen wusste, den ich ein paarmal die Woche getroffen hatte. Und jetzt war Gerd tot. Wusste ich als Polizist im Streifendienst wirklich, was zu tun war? Er durfte schon ein bisschen mehr von mir erwarten, als einen Hamburger Hauptkommissar durch Düsseldorf zu führen. Wie war er nur an diese dubiose Verabredung gekommen? Die Antwort war zweifellos im Internet zu finden.

Was hatte er dort getrieben? Ich startete den Internet Explorer und gab die Worte ‹schwul› und ‹ringen› ein. Google präsentierte mir über 38.000 Suchergebnisse. Meine Güte! Ich klickte auf ‹schwules-ringen.de› und staunte nicht schlecht.

Das war eine regelrechte kleine Gemeinde. Natürlich gab es auch Kontaktanzeigen, 40 allein für den Postleitzahlbereich 4 und noch mal 30 für den Kölner Bereich. Die Vorlieben reichten vom obskuren ‹suche aktive Boxer oder Kickboxer, die mich als Sandsack benutzen möchten (Gutpunching)› über die schüchterne Bitte ‹keine Brutalität, keine Tiefgriffe› bis zur schlichten Aussage ‹Sex kann, muss aber nicht›. Die Suchenden waren zwischen 19 und 61 Jahren alt. Sie konnten verschiedene Kampfstile angeben, wie ‹Just for fun›, ‹sportlich›, ‹Submission› oder ‹no holds barred›. Dann gab es da noch einen Chatroom.

Ich holte die dritte Bierflasche und klickte mich in den Chatroom. Ein Fenster öffnete sich und forderte mich auf, mich anzumelden. Oje ... Aber warum nicht. Es dauerte nur eine Minute, und aus mir wurde ‹NewFighter›, immer auf der Suche nach sportlich orientierten Kämpfen, aber mit einem Kreuz bei ‹keine erotischen Interessen›. Sicher ist sicher. Der Spaß konnte beginnen.

Es waren nur zwei andere User anwesend. Beide schienen Langweiler zu sein. Einer reagierte überhaupt nicht auf mich, der andere fragte schlicht: ‹Wo bist du?› Nach meiner Antwort ‹Hamburg› hörte ich nichts mehr von ihm. Das war ja stinklangweilig hier. Keine Spur von der erhofften Verruchtheit.

In einem zweiten Browserfenster beschäftigte ich mich mit dem DVD-Angebot eines amerikanischen Produzenten. Der bot Streifen an, in denen Bodybuilder miteinander rangen oder schmächtige Männer die Muskeln von Bodybuildern bewunderten. Ich dachte grad mit einem Schmunzeln darüber nach, ob die zahlreichen Bohnenstangen bei uns im Studio wohl gern an meinem Bizeps lecken würden, als sich mit einem ‹Bing› ein Pop-up-Fenster öffnete. ‹Ffm-FunRassler› wollte mit mir chatten. Endlich Action!

«Hallo NewFighter.»

«Hallo FunRassler.»

«Was suchst du?»

«Mal sehen, was hier so läuft. Bin neu.»

«Haste 'n Pic?»

Ich hatte kein Bild in mein Profil eingestellt. Es schien mir nicht erforderlich.

«... oder musst du was verbergen? Man will doch wissen, mit wem man es zu tun hat.»

Hatte er denn selbst ein Bild im Profil? Ich öffnete es, und dort erwartete mich nicht nur ein Bild, sondern gleich eine ganze Serie. Der Mann gab an, 1,70 Meter groß zu sein und 61 Kilogramm zu wiegen. So sah er auch aus. Zum Glück konnte er mein überhebliches Lächeln nicht sehen.

«Ich bin noch nicht so weit. Haste 'n Moment Zeit, dann lade ich eins hoch.»

«Mach mal!»

Ich lud hastig das Bild mit der Most-Muscular-Pose hoch und schickte es ihm. Der würde gucken!

«Die Masche ist uralt! Mich kannst du mit so was nicht beeindrucken.»

Ich war verwirrt. Ein bisschen mehr Begeisterung hatte ich schon erwartet.

«Ist was nicht in Ordnung mit dem Bild?»

«Na, das bist doch niemals du selbst. Haste bestimmt aus dem Netz, das Pic. Schick mal was Echtes, oder ich sperre dich für weitere Chats. Hab null Bock auf Faker!»

Hm, was nun? Ich klickte mich rasch durch meine Bildersammlung. Da, das war cool. Es war mal bei einem Ju-Jutsu-Seminar entstanden. Ich stand vor der hell getäfelten Wand einer Sporthalle und sah sehr gefährlich aus. Im Handumdrehen war auch dieses Bild hochgeladen.

«Hier, das bin ich in schwarzem Gi. Sieht gut aus, oder?»

«Gi? Was ist das denn?»

Oje, der Mann hatte ja null Ahnung.

«Judoanzug!»

«Ach so ...»

Zwischenzeitlich hatte ‹Ffm-FunRassler› anscheinend das Bild angesehen und wurde zutraulicher.

«Cool, bist du das wirklich?»

«Sicher. Das Bild stammt von einem Ju-Jutsu-Seminar vor zwei Jahren.»

«Wow!»

Seine Ablehnung schien in Bewunderung umzuschlagen.

«Sieht wirklich gut aus. Richtig gefährlich. Wo kommste denn her?»

«Ziehe grad von D-dorf nach HH.»

Ich lächelte über meine plump ausgedachte Story.

«Und du warst noch nie hier im Chat?»

«Ich hab meist Besseres zu tun, als vor dem Bildschirm zu hocken, wenn du verstehst, was ich meine.»

«Ich bin übrigens Jürgen.»

‹Ffm-FunRassler› hatte angebissen.

«Hallo Jürgen, Lars hier.»

Mist, ich hatte meinen richtigen Namen genannt.

«Sag mal, Lars, wie lange machst du denn schon Kampfsport?»

«Seit fast 20 Jahren.»

«Wow!»

«Und du?»

«Ich trau mich ja überhaupt nicht, das zu sagen, aber ich habe mich erst vor zwei Jahren durchgerungen, zu meinen Ringerfantasien zu stehen. Eigentlich nenne ich das auch lieber Raufen. So wie früher in der Schule. Mit dir kann ich da nicht mithalten.»

Nein, das konnte er wohl nicht.

«Und mit wem raufst du so?»

«Oh, wir haben hier so eine lose Truppe gegründet. Treffen uns manchmal einzeln oder in der Gruppe. Und da sind auch erfahrene Kämpfer dabei. Kommen von überall her: München, Dortmund und Hamburg.»

Hamburg? Es wurde doch noch interessant!

«Hört sich gut an, Jürgen.»

«Lars, sei mir nicht bös, aber ich muss jetzt mal Schluss machen. Es ist schon spät. Vielleicht bist du ja von nun an öfter hier, dann chatten wir bestimmt noch mal.»

‹Ffm-FunRassler› ging offline.

Am nächsten Tag wollte mir dieser Chat nicht aus dem Kopf. Hatte Gerd auf diesem Weg seinen Mörder kennengelernt? Ich wollte unbedingt mehr wissen. Kaum zu Hause, schaltete ich den Computer ein. Zwei quälende Stunden lang tat sich überhaupt nichts. Dann endlich tauchte ‹Ffm-FunRassler› auf dem Bildschirm auf.

«Hallo Lars, schön, dass du wieder hier bist. Ich habe dein Pic ein bisschen herumgezeigt. Wenn du willst, laden wir dich ein!»

Oje, was mochte nun kommen?

«Wozu?»

«Wir machen in ein paar Tagen unser halbjährliches Raufwochenende. Wird dir gefallen. Prima Kameradschaft. Und unser Mann aus Hamburg ist schon ganz gespannt auf dich.»

«Wo findet denn das Wochenende statt?»

«Im Harz. Pass auf: Du gibst mir jetzt deine E-Mail-Adresse, dann schick ich dir meine Kontoverbindung. Du überweist mir 100 Euro. Das ist für Unterkunft und Verpflegung. Nach Eingang des Geldes bekommst du von mir die genaue Adresse und eine Anfahrtskizze.»

Wenn das nur kein ausgewachsener Betrugsversuch war! Egal, ich wollte den Hamburger sehen und nannte Jürgen meine E-Mail-Adresse. Er verabschiedete sich und wir beendeten den Chat. Eine Mail mit seiner Kontoverbindung wartete schon kurz darauf in meinem Postfach. Wenige Minuten später hatte ich das Geld überwiesen.

2

Geodätisches Gitter. Ein Gitternetz aus gleich großen, rechtwinkligen Feldern zur Abbildung der Erdoberfläche. Geodätische Gitter sind zum Beispiel das Gauß-Krüger-Gitter und das UTM-Gitter.

51.656517,10.796701
Hasselfelde, Landkreis Harz

Ich ging das Wochenende wie eine Motorradausfahrt an. 150 Kilometer über die A44 von Dortmund nach Kassel. Von da an nur noch kurvige Landstraßen. Sie hatten sich eine Skihütte im Ostharz ausgesucht. Eine Skihütte im Sommer – die benachbarten Hütten stünden dann leer, wir würden ungestört sein.

Nach meiner Anmeldung hatte Jürgen das Passwort zu den geschützten Seiten seiner Website übermittelt. Dort stellten sich einige Teilnehmer vor, jeder einzelne mit Bild und ausführlichen Beschreibungen von Erwartungen und Vorlieben. Ich fand die Jungs irgendwie niedlich.

Die meisten verfügten nicht einmal über Kampfsporterfahrungen. Das hatten sie jedenfalls so angegeben. Sie wollten raufen. Raufen wie damals in der Schule. Raufte ich nicht auch, solange ich denken konnte? Judo mit sieben Jahren, später alles ausprobiert, Karate, ein bisschen Aikido. Boxen fand ich primitiv. Von der Statur her hätte mir Ringen vielleicht besser gelegen, aber wer ringt noch heutzutage! Seit der Polizeischule widmete ich mich mehr dem Ju-Jutsu, manchmal fuhr ich mit auf eines dieser Allkampf-Turniere.

Ich würde jeden Einzelnen mit links auf die Matte schicken, wenn es sein musste. Bestimmt haben sie alle damals in der Schule nicht gerauft. Haben sich nicht getraut, gehörten nicht dazu oder haben überhaupt lieber mit Mädchen gespielt. Und heute müssen sie irgendwas nachholen. Wenn mir unter der Dusche die Seife aus der Hand fiele, würde ich mir schon zu helfen wissen. Das wäre ja gelacht. Zur Not konnte ich auch einfach abreisen.

So etwa redete ich es mir ein und fühlte mich wie auf Entdeckungsreise. Das ist sicher das richtige Wort, denn Ermittlungen würde ich das nicht nennen, was ich hier vorhatte. Einstweilen beschäftigte mich vor allem die Frage, wer der von Jürgen angekündigte Mann aus Hamburg war. Auf der geschützten Website stellte er sich jedenfalls nicht vor.

Ohne Navi war es nicht einfach, die Hütte zu finden. Ich entdeckte den Abzweig. Ein schmaler Sandweg führte in den Wald hinein und endete auf einer größeren, von hohem Fichtenwald umstandenen Lichtung. Ich wurde schon erwartet. Ein kleiner, aber athletischer Mann hatte mit freiem Oberkörper in der Sonne gesessen, und als ich vom Motorrad stieg, kam er freudestrahlend auf mich zu. Sein blondes Haar war auf wenige Millimeter gestutzt und der Bart seit einigen Tagen nicht rasiert. Über seinen blauen Augen leuchteten volle strohblonde Augenbrauen.

«Ich bin Florian», er streckte mir die rechte Hand hin, «und du musst Lars sein.»

Woher wusste der das?

«Hallo Florian, du hast recht. Aber woher ...?»

Florian lachte und seine strohblonden Augenbrauen reflektierten das Sonnenlicht. «Ich habe meine Beziehungen zu Jürgen, dem Organisator. Weißt du, ich bin grad nach Hamburg gezogen. Das hast du doch auch vor, oder?»

Ich nickte nur erstaunt.

«... also hab ich ein Zimmer für uns beide reserviert und hier draußen auf dich gewartet. Nenn mich doch Flo, so werde ich überall gerufen, und irgendwie passt es ja auch.»

Wo er recht hatte, hatte er recht.

Flo zeigte mir das winzige Zimmer. Ein Etagenbett und zwei Spinde passten grad hinein. Ich warf meine Tasche auf die obere Matratze.

In der Küche bereitete Jürgen das Essen vor. Jürgen war auch nicht größer als Florian, aber schmaler und sein Händedruck weich. So und nicht anders hatte ich es mir hier vorgestellt. Der hatte bestimmt früher nur mit Mädchen gespielt. Einstweilen hakte er mich in der Teilnehmerliste ab und wandte sich dann wieder dem Eintopf zu.

Hinter der Hütte war ein dunkelhaariger kräftiger Mensch damit beschäftigt, Bierkisten aus einem Lieferwagen ins Haus zu tragen. Wir sagten Hallo. Und bekamen einen kräftigen Händedruck als Dank. Seine andere Hand tippte dabei kurz auf meine Schulter. Das war Ronny. Er wohnte hier in der Gegend und war für die Organisation zuständig. Getränke, Lebensmittel, alles, was die Raufgruppe brauchte, besorgte Ronny. Gemeinsam schleppten wir das Bier in den Aufenthaltsraum. Ronny sah definitiv so aus, als hätte er in der Schule schon gern gerauft.

«So, ich muss jetzt mal aus dieser Lederkombi raus, sonst zerfließe ich noch.»

Ich machte mich auf den Weg zu unserer Kammer. Florian hatte offenbar nicht vor, mich allein zu lassen. Er begutachtete mich regelrecht.

«Nimmst du es mir übel, wenn ich sage, dass du ein Tier bist?»

«Ein Tier?»

Ich stand vor ihm, nur noch mit T-Shirt und Unterhose bekleidet.

«Und noch dazu wohl das einzige hier in der Runde. Die anderen werden platzen vor Neid.»

Na, das ging ja gut los. Ich wühlte in meiner Tasche und förderte eine kurze Sporthose zutage. Flos Augen strahlten. War das jetzt etwa zu sexy? Ich suchte vorsichtshalber nach der Jogginghose.

«Lars, lass uns 'ne Runde laufen. Hast du Schuhe dabei?»

Klar hatte ich Sportschuhe dabei. Hätte ich das Wochenende in Motorradstiefeln verleben sollen? Laufen war okay.

Also los. Es ging immer bergauf, dem Wald entgegen. Flo keuchte kein bisschen. Durchtrainiert, der Mann.

«Wenn man Lars heißt, was hat man dann für einen Spitznamen?»

«Keinen, einfach nur Lars.»

Der Weg krümmte sich und lag nun im Schatten.

«Dann nenn ich dich ‹Bulle›!»

Ich geriet fast ins Stolpern. Wollte der mich verarschen? Wusste der mehr von mir?

«Quatsch, ich bin kein Bulle.»

«Doch», widersprach Flo, «jedenfalls siehst du so aus. Und außerdem sind wir dann ein perfektes Gespann. Ein Bulle, der so heißt, aber keiner ist, und ein Bulle, der einer ist, aber Flo heißt.»

Das hatte ich jetzt nicht verstanden. Flo amüsierte sich über mich. Und er klärte mich auf. Florian war nicht nur in meinem Alter, sondern auch Polizist. Er setzte mir beim Laufen ernsthaft auseinander, warum er beschlossen hatte, künftig offen zu seinem Schwulsein zu stehen. Deshalb hatte er sich in die Großstadt versetzen lassen. Von nun an würde er ohne Lügen leben. Ich fand, er hatte Mut.

Flo begann eine Art neues Leben ohne Lügen, während ich grad anfing, ihm mein Märchen aufzutischen. Die Geschichte vom Mediengestalter, der von Düsseldorf nach Hamburg zog, der vielen Werbeagenturen wegen. Ich sah doch niemals so aus, wie man sich Mediengestalter vorstellt.

Flo sagte: «Wie ein Werbefuzzi siehst du aber nicht aus.»

Ich sagte: «Du siehst auch nicht wie ein Bulle aus. Und schwul siehst du schon mal gar nicht aus.»

Ich wusste ja nicht, dass er das gern hörte. Er nahm das Kompliment begierig auf und kaufte mir die ganze Geschichte ab. Vielleicht war sie umso glaubhafter, weil sie so unplausibel klang. Dass er mich anbaggern könnte, kam mir nicht in den Sinn. Ich fand, er hätte einen prima Kollegen abgegeben.

Der Wald lichtete sich und öffnete sich zu einer Schneise. Sie begann hier oben und floss steil den Hang hinab. Unmengen von gelben Wiesenblumen streckten sich der Sonne entgegen. Das Stahlseil eines Skilifts wippte im Wind. Im Winter rutschten sie hier auf zwei Brettern in die Tiefe, jetzt schaute es eher öd aus.

Flo gab im Übermut einen tierartigen Laut von sich und sprang auf die Hände. Ich dachte, er fängt jetzt mit Turnübungen an. Mit den Bewegungsabläufen eines Affen lief Flo nur auf den Händen herum. Und bewies dabei doch mehr die Geschmeidigkeit einer Katze.

«Was ist das denn?», lachte ich.

«Capoeira», antwortete er und tänzelte um mich herum, «los, sieh zu, dass du mich fängst.»

Albern, dachte ich, voll schwul. Als ich nach ihm griff, hatte er mich schon umrundet und zu Fall gebracht. So was. Ich stand wieder auf zwei Beinen. Flo auch, ganz plötzlich. Ein Eichelhäher flog schimpfend über uns hinweg. Keiner von uns hörte hin. Flo fuchtelte mit den Armen. Tanzte wieder um mich herum. Das war irritierend. Schluss! Was sollte das? Ich lachte. Ich musste ihn packen, mein Körpergewicht ausspielen. Das brächte mir Vorteile. Dieser Flo war reichlich beweglich, aber zu leicht. Am Ende lagen wir keuchend nebeneinander im Gras.

«Wenn du nicht so bullig wärst, hätt'ste keine Chance», behauptete Flo.

«Wenn ich nicht so bullig wäre, wär ich noch beweglicher.»

Ich stand auf, reichte Flo die Hand und zog ihn hoch. Kaum dass Flo stand, lief er los. Zurück zur Hütte. Und ich lief hinterher.

51.656517,10.796701
Hasselfelde, Landkreis Harz

Am Abend hatte Jürgen ein Lagerfeuer angezündet. Das Feuer loderte hoch auf. Jürgen warf Stück für Stück zersägte Bretter hinein. Funken stoben, man spürte die Hitze. Ronny hatte Einwegpaletten beim Supermarkt organisiert und mit der Motorsäge zerteilt. Die Flammen züngelten, fraßen sich in trockenes Holz. Grüppchenweise saßen die Männer drum herum, redeten oder starrten wortlos in die Flammen, sahen zu, wie Brett für Brett verbrannte.

«Komm, wir ziehen uns was über und setzen uns auch ans Feuer.»

Flo drückte mir ein graues Kapuzenshirt in die Hand. In schwarzen Lettern prangte das Wort ‹Bulle› auf der Brust.

«Zieh das mal an, mir ist das eh zu groß.»

Ich wollte erst nicht, aber das Shirt passte grad so, und irgendwie fand ich das cool mit dem Schriftzug.

«Alles klar, dann hol ich uns zwei Bier.»

Ich ging zur Küche und zog zwei Flaschen aus den von Ronny bereitgestellten Vorräten. Ein großer Blonder sprach mich an.

«Bist du der Typ mit dem Motorrad?»

Ich nickte.

«Geiles Teil», sagte er.

Wurde das jetzt eine Art Flirt?

«Geile Straßen hier im Harz.»

«Gehn wir morgen mal zusammen auf den Rasen, oder hat dich der kleine Hamburger fest gebucht?» Er zwinkerte.

«Na, schau'n wir mal. Übrigens wartet der Kleine auf sein Bier.»

Wie zum Beweis hob ich die beiden Flaschen an und wandte mich in Richtung Feuer. Der Blonde trottete ein paar Schritte hinter mir, den Arm voller Flaschen. Er schwankte schon leicht und bog in Jürgens Richtung ab.

Flo hatte einen Platz neben sich frei gehalten. Ich

quetschte mich neben ihn und hielt ihm die Flasche hin. Aus Platzmangel legte ich den Arm auf seine Schulter.

«Was wollte denn der Blonde von dir?»

Ich zuckte mit den Schultern und lachte. «Was weiß ich. Anbaggern vielleicht. Hat gefragt, ob du mich fest gebucht hast.»

Flo sah mich von der Seite an. Auf seiner Stirn bildete sich eine Falte. Er sagte nichts weiter.

«Hey, bist du etwa eifersüchtig?» Ich packte seinen Nacken, schüttelte ihn freundschaftlich und nahm einen Schluck aus der Flasche.

Drüben auf der anderen Seite des Feuers ließ sich der Blonde neben Jürgen auf die Bank fallen. Jürgen legte noch Bretter nach. Flo machte es sich derweil an meiner Schulter bequem. Was hatte ich angerichtet? Was mochten die anderen denken? Sicher dachten sie an das Naheliegende und hielten uns für ein Paar. Wir schwiegen und schauten den Flammen zu.

Plötzlich lag Flos Hand auf meinem Knie. Keiner nahm Notiz davon. Wieso auch. Ich tat mein Bestes, um nicht allzu verkrampft zu wirken. Während ich so scheinbar entspannt ins Feuer schaute, beobachtete ich mit einem Auge die Hand. Sie strahlte mehr Hitze aus als das Lagerfeuer. Hitze, die in mein Bein floss und sich im Schritt sammelte. Manchmal hob er die Hand leicht an, bewegte sie ein klein wenig den Oberschenkel hinauf. Dann rutschte sie wieder in Richtung Knie. So ging es eine ganze Zeit hin und her. In meiner Hose wurde es eng. Was war das denn?

Jenseits der Flammen hob Jürgen die Bierflasche und prostete mir zu. Betont lässig erwiderte ich den Gruß. Dabei rutschte Flos Hand ab und baumelte zwischen meinen Beinen. Leise hörte ich ihn schnarchen. Er war eingeschlafen!

51.656517,10.796701
Hasselfelde, Landkreis Harz

Als sich die Tür der kleinen Kammer hinter uns schloss,

schien Flo plötzlich wieder hellwach zu sein. Im Nu zog er sich bis auf die Unterhose aus. Der knappe Slip betonte seinen Hintern. Ich lehnte an der Türinnenseite. Flo sah zu mir auf. Jetzt wurde es ernst. Einen Moment lang sahen wir uns nur an. Dann lächelte er.

«Warum sind Kerle wie du bloß immer so schüchtern?»

Quatsch! Ich bin nur nicht schwul.

«Ich bin nicht schüchtern.»

«Okay, du bist also nicht schüchtern. Und wie eine Klemmschwester siehst du auch nicht aus. Allerdings könnte es auch sein, dass ... Ach, Unsinn, das glaub ich dann doch nicht.»

Seine blauen Augen zwinkerten unter den leuchtenden Brauen.

«Was meinst du?»

So etwas wie Panik stieg in mir auf.

Er lachte. «Doch. Eigentlich habe ich es gleich geahnt. Mein Beruf bringt ein bisschen Menschenkenntnis mit sich, weißt du.»

Hatte meine Schauspielkunst nicht ausgereicht? Was wusste er? Ich muss ausgesehen haben wie ein verschrecktes Reh.

Flo stellte sich vor mich, dass wir uns fast berührten. Er reckte sich und suchte den Augenkontakt.

«Du hast noch nie mit 'nem Mann, stimmt's?»

Ich nickte stumm. Vielleicht war das meine Chance, hier ungeschoren davonzukommen. Mach ich eben auf Jungfrau.

Flo strich durch meine Haare. «Da lerne ich so einen Traumtypen wie dich kennen und dann ist der noch unberührt, sozusagen.»

Ich unterdrückte den Reflex, seine Hand wegzuschieben, und versuchte stattdessen zu lächeln. Das sah wohl sehr unglücklich aus.

«Hey Lars, ich will dich zu nichts drängen. Wenn du jetzt nicht willst, musst du nicht. Auch wenn ich heute Abend gern mit dir in die Kiste steigen würde. Sag's einfach, wenn du so weit bist.»

Die Erleichterung war mir wohl ins Gesicht geschrieben und ich murmelte etwas wie «Danke».

«Hey, morgen ist auch noch ein Tag!»

Flo boxte mir sanft gegen die Brust und lachte. Ich bemühte mich, mitzulachen.

Niemals zuvor war ich über ein Etagenbett so erleichtert. Ich rettete mich auf die obere Matratze. Flo zog eine Taschenlampe aus der Reisetasche und schaltete das Deckenlicht aus. Im Schein der Taschenlampe tappte er zurück zum Bett. Dann wurde es stockdunkel.

«Roaarrgg!»

Eine Grimasse tauchte neben meiner Matratze auf, von unten mit der Taschenlampe angeleuchtet.

«Flo, wir sind hier nicht auf einer Klassenreise ...»

«Hast du dich erschrocken?»

Er legte die Taschenlampe neben mein Kopfkissen und das Bettzeug verschluckte den größten Teil des schwachen Lichtscheins.

«Lars?»

«Hmm.»

«Das war toll vorhin in deinem Arm.»

Zwei glänzende Augen sahen mich an.

Oje, wohin würde das noch führen?

«Eine meiner leichtesten Übungen ...»

Scheiße, ich rede hier einen Blödsinn. Flo, such dir jemand anderen!

«Ich meine, das passiert sonst eher selten.»

«Ich denke, die sind hier alle schwul?»

«Ja klar, aber wenn sie wissen, dass ich 'n Bulle bin, dann soll ich immer den Macker machen. Das ist auf Dauer ziemlich einseitig ...»

Verstehe, er sucht selbst einen Macker, alles klar.

«Ich hatte die ganze Zeit eine Scheißangst, deine Hand würde vom Knie aus woandershin rutschen.»

Flo kicherte. «Das ist nicht unbemerkt geblieben.»

«Danke noch mal, dass du mich nicht so drängst.»

«Ich mag dich. Schlaf gut.»

«Du auch.»

Einstweilen hatte er die sanfte Abfuhr geschluckt. Einstweilen. Lars Brentrop, du bekommst ein Problem.

51.656517,10.796701
Hasselfelde, Landkreis Harz

Beim Frühstück erläuterte Jürgen Einzelheiten des Armdrück-Wettbewerbs. Die Teilnahme war Pflicht. Jürgen hatte alle Teilnehmer paarweise eingeteilt und die Liste an die Wand gepinnt. Die Paare würden gegeneinander antreten und nach dem K.-o.-Prinzip schied jeweils einer von beiden aus. Dem Sieger winkte ein kleiner Pokal.

«Meiner, meiner», rief Ronny lauthals in die Runde. Er würde ihn stolz zu den anderen Pokalen aus den letzten Jahren stellen. Gelächter von den Teilnehmern. Wenn er sich da mal nicht täuschte. Ich beschloss, mir den Pokal näher anzusehen.

Man musste Ronny zugutehalten, dass er den Armdrücktisch mit großem Talent selbst gebastelt hatte. In die Platte hatte er zwei Griffe eingelassen, an die sich die Teilnehmer mit der freien Hand klammern konnten. Sie rückten den Tisch in die Mitte. Es konnte losgehen.

Gleich zu Beginn trat Flo gegen Jürgen an. Flo entschied den Kampf kurz und schmerzlos zu seinen Gunsten. Das hatte ich nicht anders erwartet und klopfte ihm auf die Schulter. Mein Gegner war ein dicker Mann in den Vierzigern, der vor Aufregung schwitzte. Beinahe wären mir seine schweißnassen Hände entglitten. Ich machte kurzen Prozess mit ihm. Am Schluss der ersten Runde war die Reihe an Ronny. Sein Gegner war ein kräftiger Typ mit Vollbart. Ronny gab den Gelangweilten. Der Vollbart wusste wohl aus Erfahrung, was ihm blühte. Ronny winkelte einmal den Unterarm ab und das war es dann. Das hier war sein Metier und Ronny genoss es sichtlich.

Ich muss gestehen, dass ich Flo unterschätzt hatte. In der Zwischenrunde saß er einem sportlichen Typ gegenüber, der mindestens einen Kopf größer war. Der Gegner hatte eindeutig die Hebelgesetze auf seiner Seite und die Arme neigten sich eine Weile hierhin und dorthin. Ich feuerte Flo an. Und ganz langsam drückte Flo mit eiserner Kraft den Arm des Gegners auf die Platte. Im Überschwang der Gefühle drückte ich Flo fest an meine Brust. Der kleine drahtige Mann fühlte sich irgendwie gut an. Im Halbfinale traf Flo auf Ronny. Ich feuerte ihn an, so laut ich konnte. Es war ein Kampf wie David gegen Goliath. Nur dass am Ende Goliath siegte, allerdings nicht ohne Anstrengung. Ronny stand der Schweiß auf der Stirn.

Mein Halbfinalgegner war der Blonde vom vorigen Abend. Er hieß Dirk und setzte auf psychologische Kriegsführung. Hatte wahrscheinlich zu viele Boxkämpfe im Fernsehen geguckt. Immerhin war er fast einen Kopf größer als ich und wirkte sehr durchtrainiert.

«Da, dieser Arm wird dich plattmachen, Dicker.»

Der Angeber reckte mir seinen wenig behaarten langen Unterarm entgegen, dessen Außenseite von einer großflächigen Brandnarbe entstellt war. Die Umstehenden lachten. Ich strafte ihn mit Nichtachtung, das nutzte erfahrungsgemäß viel mehr. Zugegebenermaßen verfügte Dirk über gewisse Kräfte. Aber er war einfach zu siegessicher. Ich spielte ein wenig mit ihm und ließ zu, dass er meinen Arm bis fast auf die Tischplatte drückte. Schon hörte ich sein Triumphgeschrei. Doch im letzten Moment hatte ich ihn auf der gegenüberliegenden Seite, ohne jedoch seinen Arm ganz auf die Tischplatte zu drücken. Er glaubte wohl tatsächlich, das läge an seinen unüberwindlichen Kräften. Unsere Arme kamen wieder in die Senkrechte, und ich las in seinem Gesicht, wie sehr es ihn anstrengte.

«Hey Angeber!», rief ich ihm zu. «Mach mich endlich platt, wenn du kannst!»

Er keuchte und antwortete nicht.

«Dann eben nicht, du hattest deine Chance.» Ich drückte ihn ohne besondere Anstrengung auf die Platte. Dirk war am Boden zerstört.

Mann, war das gut! Schwein sein konnte verdammt viel Spaß bringen. Flo wisperte bewundernde Worte in mein Ohr. Die Umstehenden johlten vor Begeisterung.

Nun stand mir das Finale gegen Ronny bevor. Der Platzhirsch hatte sich demonstrativ von den anderen Kämpfen ferngehalten. Er saß in der Ecke auf einem Stuhl und hatte die mächtigen Unterarme auf dem Bauch verschränkt. Er spielte die Selbstsicherheit nicht, er war die Selbstsicherheit in Person. Das hier war sein Revier, seit Jahren. Demonstratives Selbstbewusstsein kann manchmal ganz schön verunsichern, aber in diesem Fall überschritt die Zurschaustellung die Grenze zur Arroganz. Und das gab mir Kraft.

Ronny nahm mir gegenüber Platz, bestellte bei Jürgen schon ein Bier und hielt wie nebenbei seine Pranke in meine Richtung. Ronny war ein verdammter Angeber, aber einer ohne viele Worte.

Es ging los. Ronny wollte kurzen Prozess machen und drückte kurz und heftig mit maximaler Kraft. Mein Arm blieb ungerührt in der Senkrechten. Ich setzte nun meinerseits einen unbeteiligten Gesichtsausdruck auf, als hätte mich die Attacke nicht im Geringsten angestrengt. Der Dummkopf wiederholte den Angriff. Ich drückte seinen Arm um etwa zehn Grad nach unten. Ronny fiel darauf herein und setzte alle Kraft darauf, die Arme wieder in den rechten Winkel zu bringen. Hab ich dich! Jetzt bloß nicht lächeln. Auf seinen behaarten Unterarmen perlte der Schweiß. Wieder eine Maximalkraft-Attacke seinerseits. Mein Arm stand wie festgeschraubt. Mehr hatte der nicht zu bieten? Ob ich mit ihm spielen sollte, wie mit dem Blonden? Besser nicht, dazu war Ronny zu gut. Aber wenigstens schwankte ich ein klein wenig mit dem Arm. Ronny verausgabte sich erneut bei dem Versuch, meinen Arm aus der Ruhestellung zu bewegen.

Flo schrie mir etwas ins Ohr, die meisten Zuschauer feuerten Ronny an. Jürgen fuchtelte schon mit einer Bierflasche, die er für Ronny bereithielt. Und für einen klitzekleinen Moment galt Ronnys Aufmerksamkeit mehr dem Gerstensaft als mir. Dieser Moment reichte mir, um seinen Arm auf die Tischplatte zu drücken. So verblüfft hatte mich schon lange niemand mehr angeschaut. Dumm gelaufen, Ronny!

Flo fiel mir um den Hals und drückte mich. Alles klatschte und Jürgen überreichte mir den Pokal. Ich war vorübergehend der Star des Wochenendes.

51.656517,10.796701
Hasselfelde, Landkreis Harz

Der Starruhm hielt nicht lange vor, denn urplötzlich liefen alle vor die Skihütte. Aus dem Tal näherte sich mit grollenden Motoren eine kleine Karawane. Vorweg ein übergroßer Dodge Pick-up, dessen gurgelnder V8-Motor für den größten Teil des Lärms verantwortlich war. Ihm folgte ein Sprinter mit der riesigen Aufschrift ‹Body Video›. Die Fahrzeuge parkten vor der Hütte. Dem Pick-up entstieg ein Koloss in Armyhose und hautengem Shirt.

«Ich glaub's nicht, das ist Rod!», rief Flo mir zu.

«Wer?»

«Na, Rod Hanson!»

Ich zuckte die Achseln. Kannte ich nicht.

«Hast du noch kein Video von ihm gesehen?»

«Nö, hab ich nicht. Sollte ich?»

«Allerdings. Das solltest du. Besuch mich mal, ich hab sie alle.»

«Danke für die Einladung. Sind das Pornos?»

Flo guckte gequält. «Wenn du so willst, ja. Das sind Wrestling-Videos vom Feinsten. Und am Ende fickt Rod sie alle.»

Flos Augen glänzten und er fasste für mich kurz zusammen: in jungen Jahren Olympia-Teilnahme als Freistilringer, später erster Deutscher als Profi-Wrestler in den USA und bekannt aus sehr professionell gemachten Videos. Sie würden hier ein Video aufzeichnen, mit uns als Zuschauerkulisse.

Ich schluckte. Was würden wir live zu sehen bekommen? Wer würde sein Gegner sein? Die Videoleute luden jede Menge Equipment aus dem Lieferwagen aus. Der Kameramann hängte sich ein Gestell um, das sie Steadycam nannten. Unterdessen bekam das einfache Volk Regieanweisungen. Wir wurden gebeten, möglichst im Muskelshirt am Rande des Geschehens zu stehen. Ich sagte dem Regisseur, dass ich keins dabeihätte. Ich trug immer noch Flos Kapuzenshirt mit dem Aufdruck ‹Bulle›. Er sah mich prüfend von oben bis unten an, ging an den Pick-up und warf mir einen Stofffetzen zu. Ich fing ihn auf und identifizierte das Teil als superenges Tankshirt. Lachend zog ich das Ding über. Saß perfekt! Auf der Brustseite prangte der Schriftzug ‹ROD!›.

Flo sah mich mit großen Augen an. «Mein Gott, ist das ein Teil direkt von ihm?»

«Scheint so ...»

«Wie geil ist das denn! Sag bloß, es ist schon getragen? Lass mal riechen. Sieh zu, dass du das nicht wieder abgeben musst!»

«Flo!» Ich lachte und schüttelte den Kopf.

«Doch! Auf seiner Website kannst du von ihm getragene Muckishirts für 100 Dollar kaufen!»

Ich tippte mir an die Stirn. «Flo, kann es sein, dass du ein ganz klein wenig pervers bist?»

Der kleine bullige Regisseur ordnete die Komparsen ringförmig an. Ich hielt mich hübsch im Hintergrund. Doch irgendwas missfiel dem Mann, er schaute sich suchend um, entdeckte mich und kam entschlossenen Schritts auf mich zu.

«Hey Buddy, dafür, dass du ein Original-Shirt von Rod für lau bekommen hast, musst du aber was leisten. Komm her, ich will dich hier in der ersten Reihe sehen.» Er schob mich hin und her, schaute nach dem Lichteinfall und platzierte mich nach seinen Wünschen. Ich versprach, Rod ordentlich anzufeuern. Dann harrten wir gemeinsam der Dinge.

Zuerst kreuzte der Kameramann auf. Er wollte ein paar Aufnahmen von johlenden Zuschauern machen. ‹Takes› nannte er das. Wir jubelten und schrien auf Bestellung, und der Kameramann filmte seine Einstellungen stets so, dass ich im Bild war. Das konnte ja was werden!

Endlich erschienen die beiden Akteure. Rods Gegner war ein Typ in Skinhead-Outfit. Schlank und drahtig, wie er war, bildete er das Gegenteil zu Rods massigem Erscheinungsbild. Der Glatzkopf beschimpfte Rod mit unflätigen Ausdrücken, wir Zuschauer schimpften anstelle von Rod zurück. Rod stieß den Schimpfenden mit der Hand vor sich her. Dann griff der Skinhead Rod an. Rod stand wie ein Fels, packte den Glatzkopf und hob ihn hoch über seinen Kopf, so als handelte es sich um einen Sack Kartoffeln. Wir brüllten vor Begeisterung.

Rod warf den Skinhead spektakulär zu Boden. Mir entging allerdings nicht, dass die beiden die Bewegungsabfolge gut draufhatten. Der Glatzkopf landete gekonnt und vermutlich schmerzfrei.

Der Kampf eskalierte. Von einem bestimmten Punkt an machte der Skinhead keine Anstalten mehr, wieder aufzustehen. Beim nun folgenden Bodenkampf zeigte Rod an ihm einige schöne Griffe aus dem Wrestling und die Zuschauermenge quittierte jeden mit großem Applaus.

Urplötzlich mitten in einem ‹Face Lock› unterließ der Glatzkopf jeden weiteren Verteidigungsversuch. War er ermüdet? Stattdessen begann er, Rods Bizeps zu lecken. Ich traute meinen Augen nicht. Rod lockerte den Griff und der Besiegte schleckte langsam in Richtung Achselhöhle. Die Stimmung unter den Zuschauern verbesserte sich nachhaltig. Es kam, was kommen musste. Rod stellte sich vor den knienden Besiegten, öffnete die Hose und schob seinen erigierten Schwanz dem Glatzkopf in den Mund. Um mich herum schrien sie zustimmend. Kurz darauf lag der Besiegte am Boden. Rod saß auf seiner Brust und spritzte ihm ins Gesicht. Mein Blick streifte Flo, der mich mit strahlenden Augen ansah.

«Geil, was?»

«Hmm ...» Ich wusste nicht recht, was ich darauf antworten sollte.

Flo drehte seinen Kopf, um mir direkt ins Ohr zu flüstern. «So was kann ich mir mit dir auch sehr gut vorstellen ...»

3

UTM-System (engl. Universal Transverse Mercator). Ein geodätisches Gitter, das die Erdoberfläche zwischen 84° Nord und 80° Süd in 1200 Felder von 666,72 Kilometer Breite aufteilt. Das von der NATO verwendete UTM-System ersetzt das früher in Deutschland übliche Gauß-Krüger-Gitter.

52.377112,9.741853
Hannover, Hauptbahnhof

Hätte ich nur nicht den ICE genommen. Jetzt stand ich in Hannover auf dem Bahnsteig und der Anschlusszug in Richtung Hamburg hatte Verspätung. Ich schlenderte den Bahnsteig auf und ab, meine Sporttasche über den Rücken geworfen. Zwischendurch verschwand Hamburg sogar von der Anzeige. Durch regelmäßiges Hinschauen bewegte sich der Zeiger der Uhr keinen Deut schneller. Dann vibrierte das Handy in der Hemdtasche. Ich las Petras Namen auf dem Display. Auch das noch, meine Ex.

«Hallo Larsie.»

«Ja?»

Ich sah keinen Grund für unnötige Höflichkeiten. Schon immer hatte ich es gehasst, wenn sie mich ‹Larsie› nannte. Lars gehört zu den Vornamen, die nicht verniedlicht werden wollen.

«Larsie, geht's dir gut?»

«Was willst du?»

Sie würde kaum ohne konkretes Anliegen anrufen. Trotz

des Bahnhofslärms konnte ich im Hintergrund eine Männerstimme heraushören. Plötzlich wurde es ganz ruhig im Hörer, als hielte sie das Mikrofon zu. Als sie dann antwortete, war die Männerstimme im Hintergrund verstummt.

«Larsie, ich bin auf der Suche nach den Teelöffeln zu meinem WMF-Besteck. Erinnerst du dich? Das hat uns Corinna damals zum Einzug geschenkt.»

Klar erinnerte ich mich daran. Jeden Tag rührte ich mit einem der Löffel meinen Kaffee um.

«Keine Ahnung, was für ein Besteck du meinst. Hast du das beim Auszug nicht mitgenommen?»

Petra hatte in ihrem Perfektionismus sogar Strichlisten geführt, um mir ja nicht zu viele Haushaltsgegenstände zu hinterlassen.

«Ach schade. Ich hatte gehofft, es wäre bei dir geblieben.»

Sollte sie sich die Löffel doch neu kaufen.

«Leider nicht. Sonst noch was?»

Mein Zug lief ein, die Bremsen kreischten.

«Störe ich? Bist du im Dienst? Was ist das für ein Lärm im Hintergrund?»

«Ja, bin ich. Und ich muss Schluss machen.»

«Dann leb wohl.»

Ich drückte grußlos die rote Taste und stieg in den Zug.

Der Zug hatte kaum den Bahnhof verlassen, da vibrierte das Handy wieder. Meine Ex schien keine Ruhe geben zu wollen.

Doch es war Flo. Er stand in Hamburg-Dammtor auf dem Bahnsteig und wartete. Schon lange hatte niemand mehr auf mich gewartet. Das war mal eine gute Nachricht.

Draußen flog die norddeutsche Landschaft vorbei. Auf der schnurgeraden Strecke zeigte der ICE, was in ihm steckt. Das Raufwochenende war erst wenige Tage her. Florian schien mich gleich in sein Herz geschlossen zu haben. Was mir jetzt allerdings überhaupt nicht in den Kram passen würde, wären irgendwelche zwischenmenschlichen Verwicklungen. Als wäre der Stress mit Petra nicht genug gewesen.

Die Tür am Ende des Großraumwagens öffnete sich und ein kleinerer Blonder spazierte den Gang entlang. Er hatte die gleichen Augen wie Flo. Vielleicht hatte ich ihn eine Sekunde zu lang angestarrt, jedenfalls schaute er mir direkt in die Augen und lächelte.

Offensichtlich war es ziemlich einfach, mit Schwulen anzubändeln. Im Gegensatz zu Frauen muss man sie nicht endlos häufig zum Essen einladen, bevor man Sex bekam. Wenn ich gewollt hätte, wäre Flo schon am ersten Abend mit mir in die Kiste gehüpft. Was Sex angeht, sind Männer eben anders als Frauen. Egal ob hetero oder homo.

Am zweiten Abend hatten sich sexuelle Handlungen dann allerdings nicht vermeiden lassen. Flo war ganz begeistert, dass er mir einen blasen durfte. Und er war mit Hingabe bei der Sache, das kann man nicht anders sagen. Petra hatte weder Talent noch Lust zum Blasen gehabt.

Die anderen Teilnehmer stuften uns als frisch verliebtes Paar ein und so blieb ich von weiteren Annäherungsversuchen verschont. Organisator Jürgen wurde nicht müde, den beziehungsstiftenden Charakter der Veranstaltung hervorzuheben.

Eine Stunde später stieg ich am Bahnhof Dammtor aus. Um mich herum hasteten die anderen Reisenden in Richtung Ausgang. Flo wartete vor dem Glaskasten mit den Fahrplänen, die Hände auf dem Rücken. Durch die Scheiben der Bahnhofshalle fielen einzelne Sonnenstrahlen. Als er mich sah, hellte sich sein Gesicht auf. Er breitete die Arme aus. Das konnte nur in einer Umarmung enden. Instinktiv wich ich aus, griff beherzt nach seiner Hand und schüttelte sie kräftig.

«Lars, ich freu mich so, dass du wirklich gekommen bist.» Flos Augenbrauen leuchteten wie eh und je.

«Ganz meinerseits. Vielen Dank für die Einladung ...»

Ich ließ Flo in dem Glauben, seinetwegen nach Hamburg

gekommen zu sein. Dabei wollte ich doch nur mal sehen, was im Norden so abgeht.

53.560717,9.988723
Hamburg, Bahnhof Dammtor

«Na, hast du dich vom Wochenende erholt?», fragte Flo, als wir in seinem kleinen Peugeot saßen.

«Ist ja nichts Anstrengendes geschehen, ihr wart doch alle ganz zahm, oder?»

Flo lachte. «Als du mit deinem Krad abgefahren bist, mit diesem Pokal vor dir auf dem Tank, hast du ausgesehen wie Marlon Brando in ‹The Wild One›. Echt sexy.»

Was war daran sexy, einen sperrigen Pokal auf dem Tankrucksack festzubinden? Wo hätte ich den denn sonst unterbringen sollen?

«Du siehst Marlon Brando überhaupt irgendwie ähnlich ... So von der Statur, und diese Ausstrahlung ...»

Auch das noch. Er machte mir Komplimente, und ich wusste nicht einmal, wer dieser Marlon Sowieso war.

«Ach komm, nun hör schon auf ...»

«Am geilsten finde ich ihn in ‹Die Faust im Nacken›. Da war er 30 Jahre alt und spielte einen Hafenarbeiter. Für die Rolle hat er einen Oscar bekommen.»

«Wer ist denn dieser Marlon Brando?»

«Du kennst Marlon Brando nicht?»

Sollte ich? Ich interessiere mich herzlich wenig für Filme. Klar, ‹Terminator› habe ich gesehen, alle drei Teile, aber sonst ... Gerade mal noch ‹Star Wars› und ‹Stirb langsam›.

«Hat der nicht einen Pornofilm gemacht, der in Paris spielt?»

Was ich bei Bedarf alles wusste, nicht schlecht!

«Porno?! Das ist ganz große Kunst! In ‹Der letzte Tango in Paris›, da geht es um Gefühle. Zwei Unbekannte treffen sich und haben den intensivsten Sex ihres Lebens. Können wir uns nachher auf DVD ansehen, wenn du magst.»

«Wolltest du mir nicht Pornos mit Rod Hanson zeigen?»

«Wenn es sein muss, auch das. Wir haben jede Menge Zeit. Ich habe die Tage Frühschicht. Du kannst vormittags in Ruhe Wohnungen besichtigen und nachmittags zeige ich dir Hamburg.»

«Hört sich gut an.»

Ich brauchte ihm ja nicht zu sagen, dass ich vormittags mit Torsten Hamann sprechen würde. Und Wohnungen würde ich mir auch nicht ansehen. Ich wollte lediglich herausfinden, wer Gerd 400 Kilometer weit an den Rand dieser Stadt locken konnte, um ihn dann umzubringen.

«Sag mal, Lars, hast du dieses rattenscharfe Shirt von Rod Hanson mitgebracht?»

«Ach, das hab ich gleich bei eBay vertickt. Hat 50 Euro gebracht!»

«Du hast was?!»

Wir hielten grad an einer Ampel und Flo sah mich entsetzt an.

«Kleiner Scherz! Das Shirt liegt in meiner Tasche.»

53.573859,10.053874
Hamburg-Eilbek, Eilbektal

«Was treibst du da?»

Flo hantierte in der engen Küche. Seine Einzimmerwohnung war nicht ganz so winzig wie meine. Es gab sogar ein richtiges Doppelbett, das sich hinter einem Raumteiler versteckte.

«Siehst du doch. Ich mach uns 'ne Kleinigkeit zu essen.»

«Eine Kleinigkeit? Das sieht nach einem Festmahl aus!»

Oje, wenn Flo wüsste, dass ich mir aus diesem ganzen Koch- und Esskult rein gar nichts machte.

«Quatsch, das geht ganz schnell. Ein paar Cannelloni mit meiner speziellen Käsefüllung.»

Schon bekam ich Messer und Schneidbrett in die Hand gedrückt, würfelte Tomaten und Zwiebeln. Zwiebeln schneiden, war ja klar, dass er mich das machen ließ. Er wärmte eine Pfanne mit Öl vor, ließ mich die Zwiebeln hineinschütten und briet sie an. Danach gab er auch das Tomatenklein dazu. Anschließend mischte Flo Frischkäse mit Ei und drückte die Masse in röhrenförmige Nudeln, die er dann in eine flache Form legte. Obendrauf kam die mittlerweile durchgekochte Tomatensoße aus der Pfanne, irgendwelche klein gezupften grünen Blättchen und noch eine andere Art Käse. Das Ganze schob Flo dann in den Backofen.

Mir knurrte mittlerweile der Magen. Unter normalen Umständen wäre ich längst verhungert. In meiner Küche war der wichtigste Einrichtungsgegenstand die Mikrowelle. Hier konnte ich keine entdecken. Von wegen ganz schnell. Wir waren beinahe eine Stunde am Schnippeln.

Flo deckte den Esstisch, zündete eine Kerze an und entkorkte eine Flasche Rotwein. Endlich wurde auch das Essen serviert.

«Das ist ja fast wie mit meiner Ex zu unseren besten Zeiten.»

Flo verzog das Gesicht.

«Wie steht es denn nun mit der DVD? Sehen wir uns nach dem Essen ‹The Wild One› an?»

Ich schnitt ein Stück von den Cannelloni ab und schob es mir in den Mund.

«Mhh, lecker. Ehrlich gesagt würde mich ein Streifen von und mit Rod Hanson mehr interessieren.»

Flo ließ die Gabel sinken, doch ich ließ mich nicht beirren.

«Ich will alles über die wissen. Vielleicht gehör ich da bald zum Team.»

«Wie bitte?» Über die Kerzenflamme hinweg schaute Flo mich mit offenem Mund an.

«Das hast du am Samstagabend überhaupt nicht mitgekriegt. Als wir da bei Ronny und seiner Flasche Nordhäuser gesessen haben, bin ich doch mal kurz zum Pinkeln gewesen. Hab die Gelegenheit genutzt und bei der Kawa nach dem Rechten gesehen. Die Videocrew war noch beim Einpacken. Der kleine bullige Chef hat mich angequatscht, ob ich nicht

Lust hätte, mal bei einem Video mitzumachen. Hat mir eine Karte in die Hand gedrückt.»

Flo stand immer noch der Mund offen. Hatte er ein Problem damit?

«Was ist denn los? Vorhin warst du noch ganz scharf auf das Shirt.»

«Ein Shirt anzuziehen und DVDs gucken ist das eine, dabei mitzumachen etwas anderes.»

«Aber angucken kann ich mir den Laden ja mal.»

Flo zuckte die Achseln und schob wortlos eine DVD in den Spieler. Rod demonstrierte an einem schwachen Gegner ohne jede Gegenwehr seine Überlegenheit. Ich gähnte und strich mit meiner Gabel die Soßenreste auf dem Teller zusammen.

«Weißt du, was für einen Film man mal drehen müsste!?»

«Na?»

«Ich denke da an was Härteres, Spontanes.»

Wollen wir doch mal vorfühlen, was in Flo so vor sich geht.

«Aha. Inwiefern?»

«Also, jemand geht zum Beispiel durch einen Wald oder Park und wird überfallen. Es kommt zum Kampf.»

Flo musterte mich einen Moment.

«Macht dich so was geil? Ich find's ja irgendwie schöner, wenn man sich gegenseitig die Kraft spüren lässt. So ein Wechsel zwischen Power und Zärtlichkeit.»

Soso, Zärtlichkeit. Der Schuss war wohl danebengegangen. Einstweilen konnte ich Flo von der Liste der Verdächtigen streichen. Zum Glück.

Unter dem Tisch berührte mich ein Bein.

«Aber zieh doch einfach mal das Rod-Hanson-Shirt an. Zur Übung sozusagen. Oder einfach nur für mich.»

Florian stand auf und ließ die Jalousie herunter. Ich kramte das Shirt aus meiner Reisetasche. Er stellte sich vor mich und knöpfte mein Hemd auf. Ich schob seine Hände beiseite, zog das Hemd selbst aus und schlüpfte in das Tankshirt. Währenddessen hatte sich Flo all seiner Sachen entledigt und stand nur im knappen Slip da, wie am ersten Abend in der Skihütte.

«Los, lass mal ein paar Muckis sehen.» Flo tastete prüfend an meinen Oberarmen.

Ich beugte abwechselnd beide Arme, Flo tastete immer noch und pfiff durch die Zähne.

«Rod Hanson hat doch bestimmt noch mehr zu bieten. Pump dich mal ein bisschen auf.»

«Ich soll was?»

«Aufpumpen. Mach ein paar Liegestütze oder so was. Rod Hanson ist doch ein Tier.»

Flo schob die Stühle beiseite und ich machte in raschem Tempo ein Dutzend Liegestütze.

«Hey Bulle, das ist perfekt. Du bist ein Tier. Mein Rod Hanson.»

Seine Finger tasteten nicht länger nur an Oberarmen, sie wanderten umher und umkreisten nacheinander beide Brustwarzen. Mein Blick folgte Flos Hand auf ihrem Weg durch meine Brustbehaarung. Arme schlangen sich um meinen Hals und zogen an meinem Kopf. Seine Zunge befeuchtete die Lippen. Flo wollte küssen!

Unsere Lippen berührten sich. Einen Moment lang ließ ich es geschehen. Nur ein wenig. Flos Zunge an meinen Lippen. Knutschen mit einem Mann, das ging überhaupt nicht. Ich wollte nicht knutschen. Ein bisschen raufen, ja. Ein bisschen wichsen ging auch okay. Meinetwegen konnte er mir auch wieder einen blasen.

«Fürs Küssen hast du jedenfalls nichts übrig», flüsterte er.

«Rod Hanson küsst nicht!»

Flo zog mich auf das Bett und rekelte sich. Von nun an liefen die Dinge fast von allein. Ich lag auf einem Mann, hatte Sex mit ihm und folgte meinen Instinkten.

Durch die geschlossene Jalousie sickerte das gelbe Licht von Straßenlaternen. Ruhig und gleichmäßig ging Flos Atem, bald schnarchte er leise. Zusammengerollt und ganz klein. Muskeln zeichneten ihr Bild unter der Haut. Nicht übertrieben massig, aber wohlproportioniert. Das blonde Kurzhaar weicher als erwartet, nur der Dreitagebart kratzte. Wenn ich über seine Wange strich, schnurrte Flo. Nur Petra hatte bisher so in meinem Arm gelegen.

53.573859,10.053874
Hamburg-Eilbek, Eilbektal

Als ich aufwachte, war Flos Betthälfte leer. Er hatte sich zum Frühdienst davongeschlichen. Auf dem kleinen Esstisch in der Küche stand ein Frühstück für mich. Obst und Müsli. Ich ließ die gesunde Kost stehen, aß stattdessen mehrere Stück weiches Toastbrot mit Nutella und trank dazu schwarzen Kaffee.

Mit dem Kaffeebecher in der Hand sah ich mir die Wohnung genauer an. An einer freien Wand hingen zwei Gitarren unterschiedlicher Größe. Flo spielte ein Instrument? Das hätte ich ihm nicht zugetraut. In einem Bord neben dem Fernseher stapelten sich jede Menge DVDs. Auf einem Eckschreibtisch stand ein Computer mit altmodischem Röhrenmonitor.

Für den Vormittag hatte ich mir einiges vorgenommen. Als Erstes würde ich Torsten Hamann anrufen. Ich suchte nach dem Handy und rief seine Nummer auf. Schon nach wenigen Klingelzeichen wurde abgenommen.

«Moin, Lars, mach's kurz, ich bin etwas im Stress ...»

«Hallo Torsten, ich bin in Hamburg! Hab mich ein bisschen umgehört und dachte, wir ...»

«Lars, ich muss dich leider abwürgen. Hier steppt der Bär. Wieder ein Toter. Kannst du morgen noch mal anrufen?»

«Morgen? Okay, geht klar. Bis dann ...»

Schon hatte Hamann aufgelegt.

Damit hatte ich nicht im Geringsten gerechnet. Ich dachte, meine Erlebnisse auf diesem Wochenende könnten vielleicht nützlich für ihn sein. Aber in Wahrheit interessierte ihn das alles nicht die Bohne. Na ja, was hatte ich auch erwartet, wenn ich mich in seine Arbeit einmischte. Vermutlich saß ihm die Jensen mit einer To-do-Liste im Nacken. Was er wohl mit ‹wieder ein Toter› gemeint hat? Ein anderer Fall oder wieder unser Serienmörder?

Egal, ich musste wohl oder übel bis morgen warten. Lustlos setzte ich mich an Flos Computer. Zum Glück hatte er nur das Display ausgeschaltet. Der PC lief noch, na prima! So könnte ich wenigstens meine E-Mails abrufen.

In diesem Moment klingelte im Raumteilerregal das Festnetztelefon. Auf dem Display las ich ‹Florian Mobil›. Ich nahm das Gespräch an.

«Hallo Lars, ausgeschlafen?»

«Klar. Und schönen Dank für das Frühstück!»

«Gerne. Was macht die Wohnungssuche?»

«Hab mir erlaubt, deinen Computer zu benutzen. Das geht hoffentlich in Ordnung?»

«Klaro.»

«War grade im Begriff, bei der ersten Anzeige anzurufen. Hört sich vielversprechend an.»

«Na prima. Wo ist es denn?»

Ach du Schande! Was wusste ich denn, wie die Stadtteile hier heißen?

«Du ahnst es nicht, keine fünf Minuten von hier», log ich.

«Das wäre ja prima, wenn das klappt. Ich drück dir die Daumen. Lars, ich muss Schluss machen. Bis nachher!»

Ich stellte den Hörer zurück in die Ladestation und wandte mich wieder dem Computer zu. Zu meinem Erstaunen war Outlook noch geöffnet. Flo musste vergessen haben, das Programm zu beenden. Ein Klick auf den Ordner mit den gesendeten Mails: Neugierig las ich die Betreffzeilen. Die letzte Nachricht weckte mein Interesse. Sie trug den Titel ‹Lars kommt morgen!›. Empfänger war eine Cornelia. Demnach hatte Flo einer weiblichen Person meinen Besuch angekündigt. Eine gute Freundin? Die Mail war nur einen Mausklick entfernt. Ich klickte und las.

‹Schwesterherz, endlich mal Glück! Am Wochenende habe

ich meinen ‹Mr. Right› kennengelernt. Äußerlich der bullige Typ, ganz Macker. Und in Wirklichkeit total schüchtern. Kaum Erfahrung mit Männern. Stell dir vor: kein Sex am ersten Abend, stattdessen am Lagerfeuer in seinem Arm eingeschlafen. Ist das nicht romantisch? Er heißt Lars. Will mich die Tage hier in Hamburg besuchen kommen. Zieht nach Hamburg und sucht eine Wohnung. Drück mir die Daumen! Liebe Grüße von deinem kleinen Bruder.›

Flo war nicht auf dem Wege, sich in mich zu verlieben, er war schon angekommen. Schweren Herzens beendete ich Outlook. Stattdessen startete ich den Internet Explorer und rief meine eigenen E-Mails auf. Keine Neuigkeiten. Was nun? Ich zog die Visitenkarte vom Wochenende aus der Brieftasche. ‹Body Video, Gay Video Productions, Hamburg/Germany› war darauf zu lesen. Darunter in kleineren Lettern: ‹Wenn du meinst, du bringst es, ruf an, Mann!› Ansonsten nur eine Handynummer. Keine Firma, kein Ansprechpartner, keine Adresse.

Ich nahm mein Handy heraus und gab sorgfältig die Ziffern ein. Jetzt bloß kein Vertipper! Abschließend verglich ich jede einzelne Ziffer mit der Visitenkarte. Alles stimmte, ich musste nur noch die grüne Taste betätigen. Ich holte tief Luft und drückte. Lange Zeit tat sich nichts. Unausgesetzt ertönte das Rufzeichen. Bestimmt würde gleich die Voicebox rangehen. Ob ich da was draufsprechen sollte? Ich war grade im Begriff, mir einen Text zurechtzulegen, da wurde das Gespräch angenommen.

«Ja?» Eine hart klingende Männerstimme unbestimmten Alters mit leicht gehetztem Unterton.

«Hallo, mein Name ist Lars. Ich habe diese Nummer letztes Wochenende mit einer Visitenkarte bekommen.»

Verdammt, das musste ja klingen, als wenn ein kleiner Junge anrief!

«Hallo Lars. Ich bin Karsten. Die Karte hast du von mir. Du willst dich bewerben?»

Die Stimme klang irgendwie befehlsgewohnt, doch dieser

knappe, leicht herrische Tonfall war in gewisser Weise aufgesetzt.

«Bevor ich mich für irgendwas bewerbe, muss ich erst einmal wissen, worum es da überhaupt geht.» Ich versuchte, ganz cool rüberzukommen.

«Du hörst dich wie ein vernünftiger Mann an.»

«Das ist wohl wahr. Dann erzähl doch mal mehr», forderte ich ihn heraus.

«Nicht am Telefon. Ich will dich sehen. Pass auf, es ist ganz einfach. Ich nenne dir Zeit und Ort, du kommst und wir reden. Dann wissen wir beide, ob sich eine Bewerbung für dich lohnt. Alles klar?»

Ich schluckte. «Alles klar. Aber denk dran, ich bin den ersten Tag in Hamburg und kenne mich nicht aus.»

«Hast du ein Auto mit Navi?»

«Leider nicht, bin mit der Bahn hergekommen.»

Mein Gesprächspartner atmete hörbar aus.

«Wo bist du denn?»

«Eilbektal heißt die Straße.»

«Das passt gut. Geh Richtung S-Bahnhof Friedrichsberg. In genau 20 Minuten. Ich parke auf der rechten Straßenseite und warte längstens fünf Minuten auf dich. Alles klar?»

«Alles klar. Wie erkenne ich dich?»

«Mach dir darüber keine Sorgen, ich erkenne dich!»

Er hatte das Gespräch beendet.

Ich schaute mich um. Ob Flo irgendwo einen Stadtplan hatte? Ja, da lag einer. Den hatte er sicher extra für mich rausgelegt. Für die Wohnungssuche. Flo war fürsorglich. Ich blätterte und fand die Straße. Das war wirklich nicht weit. Wenn ich nun ein Auto mit Navi gehabt hätte, wo hätte er mich dann hingeschickt? Irgendwo an den Stadtrand? Im Morgengrauen? Ich zog mir die Schuhe an und die Jacke über. Was sollte schon groß passieren. Ich sah mir die Gegend auf der Karte näher an. Die Straße ‹Eilbektal› trennte ein Wohngebiet von einer kleinen Parkanlage vor einem Krankenhaus, der Stadtplan verzeichnete auch noch eine Blutbank und den

S-Bahnhof. Da waren sicher jede Menge Leute. Jede Menge potenzielle Zeugen. Kein geeigneter Ort für ein Gewaltverbrechen. Dennoch notierte ich Karstens Handynummer auf einem Post-it und klebte den kleinen gelben Zettel an Flos Monitor. Sicher ist sicher. Ich sah Gerd im Studio stehen, wie er mir den Umschlag aushändigte. Wenn ich nicht zurückkäme, hätte Flo wenigstens einen kleinen Hinweis.

53.596045,10.013673
Hamburg-Winterhude, Stadtpark

Das Straße ‹Eilbektal› ist eine Einbahnstraße. Auf zwei Fahrstreifen rollt die Blechlawine stadteinwärts. Ich überquerte die Fahrbahn und schlenderte an den parkenden Fahrzeugen entlang. Als ich an einem anthrazitgrauen Audi Q7 vorbeikam, öffnete sich die Tür.

«Steig ein!», befahl jemand aus dem Fahrzeuginneren.

Leider konnte ich aus dieser Position das Kennzeichen nicht lesen. Ich beugte mich in die Türöffnung.

«Karsten?»

«Quatsch nicht so viel. Steig ein.»

Es war idiotisch, aber ich gehorchte.

Im gleichen Moment hatte der Fahrer den Motor angelassen und war im Nu ausgeschert. Wir fuhren wer weiß wohin und das in einer Großstadt, die ich nicht kannte.

Ich drehte mich, sodass ich Karsten besser betrachten konnte. Vom Wochenende wusste ich, dass er kleiner war als ich. Im Sitzen wäre es schwer gewesen, eine Aussage zu seiner Körpergröße zu treffen. Er trug einen militärisch kurzen Haarschnitt, der Kopf saß mit einem kurzen dicken Hals nahezu unmittelbar auf einem kräftigen Oberkörper. Er trug ein weißes gebügeltes Oberhemd mit Krawatte. Der oberste Hemdknopf war geöffnet und die Krawatte saß locker. Die Oberarme füllten das weiße Hemd gut aus. Zwei horizontale Falten hatten sich in die Stirn geprägt und tanzten lebhaft, wenn Karsten sprach. Wenn er mich ansah, hob sich die rechte Augenbraue und die beiden Falten vereinten sich zu einer einzigen. Schließlich beschloss ich wegen eines Grübchens am Kinn, Karsten sympathisch zu finden. Gerd hatte das gleiche Grübchen gehabt.

Der Audi war neu. Das werkseitig eingebaute Navigationssystem gab Anweisungen, die Karsten unbeachtet ließ. Er kannte sich also aus. Seinen Fahrstil konnte man ohne Übertreibung als zügig bezeichnen.

«Was guckst du mich so musternd an?», fragte er.

«Ich werd mir doch noch ein Bild von dir machen dürfen!»

Er sollte nur nicht glauben, mich einschüchtern zu können.

Wir fuhren anscheinend ziellos umher. Bald waren wir auf einer breiten Hauptstraße mit mehreren Spuren je Fahrtrichtung. Rechter Hand sah ich große Bürogebäude in parkähnlicher Umgebung. Dann bogen wir links ab.

«Stadtpark», sagte Karsten, während wir Stop-and-go eine zweistreifige Straße mitten durch den Park befuhren. Wir hielten an einem Fußgängerübergang und Karsten deutete nach rechts.

«Planetarium. Warst du bestimmt schon?!»

«Nö. Seh ich zum ersten Mal.»

«Aber das ist hier abends Cruising Area. Hier streichen sie im Dunkeln alle durch die Büsche.»

«Wer, alle?»

Karsten lachte.

«Na, die Schwulen natürlich.»

«Dann sollen sie das man tun, aber ohne mich.»

Wir hielten schon wieder an einem Fußgängerübergang und Karsten sah mich von der Seite an, sagte aber nichts. Wie viele Fußgängerübergänge hatten die hier bloß? Kein Wunder, dass der Verkehr so stockte. Ich beschloss, mir zur Sicherheit die Umgebung einzuprägen. Den Park hatten wir schon wieder verlassen, standen aber immer noch im Stau. Rechts identifizierte ich den Eingang zu einer U-Bahn-Station. Ich las ‹Borgweg› über dem Eingang.

Urplötzlich riss Karsten das Steuer herum, bog links ab, und wir verschwanden in der Einfahrt zu einer Tiefgarage, deren Tor einladend offen stand. Das war nicht gut! Das war überhaupt nicht gut! Die Tiefgarage war riesig und hatte anscheinend mehr als ein Parkdeck. Wir fuhren ganz nach unten. In der Ecke stand ein Wagen unter einer verstaubten Pelerine, ansonsten war es hier vollkommen leer.

53.589174,10.016492
Hamburg-Winterhude, Borgweg

Karsten parkte den Wagen zwischen einigen Betonpfeilern. Wortlos schaltete er Fahrlicht und Motor aus. Die Innenbeleuchtung des Audi ging kurz an und verlosch dann langsam. Verdammt, gleich würde es hier stockdunkel sein.

Dann ging alles sehr schnell. Ich riss die Tür auf, ließ mich herausfallen, knallte die Tür dabei wieder zu und rollte in Richtung Fahrzeugheck. Dabei war die Fahrzeuginnenbeleuchtung automatisch angegangen und schon wieder dabei, sanft zu verlöschen. Der letzte Lichtschein reichte mir, um den sicheren Platz hinter einer Betonsäule einzunehmen. Das war filmreif gewesen! Wieder war es stockdunkel. Weit hinten schimmerte ein kleines bisschen Licht matt die Abfahrt herunter. Ich richtete mich auf und klammerte mich an die Säule. Karsten saß nach wie vor im Wagen und rührte sich nicht. Ob hier noch jemand in der Tiefgarage war? Jemand, der uns erwartete? Vielleicht jemand mit Restlichtverstärker? Dann wäre ich geliefert. Ich bemühte mich, keine Geräusche zu machen, und horchte angestrengt in die Dunkelheit. Der Wagen gab knisternde Laute von sich. Es roch muffig nach kalten Abgasen. In etwa drei bis vier Metern Entfernung flimmerte ein gelblicher Punkt in der Dunkelheit. Was mochte das sein? Ich tastete meine Säule in der gleichen Höhe ab. Ein Lichtschalter? Ja, ein Lichtschalter in einer alten runden Form mit Druckknopf in der Mitte. So was hatte man in den sechziger Jahren verwendet. Ich drückte beherzt den Schalter unter meinen Fingern. Flackernd nahmen einige wenige Leuchtstoffröhren ihre Arbeit auf. Lieferten gerade genug Licht, um nicht gegen die Pfeiler zu laufen. Frauenparkplätze waren das hier nicht gerade. Ich sah mich um. Niemand da. Das Licht ging wieder aus, Karsten war im Wagen geblieben.

Hier unten schien die Zeit zu stehen. Um auf die Uhr zu sehen, hätte ich die Beleuchtung meiner Digitaluhr betätigen müssen. Damit hätte ich unweigerlich meinen Standort verraten. Dieser Karsten wollte die Nervenprobe, sollte er sie bekommen. Im Film würde ich jetzt entschlossen auf den Audi zulaufen, ihn herausziehen, zu Boden werfen und dort fixieren. Dies war aber kein Film. Karsten hatte ausgesehen, als sei er zu Gegenwehr fähig. Wenn er nicht wollte, würde ich ihn nie aus dem Auto herauskriegen. Und selbst wenn es mir gelänge, ihn am Boden zu fixieren, was sollte ich dann mit ihm anstellen? Ihn bewusstlos schlagen? Handfesseln hatte ich keine dabei. Was konnte ich sonst tun? Irgendwann würde Karsten sicher von allein aussteigen. Vermutlich käme es zu irgendeiner Art von Kampf. Vielleicht war das seine Art von Aufnahmeprüfung. Ich hielt mich für das Unvermeidliche bereit. Nichts dergleichen geschah. Statt auszusteigen, startete Karsten plötzlich den Wagen, fuhr los und verschwand auf der Rampe in Richtung Erdoberfläche. Ich konnte hören, wie sich oben das elektrisch betriebene Tor hinter ihm schloss.

53.573859,10.053874
Hamburg-Eilbek, Eilbektal

Als ich wieder in die Wohnung zurückkehrte, saß Flo schon da. Er hatte mich ungeduldig erwartet und seine Augenbrauen leuchteten mir entgegen. Er wollte alles über meine Wohnungsbesichtigung wissen. Ich behauptete, ganz umsonst in der Stadt unterwegs gewesen zu sein. Die Wohnung sei enttäuschend gewesen. Diese Lügen kamen mir ganz selbstverständlich über die Lippen. Flo schöpfte keinerlei Verdacht und klopfte mir aufmunternd auf die Schulter. An seinem Monitor klebte noch das Post-it mit Karstens Telefonnummer. Morgen würde ich das alles Torsten berichten.

«Du hast gar nicht erwähnt, dass du Gitarre spielst!» Ich deutete auf die Zupfinstrumente an der Wand. «Ich find das toll, wenn jemand ein Instrument spielen kann.»

Flo lächelte und schaute zu Boden.

«Das stammt gewissermaßen aus meinem früheren Leben. Hab ich als Jugendlicher gespielt. Ich war bei den Pfadfindern und wir haben immer am Lagerfeuer gesungen.»

Dann zeigte er auf die kleinere Gitarre und entwickelte so etwas wie Eifer.

«Das hier ist eine klassische Wandergitarre. Eine ganz normale akustische Gitarre. Die große ist eine Westerngitarre mit Stahlsaiten. Die bringt bei großen Gruppen mehr Lautstärke, man muss sie aber mit Plektron spielen.»

«Womit?»

«Mit Plektron. Das ist so ein Plättchen. Man hält es in den Fingern und schlägt damit die Saiten an.»

«Spiel mal was. Na los.»

Flo nahm die Wandergitarre von der Wand und stellte ein Bein auf einen Stuhl. Er stimmte einen Moment lang die Saiten, spielte und sang dann auswendig.

«Als wir jüngst verschüttgegangen waren,
sind wir in dem grünen August rumgefahren.
Maurerleute, Zimmerleute und ein Vagabund,
alle mussten fahren in dem grünen August rund.»

Er sang mehrere Strophen und hängte das Instrument wieder zurück an die Wand. Ich applaudierte.

«Flo, das war großartig. Irgendwann musst du mir mal mehr davon vorsingen.»

«Och, früher war ich viel besser ...»

Ich boxte ihm gegen den Oberarm. «Du bist gut, Mann! Warum hast du das Ding nicht am Wochenende dabeigehabt? Am Lagerfeuer wäre das voll gut gekommen.»

«Ich sagte doch, dass ich früher gespielt habe. Das ist vorbei.»

«Hey, warum denn? Das kannst du echt klasse!»

«Ich bin Polizist und nicht mehr bei den Pfadfindern!»

«Und warum soll ein Bulle nicht Gitarre spielen? Mir gefällt das jedenfalls!»

Er senkte die Augen und ich legte ihm den Arm auf die Schultern. Daraufhin drehte er sich zu mir um und umarmte mich fest. Nanu, was war das denn?!

Flo weihte mich in seine Pläne für den heutigen Abend ein. Sie hatten hier in Hamburg eine Ringergruppe, die einem schwulen Sportverein angeschlossen war. Er wollte mich mitnehmen zum Training. Mir schien, als ginge es ihm auch darum, den anderen voller Stolz einen Freund zu präsentieren. Warum nicht. Ich wollte schließlich wissen, was sich dort für Kerle rumtrieben.

Das Telefon klingelte, Flo nahm das Gespräch an, und ich nutzte die Zeit, das Post-it vom Monitor zu entfernen, in kleine Fetzen zu reißen und dem Müll zuzuführen. Ich hörte Flo ein paarmal ‹Was?› und ‹Das gibt's doch nicht!› rufen. Das Gespräch schien einen unerwarteten Inhalt zu haben.

«Alles klar?», fragte ich, nachdem er aufgelegt hatte.

«Du glaubst nicht, was heute passiert ist! Die Kripo hat verschiedene Leute aus der Ringergruppe als Zeugen befragt. Wegen eines Tötungsdelikts. Wir lassen deshalb das Training ausfallen und treffen uns bei Manfred und Toralf zum Reden. Ich glaub's nicht!»

«Tötungsdelikt?»

Ich spielte den Ahnungslosen.

«Was weiß ich, das habe ich eben nicht so richtig begriffen. Warten wir mal ab, was die anderen erzählen.»

«Und wer sind Manfred und Toralf?»

«Manfred hat die Gruppe mitgegründet. Toralf ist sein Freund. Die beiden sind ein ziemlich cooles Paar. Aber du wirst sie ja selbst kennenlernen heute Abend.»

«Da bin ich ja mal gespannt.»

«Lars ... noch was ...»

«Ja?»

«Hab ich einen Wunsch frei?»

«Klar doch!»

«Wenn wir da heute Abend grillen, nimmst du mich dann noch mal so in den Arm wie neulich am Lagerfeuer?»

«Sicher, wieso nicht! Hey, wir treffen eine Abmachung. Ich lege nachher meinen Arm um dich und du nimmst die Gitarre mit und spielst. Abgemacht?!»

Es klingelte an der Wohnungstür. Flo öffnete. In der Tür stand ein stämmiger Typ mit blondem Wuschelkopf. Flo bat ihn herein und stellte ihn vor. Malte wohnte in der Nachbarschaft und wir sollten ihn mit zur Ringergruppe nehmen.

Der Wuschelkopf betreute die Website der Gruppe. Sein Name stand dort im Impressum. Klar, dass Hamanns Leute zuerst bei ihm angefragt hatten. Das war ganz normale Polizeiarbeit. Sie fuhren ihn aufs Präsidium und nahmen ihn ein bisschen in die Mangel. Mehr als eine Stunde lang war Malte dort gewesen. Er stand in seinem Kapuzenpulli in Flos Wohnzimmer und zitterte noch immer vor Aufregung.

«Sie wollten eine Mitgliederliste von mir. Ich hab gesagt, wir haben keine. Das wollten sie nicht glauben. Haben mir mit einer Hausdurchsuchung gedroht und dass sie dann meinen Computer mitnehmen. Dürfen die das eigentlich?»

«Wenn sie einen Richter finden, der ihnen die Durchsuchungsanordnung unterschreibt, dann dürfen sie das natürlich», antwortete Flo.

Und das dürfte nun wirklich kein Problem sein, die Unterschrift ist bei der Sachlage reine Formsache. Das behielt Flo natürlich lieber für sich.

Malte zog eine DVD aus der Bauchtasche seines Kapuzenshirts.

«Dies ist ein Backup von meinen Dateien und unserer Website. Kann ich das zur Sicherheit bei dir hinterlegen? Keine Angst, da sind keine Musik- oder Videodownloads drauf.»

«Klar, gib her.» Flo schob die DVD über seinem Computer in ein Wandbord. Ich merkte mir die Stelle.

53.563582,10.116187
Hamburg-Schiffbek, Sultanstraße

Manfred empfing uns vor dem Haus. Er war ein großer, kräftiger Kerl mit Vollbart. Die Siedlung war von jener Art, wie sie in den fünfziger Jahren überall entstanden waren, um die vielen Vertriebenen aufzunehmen. Gleichförmige einfache Häuschen reihten sich aneinander. Manfred lotste uns zu den anderen auf die Terrasse. Dort stand bereits ein halbes Dutzend Männer um den qualmenden Grill herum. Es roch nach Grillanzünder. Sein Freund Toralf hantierte mit einem Blasebalg. Ihm dabei zuzusehen war eine Augenweide, denn sein Körper war durch jahrelangen Kraftsport perfekt modelliert. Zahlreiche Augenpaare hatten sich bewundernd an seinen Oberkörper geheftet.

«Hey Flo, guck ihn nicht so gierig an.» Ich hatte ihm meinen Arm auf die Schultern gelegt und flüsterte in sein Ohr. «Außerdem hast du die Gitarre vergessen.»

Ich merkte, dass ein dunkelhaariger Typ mit Dreitagebart seinen Blick von Toralf gelöst und auf mich gerichtet hatte. Er war mit Sicherheit schon Ende 30, trug eine kurze schwarze Lederjacke und taxierte mich ungeniert.

Manfred stellte sich zu uns und erkundigte sich, woher ich käme. Ich schwadronierte ein bisschen von Düsseldorf und meinem angeblichen Leben als Mediengestalter. Das Flunkern gelang mir zusehends besser. Manfred schien nicht viel von Werbeleuten zu halten und ich flocht geschmeidig einige böse Worte über Tunten und andere Deppen in Düsseldorfer Werbeagenturen ein. Das fiel bei ihm auf fruchtbaren Boden und er wurde zutraulich.

«Komm, ich zeig dir mal unseren berühmten Keller.»

Dabei griff er kurz prüfend nach meinem Oberarm.

Keller? Was wollte der von mir? Hoffentlich nur ein berühmter und kein berüchtigter Keller.

Wir betraten das Haus und stiegen die Kellertreppe hinab. Stolz präsentierte er mir unten den hauseigenen Trainingsraum mit Hantelbank. Die große Auswahl an Hantelscheiben mit hohem Gewicht ließ darauf schließen, dass es hier durchaus zur Sache ging. Nebenan hatten sie den Raum mit Matten ausgelegt und für Ringkämpfe hergerichtet.

«Dann holst du dir deine Opfer direkt ins Haus?», feixte ich und zwinkerte ihm zu.

Manfred lachte und schüttelte den Kopf. «Die Zeiten sind vorbei. Seitdem Toralf und ich zusammen sind, war kein anderer mehr hier unten.»

«Schade eigentlich.»

«Außerdem wollte ich nie Opfer, sondern Typen, die sich wehren können. Glaubst du, ich hätte mir sonst einen Mann wie Toralf ausgesucht?»

Als wir wieder auf die Terrasse traten, stand da ein robuster 40-Jähriger in olivgrünem Kapuzenshirt. Er kam auf mich zu, schüttelte mir kräftig die Hand und begrüßte mich mit eigenartigem Akzent. Auf dem grünen Shirt las ich ‹British Army of the Rhine›. Er stellte sich mit Paul und als Coach der Gruppe vor. Auf meine Frage, ob er Engländer sei, verzog er das Gesicht. Schotte, antwortete er. Dann wandte er sich wieder den übrigen Anwesenden zu.

Natürlich war der Besuch von Hamanns Truppe das beherrschende Gesprächsthema. Pauls voller Name stand ebenfalls auf der Website, allerdings ohne Adresse. Wie die Kripo an seine Adresse gekommen war, hatte Paul bereits herausgefunden. Sie hatten beim Sportverein angerufen, über den die Ringergruppe die Hallenzeiten bekommt. Eine zweite Anfrage beim Vermieter hatte genügt und sie erhielten auch Pauls Firmenanschrift. So waren sie mit zwei Mann bei ihm im Büro aufgekreuzt und nahmen ihn mit zur Befragung. Der große Bahnhof sozusagen.

Auch Paul war bedrängt worden, eine Mitgliederliste herauszugeben. Da es eine solche Liste tatsächlich nicht gab, hatte er geistesgegenwärtig empfohlen, die Kripo möchte doch am heutigen Abend in die Turnhalle zum Training kommen. Nach der Befragung hatte Paul umgehend herumtelefoniert und sie hatten das heutige Treffen hierher in den Garten verlegt. Bei der Vorstellung, wie jetzt die Kripoleute vergeblich in Altona an der Turnhalle warteten, hauten sich alle auf die Schenkel.

Der Unterschied zwischen Malte und Paul in ihrer Reaktion war augenfällig. Malte war immer noch das reinste Nervenbündel. Paul dagegen hatte ganz kühl und selbstsicher reagiert. Vielleicht lag das am Alter.

Unweigerlich geriet Flo in den Mittelpunkt der Debatte. Sie wollten von ihm Verhaltensregeln bekommen. Flo setzte zu grundsätzlichen Erläuterungen an. Sie müssten immer darauf achten, ob sie als Zeuge befragt würden. Wenn ihnen das unklar sei, sollten sie fragen. Als Zeuge seien sie verpflichtet, Angaben zu machen. Natürlich müssten sie dabei die Wahrheit sagen, außer wenn sie sich selbst belasten würden. Wenn man plötzlich vom Zeugen zum Beschuldigten würde, müsste die Polizei einem das sagen. In diesem Fall dürfte man auch generell ohne Angabe von Gründen jede Aussage verweigern.

«Darf ich mal als Außenstehender eine Frage stellen?» Ich meldete mich zu Wort.

Alle sahen mich erstaunt an. Paul nickte.

«Worum ging es in diesen Verhören eigentlich? Was wollten die Bullen denn von euch?»

Flo rollte mit den Augen. «Lars, das waren keine ‹Verhöre›. Hab ich doch grad erklärt, dass die Kripo Zeugen befragt ...»

Paul unterbrach ihn. «Weiß nicht, was die wollten. Haben mich gefragt, wo ich an bestimmten Tagen war. Und Fotos haben sie mir gezeigt. Kannte ich nicht, die Typen. Hier aus der Gegend waren die bestimmt nicht. Jedenfalls nicht szenebekannt.»

«Ich glaube, die auf den Fotos sind alle umgebracht worden. Die Bullen haben mir noch gedroht, dass ich mich strafbar mache, wenn ich Angaben bewusst verschweige. Und dass es dann mit meinem Lehrerberuf Essig ist», ergänzte Malte.

Alle murmelten erregt durcheinander. Anscheinend war ich der Einzige, der wirklich wusste, was passiert war. Ich kaute genüsslich an gegrillten Koteletts. Seit meinem Nutella-Frühstück hatte ich nichts mehr gegessen.

Als ich wieder am Grill auf Nachschub anstand, wartete dort auch der Dunkelhaarige mit seiner Lederjacke. Auf dem Jackenärmel zeugte ein wappenförmiges Lochmuster davon, dass hier ein Abzeichen entfernt worden war. Das mochte durchaus eine uralte Dienstjacke sein. Der Dunkelhaarige bemerkte mein Interesse und sah mich fragend an. Ich zeigte auf den Jackenärmel.

«Ist das 'ne alte Bullenjacke?»

Das Gesicht des Dunkelhaarigen hellte sich auf.

«Isses. Noch 'ne originale von Erdmann.»

Das sagte mir nichts, und der Dunkelhaarige erklärte mit großer Detailkenntnis, dass diese Jacken einst für die Münchner Polizei entwickelt und 1965 von der Hamburger Polizei übernommen worden waren.

«Bist du 'n Bulle?», fragte ich.

Der Dunkelhaarige grinste. «Nee. Seh ich so aus? Natürlich nicht. Und du? Du bist mit Flo zusammen hier aufgeschlagen, da stehst du sicher auf Bullen?»

Ich wusste nicht so recht, was ich antworten sollte. «Auf jeden Fall steh ich auf Flo.»

Der Dunkelhaarige zog eine Packung Zigarillos aus der Jacke hervor und bot mir auch einen an. Ich winkte dankend ab.

«Wenn du kein Bulle bist, wieso kennst du dich mit den Jacken so aus?»

Der Dunkelhaarige zog genüsslich an seinem Zigarillo. «Ich hab da 'ne ganze Sammlung von. Wenn's dich interessiert, besuch mich doch mal. Da müsste auch eine dabei sein, die dir passt.»

53.573859,10.053874
Hamburg-Eilbek, Eilbektal

Auf Nutellaschnitten hatte ich am nächsten Morgen keine Lust. Ich durchforstete den Kühlschrank und stieß auf ein halbes Dutzend Eier. Na bitte! Der dazu passende Frühstücksspeck fand sich leider nicht. Dann haute ich mir die Eier eben so in die Pfanne. Als Sättigung bis zum Abend sollte das jedenfalls reichen.

Der zweite Tag in Hamburg. Langsam wurde es Zeit, dass ich etwas Systematik in die Sache brachte. Das Treffen mit Karsten in der Tiefgarage und dann der Grillabend. Vor meinem geistigen Auge standen die Kripoleute mit dummem Gesicht irgendwo in einer Turnhalle und suchten vergeblich die Ringergruppe. Zur gleichen Zeit hatte ich mit ebendieser Ringergruppe Grillkoteletts verzehrt.

Ich sollte Kontakt zu Torsten Hamann aufnehmen. Nicht nur weil er vom Typ her in Ordnung war. Es ging auch darum, disziplinarische Verwicklungen zu vermeiden. Was ich hier tat, durfte ich das überhaupt? Ich scrollte durch die Wahlwiederholungsliste meines Handys. Zuerst schaute mich die Nummer von Karsten an. Die hatte ich gestern um diese Zeit sorgfältig Ziffer für Ziffer eingetippt. Was hinterher geschah, kam mir mittlerweile höchst unwirklich vor. Egal, ich würde Torsten alles haarklein berichten. Vielleicht konnte er was damit anfangen.

Ich wählte seine Nummer und er war sofort dran. Doch wieder war er kurz angebunden. Diese Kripoleute nahmen einen eben nicht für voll. Ich erwähnte erneut, dass ich in Hamburg sei, und schilderte mit knappen Worten das Raufwochenende.

Im Hintergrund klapperte eine Tastatur. Hörte er mir überhaupt zu?

Torsten seufzte. «Lars, ich stecke hier in einer ganz anderen Problematik. Die ist männlich, 1,90 Meter groß, blond, breitschultrig und liegt im Institut für Rechtsmedizin. Alles klar?»

Er wollte nichts von dem hören, was ich zu berichten hatte. Dann eben nicht! Auch Torsten Hamann war nicht besser als andere Kripoleute.

Und so versuchte ich, die Situation mit einem Witz zu retten: «Dann kann man eben nichts machen. Wenn dein Problem nicht zufällig Dirk heißt und großflächige Brandnarben am rechten Arm hat, dann kann ich dir auch nicht helfen.»

Es blieb stumm am anderen Ende der Leitung.

«Torsten, bist du noch da?»

Ich vernahm ein leises Räuspern.

«Lars, wo bist du? Warte einen Moment, ich hole dich ab.»

Was war das denn? Sollte es wirklich den Angeber vom Wochenende erwischt haben?

«Hol mich am S-Bahnhof Friedrichsberg ab. Ich warte da auf dich.»

«Alles klar. Wir sehen uns in einer Dreiviertelstunde.»

Geht doch! Ich spendierte mir zum Nachtisch noch ein Nutellabrot. Dann entnahm ich der Spindel neben dem Computer einen Rohling und kopierte Maltes Backup-DVD.

53.592346,9.971332
Hamburg-Eppendorf, Universitätsklinikum

Torstens Mundwinkel zuckten heftig zur Begrüßung. Er schien angespannt. Ohne weitere Worte zu verlieren, fädelte er sich in den fließenden Verkehr ein. Die Gegend kannte ich. Wir nahmen fast die gleiche Strecke, wie Karsten sie gestern gefahren war. Jedenfalls erkannte ich so manche markante Straßenkreuzung wieder.

«Ist das der Stadtpark?»

Ich war ein bisschen stolz über meine frisch erworbenen Ortskenntnisse. Zum ersten Mal sah ich in Torstens konzentriertem Gesicht so etwas wie den Hauch eines leichten Grinsens.

«Hast du hier gestern Abend recherchiert?»

Das war eine überflüssige Bemerkung, die seiner Chefin zur Ehre gereicht hätte. Also revanchierte ich mich.

«Gestern Abend? Nein. Gestern Abend habe ich mit den Jungs von der schwulen Ringergruppe gegrillt. Das war, während deine Leute vergeblich zu einer Turnhalle in Altona gefahren sind ...»

Torsten verzog den Mund. Und sofort tat er mir leid. Ich wusste nicht einmal, wo dieses Altona liegt.

«Wohin fahren wir?», fragte ich nach ein paar schweigsamen Minuten.

«Rechtsmedizin.»

Ich schluckte.

«Es würde auch reichen, wenn du mir ein Foto zeigst.»

Torsten gab verschärft Gas.

Das Institut für Rechtsmedizin liegt am Rande eines großen Krankenhausgeländes. Torsten erläuterte knapp, dass es sich um die Uniklinik handelt. Das Universitätsklinikum Eppendorf, abgekürzt ‹UKE›, sei in Hamburg so etwas wie eine Institution. Von einer kleinen Wohnstraße mit villenartiger Bebauung gibt es einen direkten Zugang von außen zur Rechtsmedizin. Wir blieben nur wenige Minuten dort. Ein Mitarbeiter der Rechtsmedizin führte uns an eine Edelstahlschublade und schlug ein ausgewaschenes grünes Tuch zurück. Der blonde Angeber lag stumm da. Letztes Wochenende hatte er noch große Töne gespuckt. ‹Dicker› hatte er mich genannt. Torsten drehte den rechten Arm, dass man die Brandmale besser sehen konnte.

«Kennst du den?»

Ich nickte. Ja, mit diesem Arm hatte ich mein Spielchen getrieben.

«Dann komm mit.»

Ohne lange zu reden, machte Torsten auf dem Absatz kehrt und ich trottete hinterher. Eine Minute später saßen wir wieder im Auto. Statt weiterzureden, gab Torsten Gas. Hektisch fuhren wir durch den Stadtverkehr. Minuten später waren wir wieder am Stadtpark angelangt. Er parkte den Wagen und sah mich an.

«Also gut. Gehen wir eine Runde spazieren und reden dabei?»

Ich nickte. Wir ließen einen Linienbus passieren und überquerten die Straße.

«Ist er genauso wie Gerd ...?»

«Ja, ist er. Das gleiche Muster.»

«Und ein Foto hätte wirklich nicht gereicht?»

«Nein, ich wollte, dass du ihn siehst. Mit deinen eigenen Augen. Vielleicht hast du wenigstens dann eine ungefähre Ahnung, wozu eigenmächtige Ermittlungen führen können.»

Nun war mir alles klar. Den Herren von der Mordkommission passte natürlich nicht, dass ich in wenigen Tagen mehr herausgefunden hatte als sie mit ihren Lehrbuchmethoden, immer schön nach Schema F.

«Entschuldige bitte, ich ermittle nicht. Ich habe an einem Raufwochenende teilgenommen. Und ich will dir seit gestern davon berichten.»

Wir gingen über Parkwege. Jogger kamen uns entgegen, alte Leute mit Gehhilfen und Kinder auf Fahrrädern.

«Während der Ausbildung mussten wir um den Stadtpark laufen», erzählte Torsten in einem Anfall von Leutseligkeit. «Bei jedem Wetter. Und selbst im Winter durften wir keine Handschuhe tragen. Haben wir natürlich doch gemacht und ausgezogen, wenn der Ausbilder in Sicht kam.» Er bekam einen versonnenen Gesichtsausdruck. «Da drüben der Sportplatz ist der einzige in Hamburg nur für American Football. Gehört zum SV Polizei. Die ‹Hamburg Pioneers›.»

Langsam verstand ich: Er wollte das Eis brechen. Und tatsächlich kam er unmittelbar darauf endlich zur Sache.

«Lars, jetzt mal eins nach dem anderen. Woher kennst du den Toten?»

«Das Raufwochenende. Dirk hat mich angebaggert. Ein Angeber wie aus dem Bilderbuch. Ich habe ihn beim Armdrücken besiegt. Das hat ihn ganz schön geärgert.» Ich versuchte zu lachen.

«Angebaggert?» Seine grauen Augen musterten mich.

«Ja, angebaggert. Hat ihm aber nichts genutzt. Widerlicher Typ.»

Ich wartete jetzt auf die Frage, wer mich sonst noch angebaggert hätte. Oder ob ich auch gebaggert hätte. Doch nichts dergleichen kam. Immer nur die beiden grauen Augen.

«Ich will jetzt alles über dieses Wochenende wissen. Namen, Veranstalter, Teilnehmer, alles.»

«Der Organisator nannte sich Jürgen. Den Teilnahmebeitrag habe ich einem Jürgen Roitzsch überwiesen. Wenn du auf deiner Dienststelle Internet hast, kann ich mich in mein Konto einloggen, die Überweisung aufrufen und dir seine Kontonummer geben. Die Namen der Teilnehmer kenne ich nicht, jedenfalls nicht die Nachnamen. Aber die können eure Leute sicher rausfinden.»

Torsten zuckte wieder mit den Mundwinkeln. Anscheinend war er jetzt zufriedener.

«Lars, da du zur Tatzeit offenbar in Hamburg warst, muss ich dich fragen ...»

«Alles klar, kein Problem. Da war jemand aus Hamburg beim Raufwochenende. Bei dem bin ich jetzt zu Besuch.»

Wieder diese grauen Augen, doch kein Zucken um die Mundwinkel.

«Name?»

«Muss das sein?»

«Ja, muss.»

Ich nannte Flos vollen Namen und seine Anschrift. Torsten blieb stehen, zog ein Notizbuch hervor und schrieb ungerührt mit.

«Ähm, da ist noch etwas, was du wissen solltest.»

Torsten blickte auf und hielt den Kugelschreiber in Bereitschaft.

«Flo, ich meine Florian, also er ... er ist ein Kollege.»

Torsten knipste wiederholt am Kugelschreiber.

«Mir bleibt auch nichts erspart», murmelte er und steckte Stift und Notizbuch wieder ein.

«Torsten, kann ich dich um einen Gefallen bitten?»

Er sah mich fragend an, ohne zu antworten.

«Kannst du es nicht so drehen, dass Flo, also Florian denkt, ihr seid über die Teilnehmerliste des Wochenendes auf ihn und mich gestoßen? Er glaubt übrigens, ich sei ein Mediengestalter und grade im Begriff, nach Hamburg zu ziehen. Lasst ihn doch in dem Glauben.»

«Du meinst, weil wir sonst deine privaten Ermittlungen stören?»

«Nein. Flo ist irgendwie in Ordnung. Ich möchte nicht, dass ... Also ich möchte ihm nicht wehtun.»

Ein spöttisches Lächeln huschte kurz über Torstens Gesicht, doch er hatte sich gleich wieder in der Gewalt. Nur seine Mundwinkel zuckten. Mir blieb nichts anderes übrig, als ihm zu vertrauen.

Wieder im Auto, machte Torsten Anstalten zu wenden. Einer plötzlichen Eingebung folgend, hielt ich ihn davon ab.

«Aber zum Präsidium geht's in die andere Richtung.»

«Fahr mal so, wie ich dir sage.»

Wir passierten wieder den U-Bahnhof Borgweg.

«So, 30 Meter hinter der Kreuzung, da biegst du links ab und fährst drüben in eine Tiefgarage.»

«Alles klar.»

Zwei Minuten später standen wir mit dem Wagen vor dem verschlossenen Garagentor. Das war mindestens doppelt so breit wie ein normales Tor.

«Was wird das jetzt?», fragte Torsten.

In diesem Moment öffnete sich das Tor und ein anderer Wagen fuhr an uns vorbei in die Tiefgarage hinein.

«Nichts wie hinterher, und gleich ganz nach unten», sagte ich.

Eine Minute später standen wir wie gestern im Dunklen.

Ich erzählte ihm die Geschichte von meinem Anruf bei Karsten und meinem Abenteuer in der stockdunklen Garage.

«Du bist lebensmüde. Lass das gefälligst sein. Das ist eine Nummer zu groß für einen allein.»

Torsten notierte sich Karstens Handynummer und wollte alle Garagenmieter überprüfen lassen. Dass ich das Kennzeichen nicht notiert hatte, nannte er unprofessionell. Wenigstens als der Audi wegfuhr, hätte ich es sehen müssen. Das war zweifellos richtig. Aber in dem Moment hatte ich andere Sorgen gehabt.

53.604863,10.010648
Hamburg-Winterhude, Polizeipräsidium

Im Präsidium loggte ich mich im Internet in mein Postbankkonto ein und schaute nach der Kontonummer von Jürgen Roitzsch. Torsten ging Kaffee besorgen. Bis er mit zwei gefüllten Bechern wieder auftauchte, sah ich mehrere Hochbahnzüge vor dem Fenster vorbeifahren.

Ich schlürfte vorsichtig einen Schluck und zu meiner großen Überraschung schmeckte der Kaffee. Torsten klappte einen Aktenordner auf seinem Schreibtisch auf und entnahm ihm ein Blatt Papier.

«Hier, kommt dir das bekannt vor? Kannst du ruhig anfassen, ist 'ne Kopie.»

Ich schaute auf das Papier und sah eine Zahlenreihe:

53.426389,10.330556

«Sieht so aus, als hätte dein Sportsfreund, sein vollständiger Name ist übrigens Dirk Zimmermann, auch so eine Einladung per Mail bekommen. Diesen Ausdruck haben wir in seinem Auto gefunden. Und dann haben wir hier noch was ...»

Torsten zog eine CD aus der Akte und schob sie in seinen PC. Auf dem Bildschirm erschien die Aufnahme einer Überwachungskamera.

«Der Tatort liegt fast unmittelbar an der Staustufe Geesthacht. Diese Aufnahmen stammen aus einer der Überwachungskameras vor dem Stauwehr.»

Obschon das schwarz-weiße Bild nur eine recht grobe Auflösung zeigte, war der blonde Dirk eindeutig zu erkennen. Er parkte unterhalb der Straßenbrücke am Wehr, zog sich Sportklamotten an und absolvierte leichte Bewegungsübungen, um sich warm zu machen. Schließlich verschloss er den Wagen und machte sich auf den Weg. Das Video brach ab, und Torsten musterte mich, ohne etwas zu sagen.

Hinter mir öffnete sich die Tür und jemand betrat den Raum. Torstens Mundwinkel zuckten mehrfach. Ich schaute mich um.

Es war die Jensen. Auch das noch. Ich erhob mich, um ihr die Hand zu geben, doch sie wehrte mit einer knappen Handbewegung ab.

«Herr Brentrop, wie schön, Sie wieder in Hamburg zu sehen. Ich höre, Sie ermitteln auf eigene Rechnung und eigene Gefahr?»

«Ich habe an einer Wochenendveranstaltung teilgenommen und anschließend Tors... Herrn Hamann unverzüglich mit den Details vertraut gemacht.»

Die Jensen griff nach einer Stuhllehne, drehte den Stuhl und setzte sich, mit der Lehne nach vorn. Das schien ihre bevorzugte Sitzposition zu sein. Sie markierte hier die Macherin.

«Unverzüglich, so so. Das freut mich. Freut mich auch zu hören, dass Sie sich in Ihren persönlichen Vorlieben so rasch umorientieren konnten, um an dieser doch sehr expliziten Veranstaltung teilzunehmen.»

Fing die Alte schon wieder mit ihren spitzen Bemerkungen an! Erwartete die jetzt eine Antwort von mir? Hamann guckte stumm aus dem Fenster und schaute einem endlos langen Güterzug nach.

«Tja, Herr Brentrop, ich wünsche Ihnen noch einen angenehmen Aufenthalt hier in Hamburg. Wann geht's denn wieder zurück nach Düsseldorf?»

«Morgen ...»

«Morgen schon? Na, dann muss ich ja nicht befürchten, dass Sie meine Leute arbeitslos machen. Ich wünsche Ihnen eine angenehme Fahrt.»

Ich wollte grad die Hand ausstrecken, doch sie hatte den Raum schon verlassen.

«Kann es sein, dass die mich nicht mag?»

Torsten zog die Brauen hoch und rollte mit den Augen. Kein Wort kam über seine Lippen. Der Mann war schlicht ein Wunder an Loyalität.

«Ich habe übrigens noch eine kleine Überraschung für dich.»

Ich zog die DVD-Kopie aus meiner Jacke.

«Hier, mit freundlicher Empfehlung an die Chefin.»

4

GPS (engl. Global Positioning System). Ein globales Satellitensystem zur Navigation, das vom US-Verteidigungsministerium betrieben wird. Das Signal von vier Satelliten erlaubt weltweit eine exakte dreidimensionale Ortsbestimmung mit einer Genauigkeit von zehn Metern für zivile und einem Meter für militärische Zwecke.

51.253844,6.780217
Düsseldorf-Derendorf, Johannstraße

Der Urlaub war vorbei, und ich stand im Begriff, mich wieder in den Düsseldorfer Alltag zu stürzen. Der begann mit Spätschicht. Am frühen Nachmittag betrat ich die Dienststelle. Sakowski hatte Wachraumdienst, stand hinter dem Tresen und grinste mich breit an. Seine Krawatte war wie üblich zu einem winzig kleinen Knoten geschnürt.

«Lars Brentrop! Na, hast du die Reeperbahn unsicher gemacht?» Sakowski lachte aus vollem Hals und fing laut zu singen an.

«Auf der Reeperbahn nachts um halb eins,
ob du 'n Mädel hast oder Karl-Heinz ...»

Blödmann!

Er winkte mich heran. «Komm mal her, ich hab hier was für dich!»

«Lass man, wenn es von dir kommt, kann es nur was Unanständiges sein.»

Er grinste noch breiter. «Is' nich' von mir, aber trotzdem

unanständig!» Er beugte sich vor und flüsterte in verschwörerischem Ton: «Kann sein, du hast 'nen Verehrer.»

«Sakowski, spinn hier nicht rum!»

Er schob mir einen Zettel über den Tresen.

«Der Typ war die Tage da und hat nach dir gefragt. Du sollst ihn anrufen. Sei dringend, sagte er. War so ein ganz Süßer.» Er zwinkerte heftig mit einem Auge und versuchte gleichzeitig, mit seinem dicken Hintern zu wackeln.

Auf dem Zettel las ich den Namen Linus Schwarz und eine Handynummer. Ich steckte den Zettel in die Hosentasche und wandte mich in Richtung Spindraum.

Minuten später war ich wieder da, nun aber in Uniform. Und wieder winkte mich Sakowski heran.

«Lars, Petersdorff verlangt nach dir. Sofort, hat er gesagt.»

Auch das noch. Was wollte der schon wieder von mir? Ich klopfte an seine Tür. Ich hörte ihn kurz rufen und trat ein. Er stand neben seinem Schreibtisch, telefonierte im Stehen und deutete auf den Besucherstuhl. Ich setzte mich und schaute mich um. Da hing ein neues Bild an der Wand. Petersdorff auf einer Geländemaschine, die wie ein Oldtimer aussah.

Er beendete das Gespräch, setzte sich aber nicht. Petersdorff lief auf und ab, reckte die Schultern.

«Neue Kiste?», ich zeigte auf das mir unbekannte Bild.

Seine Augen fixierten mich, seine Kiefer mahlten.

«Lenk nicht ab. Du warst wieder in Hamburg?»

Ich nickte und war mir keiner wie auch immer gearteten Schuld bewusst.

«Lars, ich weiß nicht, was du da am Laufen hast. Ich will es auch nicht wissen. Die Sache ist nur, man hat mir gesagt, ich darf es noch nicht einmal wissen. Man hat mir auch gesagt, dass ich dich nicht fragen soll. Also frage ich nicht.»

Schnaufend blickte er mich an. Was war nur los?

«Lars, ich soll dich umgehend zum LKA schicken. Dienstwaffe und Uniform musst du hierlassen. Aber als dein Vorgesetzter möchte ich doch wenigstens eines wissen: Ist alles okay mit dir?»

Ich nickte. Was sollte schon sein?

«Die Kiste ist übrigens eine 78er Yamaha TT500. Mit Maico-Gabel. Ich fahr jetzt Veteranen-Cross.»

51.209043,6.756133
Düsseldorf-Unterbilk, Völklinger Straße

Beim LKA wartete ich an der Zugangskontrolle. Mit der Straßenbahn hatte es eine Weile gedauert, bis ich dort ankam. Ein sportlich wirkender Mittvierziger holte mich ab. Er stellte sich mit dem Namen Brombach vor, nannte keinen Dienstgrad, trug Krawatte, aber kein Sakko. Ich folgte ihm in ein offensichtlich ungenutztes Büro. Mitten im Raum stand ein leerer Tisch, einige Stühle drum herum, auf der Fensterbank ein Telefon. Er bot mir einen Sitzplatz an und nahm mir gegenüber Platz. Zwischen uns lag die leere Tischfläche, er hatte nicht einmal eine Akte oder irgendwelche anderen Unterlagen dabei.

«Herr Brentrop, dies ist ein sehr ungewöhnlicher Vorgang. Ich muss sagen, so etwas ist mir in meinen über 20 Dienstjahren noch nicht vorgekommen.» Brombach rückte seine Krawatte zurecht.

Ich beobachtete ihn gespannt. Warum mussten diese Schreibtischmenschen nur immer so viel reden. Hoffentlich kam er langsam zur Sache!

«Herr Brentrop, wie es scheint, haben Sie einige wirklich einflussreiche Freunde in Hamburg ...»

Ich runzelte die Stirn. Wen meinte er?

«Um es kurz zu machen: Wir haben hier eine Anfrage aus Hamburg vorliegen. Sehr ungewöhnlich, ist über das Innenministerium eingegangen. Herr Brentrop, warum auch immer, man will Sie dort haben.»

«Aha ...»

«Ich weiß nicht, weshalb. Und ich soll Ihnen nicht einmal Fragen dazu stellen. Das wurde mir explizit so aufgetragen. Wie gesagt, sehr ungewöhnlich. Sie möchten bitte einen Kriminalhauptkommissar Hamann in Hamburg anrufen und mit ihm alles Weitere klären. Sie wüssten Bescheid, hieß es.»

Brombach nahm das Telefon von der Fensterbank und schob es über den leeren Tisch in meine Richtung. Er sah mich aufmerksam an.

Im ersten Reflex griff ich nach dem Hörer und ließ dann den Arm wieder sinken. Ich zog mein Handy heraus, um Torstens Telefonnummer zu suchen. Und da hatte ich diese fantastische Idee. Wenn sie hier alles so oberwichtig machten, dann wollte ich das Spiel auch mitspielen. Richtig mitspielen. Wennschon - dennschon. Man hat nicht jeden Tag die Gelegenheit, einen Mister Wichtig vom LKA ungestraft auf den Arm zu nehmen.

«Herr Brombach, vielen Dank für die Informationen. Ich hatte schon auf Ihre Nachricht gewartet. Sie haben sicher Verständnis dafür, dass ich das Telefonat mit Hauptkommissar Hamann von meinem Mobiltelefon aus führen werde. Außerdem muss ich dazu das Gebäude verlassen.»

Brombach machte ein ehrfürchtiges Gesicht. Ich konnte mir nur mit Mühe ein Lachen verkneifen.

«Das ist in Ordnung, Herr Brentrop. Da ist dann nur noch Ihr Dienstausweis. Den müssten Sie mir bitte aushändigen.»

Ich schob den Ausweis über den Tisch.

«Ich wünsche Ihnen viel Erfolg in Hamburg.»

Mein Dienstausweis verschwand in der Brusttasche von Brombachs Hemd.

Anschließend brachte er mich wieder hinunter zum Eingangsbereich und schüttelte mir dort zum Abschied förmlich die Hand. Schon stand ich wieder vor der Tür.

Ich ging durch eine Kleingartensiedlung an der nahe gelegenen Bahnlinie und rief Torsten vom Handy aus an.

«Hallo Lars, da bist du platt, was?!»

«Darf ich auch mal wissen, was hier läuft?»

«Du glaubst es nicht, es war die Idee von der Jensen.»

Dann berichtete er mir in allen Einzelheiten, was sich seit

gestern zugetragen hatte. Die Jensen stand unter Druck. Es gab also einen Serienmörder, der schwule Männer umbrachte. Man munkelte, der Erste Bürgermeister der Hansestadt hätte persönliches Interesse an dem Fall gezeigt. Jedenfalls war die Jensen selbst auf die Idee gekommen, mich als verdeckten Ermittler in dem Fall einzusetzen. Ich sollte einfach da weitermachen, wo ich gestern aufgehört hatte.

«Wir haben 'nen ganz schönen Einlauf gekriegt von der Jensen. Du hast in wenigen Tagen mehr Fakten auf den Tisch gelegt, als wir in mehreren Wochen Fleißarbeit zusammengetragen haben.»

Ich musste lächeln. Da hatte die Jensen ausnahmsweise recht. Und jetzt wurde ausgerechnet der stämmige Schutzpolizist Lars Brentrop aus Düsseldorf zum Steigbügelhalter für die weitere Karriere der Jensen. Kaum zu glauben.

«Torsten, was habe ich denn davon?»

Er lachte. «Dir stehen natürlich die üblichen Zulagen zu. Das regeln noch die Verwaltungen in Düsseldorf und Hamburg untereinander. Außerdem haben unsere Leute schon die Kleinarbeit für dich erledigt. Du bekommst eine Wohnung, ein passendes Auto und ... du kannst mir glauben, es war nicht einfach, das durchzusetzen, ein Motorrad.»

«Bin ich immer noch der Mediengestalter, der von Düsseldorf nach Hamburg zieht?»

«Natürlich!»

«Ich hoffe, dann passen Wohnung und Auto dazu. Und denk dran: Werbeleute sitzen nicht an Aldi-PCs, es muss schon ein Mac sein.»

Im Geiste dachte ich an das edle Notebook, das auf Gerds Schreibtisch gestanden hatte.

Torsten seufzte. «Kriegst du alles. Pass auf: Ich erwarte dich morgen Abend in Hamburg. Bis dahin musst du zu Hause alles geregelt haben. Jemanden finden, der die Blumen gießt und die Katze füttert. Miete dir einen Kombi und lade deine Klamotten ein. Und vergiss die Motorradsachen nicht.»

«Ich habe weder Katze noch Topfpflanzen.»

«Umso besser, dann gibt's da ja keine Schwierigkeiten. Und denk bitte daran: Zu niemandem ein Wort! Dieser Fall hat zwar nichts mit organisierter Kriminalität zu tun, aber man weiß ja nie.»

Ich steckte das Handy ein und machte mich auf den Weg zur Straßenbahn, um meine Sachen aus der Dienststelle zu holen.

51.201738,6.781257
Düsseldorf-Bilk, Friedrichstraße

Im Spind stand noch meine Sporttasche. Warum nicht noch ein letztes Mal ins Top-Fitness gehen?

Angela strahlte wie immer mit den Halogenleuchten um die Wette. Ich winkte ihr freundlich zu und huschte schnell in den Umkleidetrakt.

An diesem Tag entschied ich mich für Beintraining, obwohl schweres Beintraining einen fix und fertig machen konnte. Das war mir egal. Als ich am Kniebeugenständer eine Hantelstange mit Hantelscheiben belud, kam Tim ungefragt herüber, um Hilfestellung zu geben. Stumm machte ich meine Wiederholungen, Tim zählte, ansonsten wechselten wir kein Wort miteinander.

Beim Gehen traf ich wieder Angela. Sie hielt mir die Tür auf und verließ nach mir das Top-Fitness.

«Schon Feierabend?»

Sie nickte. Eine Windböe zauste ihre kurzen Haare. Sie trug jetzt nur noch ein knappes Girlie-Shirt. Den Sport-BH hatte sie allem Anschein nach im Studio gelassen.

«Sag mal, hast du Lust auf was zu essen?»

Meine Güte, was war das für eine dämliche Einladung. Ich quasselte herum wie ein pickeliger Abiturient.

Doch sie strahlte immer noch mit ihrem Halogengesicht.

«O ja. Ich weiß, ich dürfte das eigentlich nicht mit meiner Figur, aber ich hab einen wahnsinnigen Appetit auf Pizza.»

«Och, ab und zu soll man sich so einen kleinen Seitensprung ruhig leisten.»

«Denke ich auch. Kennst du das ‹Gino's›?»

«Klar! Komm, ich lade dich ein.»

Angela strahlte mich an und ich dachte nur: ‹Geht doch!›

Das ‹Gino's› war nicht weit. Angela bestellte Prosecco, ich nahm Mineralwasser. Nach den Kniebeugen hatte ich einen Bärenhunger und orderte Tagliatelle vorweg.

«Du sahst verdammt gut aus bei den Kniebeugen», sagte sie.

«Was sieht denn an einem schwitzenden und stöhnenden Mann gut aus?»

«Diese Beine, dieser muskulöse Hintern ...»

«Hey, da bin ich doch nicht der Einzige. Wer da so alles an dir vorbeiläuft den ganzen Tag über ...»

«Schon. Aber du bist der Einzige, der kein Sprücheklopfer ist.»

«Mögen Frauen das denn nicht?»

Angela lachte. «Also ich persönlich mag das überhaupt nicht. Aber dich, dich finde ich süß. Äußerlich bist du so ganz der Macho, und dann tust du so, als seiest du wahnsinnig schüchtern. Dabei bist du das gar nicht.»

«Eigentlich bin ich wirklich nicht schüchtern. Aber solange ich innerlich noch nicht mit meiner Ex abgeschlossen hatte, wollte ich mich ein bisschen zurückhalten. Oder wärst du gern die Notlösung gewesen?»

Das war meine Art, es durch die Blume zu sagen: Ich hab im Moment keinen Bock auf eine Beziehung.

«Siehst du, das ist genau der Lars, den ich so niedlich finde.»

Wir sahen uns über den Tisch hinweg an. Wenn dort keine Kerze gebrannt hätte, der Weg wäre frei für einen Kuss gewesen. Ich bezweifelte, dass meine Message angekommen war.

«Hab ich das neulich eigentlich richtig verstanden? Du studierst?»

Sie nickte lebhaft. «Ja, Ökotrophologie.» Vermutlich war mir die Frage schon ins Gesicht geschrieben, daher ergänzte sie sofort: «Ernährungswissenschaften. In Mönchengladbach an der Hochschule Niederrhein. Halbe Stunde von hier mit der S-Bahn.»

«Ah, daher diese Saftmischung. Was für ein Dorn war das?»

«Sanddorn. Orangerote Beeren an einem dornigen Strauch mit schmalen silbrigen Blättern. Wächst an der Ostsee und enthält wahnsinnig viel Vitamin C.»

Wieder was dazugelernt. Sie hatte mehr zu bieten als übervolle Körbchen. Der Kellner brachte meine Bandnudeln. Angela nippte an ihrem Prosecco.

«Na, dir scheint's zu schmecken!» Angela deutete auf die Pasta. «Bist du vorher schon mal hier gewesen?»

Ich schluckte meine Nudeln herunter. «Im ‹Gino's› noch nicht. Aber ich hab als Kind in der Gegend gewohnt, bei meiner Großmutter.»

«Du bist bei deiner Oma aufgewachsen?»

«Ja, meine Mutter war allein und hat mich dann zu ihr gegeben.»

«Oh ...»

Ich aß wortlos meine Tagliatelle und schob dann den leeren Teller von mir fort.

«Ach, das war eigentlich eine schöne Zeit bei Oma. Schlimm wurde es erst, als meine Mutter einen Kerl kennenlernte und zu ihm gezogen ist. Der hatte nämlich ein eigenes Haus. Sie träumte ihren Traum von der heilen Familie und holte mich dazu. Ich mochte diesen Kerl vom ersten Moment an nicht. Ihr Traum wurde für mich zum Albtraum.»

Sie griff nach meiner Hand auf dem Tisch.

«Lars ...»

«Dieser alte Sack hat sie geschlagen und er hat mich geschlagen.»

Ihre Hand griff fester zu.

«Mit neun Jahren habe ich mit Judo angefangen. Ich hatte

mir fest vorgenommen, dass ich eines Tages zurückschlagen würde. Ein Klassenkamerad hat mich damals mit in seinen Verein genommen. Das war zufällig der Polizei-Sport-Verein. Später bekam ich da einen Trainer, der war echt in Ordnung. Hat mich mit 16 dazu überredet, zur Polizei zu gehen.»

«Hast du jemals zurückgeschlagen?»

«Den Alten? Nein, der ist so ein mieser Choleriker. An dem mach ich mir nicht die Finger schmutzig. Aber wenn ich beruflich mit Fällen häuslicher Gewalt zu tun habe, dann muss ich mich schwer beherrschen.»

Die Pizza wurde serviert. Eine echte italienische Pizza mit hauchdünnem Boden, der zum Rand hin ganz kross war. Es knisterte beim Schneiden.

«Lars, ich muss dir was gestehen. Aber ich weiß überhaupt nicht, wo ich anfangen soll.»

«Was ist es denn Schwerwiegendes?»

Ich versuchte, ihr die Sache mit einem Lächeln leichter zu machen.

«Ich sollte dir sagen, dass ich nicht allein bin.»

«Hast du 'nen Freund? Bist du verheiratet?»

Mir war es egal, ich würde sowieso morgen nach Hamburg entschwinden.

«Nein. Ich habe einen Sohn. Justin. Er ist fünf.»

Ich schluckte an meiner Pizza. Jetzt bloß nichts Falsches sagen.

«Dann kannst du dir deine Freunde nicht allein aussuchen. Du musst ihn mitreden lassen.»

Sie griff wieder nach meiner Hand und streichelte sie voller Nervosität. «Du hast recht. Der kleine Kerl weiß schon genau, was er will.»

Ich lachte. «Woher er das wohl hat.»

«Zum Glück ist er heute Abend bei seiner Oma.»

Langsam verdichtete sich in mir das Gefühl, Angela hätte mich aufgerissen.

«Kommst du hinterher noch mit auf 'n Kaffee?»

Da ließ ich mich nicht zweimal bitten.

«Wir gehen wohl besser zu mir, ich möchte überhaupt nicht wissen, wie deine Junggesellenbude von innen aussieht.» Sie lachte und die kurzen Haare flogen.

51.21018,6.78152
Düsseldorf-Bilk, Zimmerstraße

Angela ging vor mir die Treppe zu ihrer Wohnung hinauf. Ich behielt ihre stramme ‹Miss Sixty›-Jeans fest im Blick. Während sie sich am Türschloss zu schaffen machte, pustete ich über ihre Nackenhärchen. Sie kicherte. Kaum war die Wohnungstür hinter uns ins Schloss geschnappt, fielen wir übereinander her. Angela öffnete beherzt meinen Gürtel und knöpfte mir die Jeans auf. Die ging ja ran!

Schon im ‹Gino's› hatten mich ihre Brustwarzen durch das Girlie-Shirt angelacht. Jetzt flog das Shirt auf den Boden, landete auf meiner Jeans. Sekunden später nahm ihre Jeans den gleichen Weg. Ich hob Angela hoch und prüfte den Geruch ihrer Brüste. Leckte an den Nippeln, die darauf sofort reagierten.

«Moment», flüsterte sie.

Ich ließ sie wieder hinab. Sie griff nach ihrer Handtasche an der Garderobe und holte ein Kondom hervor. Mit dem Gummi in der Hand ging sie in die Knie. Es flutschte erst drüber, als ich nachhalf. Sie sprang mich regelrecht an, klammerte sich an mich. Und wir machten es im Stehen. Auf dem Flur. Beide fickten wir aus Leibeskräften, als sei da etwas nachzuholen. Sie schrie, ich leckte ihre Brustwarzen, sie schrie noch mehr, ich saugte abwechselnd links und rechts. Das Treppenhaus hörte mit. Als ich kam, hatte sie meine Zunge tief in ihren Mund gesogen.

Vorsichtig trug ich sie ins Schlafzimmer und legte sie dort aufs Bett. Angela kuschelte an meiner Brust.

«Lars, warum haben wir das erst heute getan? Das wäre schon viel früher fällig gewesen.»

Tja, warum. Vielleicht, weil heute mein letzter Tag war.

Morgen Vormittag musste ich meine Sachen gepackt haben. Mit dem Auto würde ich gut und gern vier bis fünf Stunden nach Hamburg brauchen.

«Woran denkst du?»

Angela beugte sich über mich und strich mit dem Zeigefinger über meine Lippen.

«Ich muss weg ...»

«Du musst was?»

«Ich muss weg. Morgen. Zu 'ner Fortbildung.»

Ihre Augen wurden groß.

«Da fällt mir was ein. Bist du mir böse, wenn ich mal telefoniere?»

Angela schüttelte den Kopf.

«Hast du ein Telefonbuch?»

Ich rief bei Europcar an und reservierte für den nächsten Morgen einen Astra Caravan.

Angela saß im Schneidersitz auf dem Bett und beobachtete mich aufmerksam. Es sah aus, als dachte sie nach.

«Lars, würde es dir gefallen, wenn ich warte? Wenn wir beide auf dich warten? Wie lange dauert denn die Fortbildung?»

Warten? Sie wollte wirklich eine Beziehung.

«Das lässt sich schwer sagen. Je nachdem, wie lange ich durchhalte.»

«Was ist das denn Geheimnisvolles? Irgendeine superharte Spezialeinheit?» Ihre Augen bekamen einen verträumten Glanz.

«Das darf ich dir leider nicht sagen ...» Zum Ausgleich bedeckte ich ihren Hals mit sanften Küssen. «Warte ab, ob ich lebend wiederkomme.»

«Du Spinner! Red doch bloß nicht so!»

Angela griff nach einem Kopfkissen und schlug damit nach mir. Ich revanchierte mich und im Nu steckten wir mitten in einer Kissenschlacht. Wir machten es ein weiteres Mal und schliefen dann Arm in Arm ein.

53.483436,10.026178
Hamburg-Kirchdorf, Autobahnraststätte Stillhorn

Kurz vor 18 Uhr trudelte ich am vereinbarten Treffpunkt ein. Von unterwegs hatten Torsten und ich uns per Handy an der Raststätte Stillhorn an der A1 verabredet. Torsten wollte sich von einem Kollegen dort absetzen lassen. Der Ort konnte kaum unauffälliger sein, so lebhaft wie es dort zuging.

In fünf Stunden von Düsseldorf nach Hamburg, mit dem Auto war das eine gute Zeit. Bei Europcar hatten sie mir glücklicherweise am Morgen einen BMW 320 Touring zum Preis des Astra gegeben, weil der nicht verfügbar war. Bevor ich meine Sachen einlud, war ich kurz bei Obi vorbeigefahren und hatte noch drei Umzugskartons gekauft. Zu Hause angekommen, warf ich wahllos Klamotten in zwei der Kartons, der dritte war für die Motorradkombi und den Helm vorgesehen.

In Stillhorn hielt ich Ausschau nach Torsten und entdeckte ihn schon von Weitem. Mit weit ausholenden Schritten lief er hin und her. Ich hielt und öffnete von innen die Tür.

«Hallo Tiger», begrüßte ich ihn.

Torstens Mundwinkel zuckten mehr als heftig.

«Was? Wieso Tiger?»

«Na, weil du hier so auf und ab rennst.»

«Wie kannst du so ruhig sein? Gestern war das alles noch dein persönlicher Spaß, heute bin ich für dich verantwortlich ...»

Torsten machte sich Sorgen. Rührend.

«Wenn's gut geht, macht die Jensen weiter Karriere. Geht's schief, dann hängt alles an mir. Nun fahr mal endlich los! Geh auf die linken Spuren. Immer den Schildern Richtung ‹Centrum› nach.»

So kannte ich ihn überhaupt nicht. Kriminalhauptkommissar Hamann war doch sonst die Beherrschung in Person.

«Pass auf, wir fahren jetzt zu deiner Wohnung. Sie ist nicht weit weg von deinem Florian Baust.»

Aha, also ‹mein Florian Baust›. Wir passierten die Elbbrücken.

«Halte dich mal rechts. Immer Richtung Wandsbek. Apropos Florian Baust. Er ist heute Mittag bei uns aufgekreuzt. Ebenfalls mit einer DVD-Kopie und mit einer Mitgliederliste der Ringergruppe. Die ist zwar nicht ganz vollständig, manchmal hatte er nur eine E-Mail-Adresse oder Handynummer, aber immerhin. Du stehst auch auf der Liste. Da oben dann links und hinter der Brücke gleich wieder rechts. Und an der Kreuzung noch mal rechts abbiegen.»

Ich war völlig auf den dichten Verkehr konzentriert und lenkte den BMW auf die Abbiegerspur. Sie fuhren ganz schön schnell hier.

«Na ja, dein Florian Baust will sich natürlich keine Blöße geben. Wer wollte ihm das verübeln. Die Wohnung ist übrigens möbliert. Wenn jemand fragt, sag einfach, der Wohnungsinhaber sei für ein Jahr im Ausland. Einen iMac habe ich auch für dich aufgetrieben ...»

Schade, kein ‹MacBook Pro› im Alugehäuse.

«... Dann ist da das Moped. Lass dich überraschen. Immer wenn wir reden wollen oder müssen, verabreden wir uns an irgendwelchen Motorradtreffpunkten. Ist das nicht eine geniale Tarnung? Du sagst ja gar nichts?»

«Doch, doch, erzähl weiter. Was ist mit dem Auto?»

«Auto ist auch da. Eine richtig schöne kleine Kiste für einen freiberuflichen Werber wie dich. Perfekt für die Stadt. Da vorn bitte links.»

Dass dabei ein Lächeln über sein Gesicht huschte, hätte mich stutzig machen sollen. Wäre es nach mir gegangen, hätte ich den 3er BMW behalten. Ich bog links ab.

Wir hielten vor einem Hochhaus aus den sechziger Jahren. Das Rotklinkergebäude stand als mächtiger Querriegel in einer Straßengabelung mit einer sechsspurigen Hauptstraße auf der einen Seite und der zweispurigen Einbahnstraße auf der anderen. Das konnte nicht sein Ernst sein!

«Na, wenigstens ist es nicht schlimmer als das Haus,

in dem ich in Düsseldorf wohne. Wie heißt das denn hier?»

«Der Stadtteil heißt Eilbek. Da drüben unter der Hauptstraße fährt die U-Bahn. Sind nur ein paar Schritte bis zur nächsten Haltestelle.»

Für meinen Geschmack pries er das scheußliche Haus ein bisschen zu verkrampft an.

«Außerdem, wenigstens ist das Hochhaus ein anonymes Umfeld. Du bist hier schließlich nicht im Urlaub. Und der hier, das ist dein Wagen ...»

In seiner Stimme schwang unverkennbar ein bisschen Stolz mit. Auf der anderen Straßenseite parkte ein Smart ForTwo.

«Nun guck nicht so, der hat 84 PS und du findest überall einen Parkplatz.»

«Nun mal raus mit all den Hiobsbotschaften. Was für ein Moped hast du aufgetrieben? Eine BMW R45 Baujahr 1982 aus alten Behördenbeständen? Mit 27 PS?»

«35.»

«Was?!»

«35. Die Behördenversion der R45 hatte ungedrosselte 35 PS.»

«Das ist ja atemberaubend! Da konnte man sicher 100 mit fahren.»

«Entspann dich. Guck mal da, neben dem Hauseingang, das orange Teil.»

Ich sah in die angegebene Richtung. Zwischen roter Klinkerwand und grüner Berberitzenhecke stand eine fast neue 690er KTM Supermoto! Die machte den peinlichen Smart allerdings wieder wett. Ich ging hinüber und nahm probehalber auf der Sitzbank Platz.

«63 PS und nur 150 Kilo Gewicht. Geht ab wie Sau», schwärmte Torsten.

«Schon gefahren?»

«Einer musste sie ja herbringen. Hab ich mich eben geopfert.»

Torsten Hamann hatte soeben einen Witz gerissen, ich würde den Tag im Kalender markieren müssen.

53.567286,10.041689
Hamburg-Eilbek, Eilbeker Weg

Gemeinsam trugen wir die drei Umzugskartons in die Wohnung. Die sah innen ganz ordentlich aus. Sie verfügte über zwei Zimmer. Das Schlafzimmer war winzig, doch das Wohnzimmer ging in Ordnung. Durch ein großes Fenster sah man auf die breite Ausfallstraße hinab.

Torsten drückte mir einen Gefrierbeutel mit den gesammelten Schlüsseln und Papieren für Auto und Motorrad in die Hand. Bei den Hausschlüsseln zögerte er einen Moment.

«Lars, lass mich noch ein paar generelle Worte sagen. Als Verantwortlicher für diesen Einsatz muss ich das tun. Du bist dir hoffentlich der Tatsache bewusst, dass es für dich gefährlich werden kann. Lebensgefährlich. Ich möchte über jeden deiner Schritte unterrichtet sein. Über jeden. Verstehen wir uns da richtig?»

«Ja doch ...»

Meine Güte, Torsten machte hier einen auf besorgten Erziehungsberechtigten. Ich würde schon auf mich aufpassen.

«Bitte check täglich deine E-Mails. Ich werde dich per E-Mail über unsere Ermittlungen auf dem Laufenden halten. Außerdem möchte ich, dass wir uns regelmäßig treffen. Ich nenne dir jeweils einen Treffpunkt und du kommst dann mit der KTM dorthin. Hast du das verstanden?»

«Jawohl, mit der Kati zum Treffpunkt. Alles klar.»

«Nimm das hier bitte ernst. Übrigens, wir können beide Fahrzeuge über einen eingebauten Sender lokalisieren. Nur für den Fall der Fälle.»

Er drückte mir die Hausschlüssel in die Hand. Im Tausch übergab ich ihm Schlüssel und Papiere für den BMW.

«Mach's gut. Ich geb den Wagen dann für dich ab. Wir telefonieren!»

In der Wohnungstür drehte er sich nochmals um.

«Pass auf dich auf.»

Ich schloss die Tür hinter ihm und legte die Kette vor.

Auf einem kleinen Schreibtisch im Wohnzimmer stand der iMac. Nach einigem Suchen fand ich eine runde Taste auf der Rückseite und der Rechner fuhr hoch. Die Tastatur war schon mal recht edel. Eben was anderes als meine Zehn-Euro-Tastatur vom Mediamarkt. Wenn nur das Internet einwandfrei funktionierte und ich mit dem ungewohnten Betriebssystem zurechtkam. Ich hatte noch nie an einem Mac gesessen. Aber das sollte ja angeblich viel einfacher als Windows sein.

Da fiel mir der Zettel ein, den Sakowski mir gegeben hatte. Ich fischte ihn aus meiner Hosentasche, glättete ihn und wählte die Nummer. Linus Schwarz ging sofort ran.

«Hallo Linus, hier ist Lars. Lars Brentrop. Ich sollte dich zurückrufen.»

«Ja! Schön, dass du anrufst. Mir ist nämlich noch was eingefallen, und ich weiß nicht, ob eure Leute das berücksichtigt haben. Ihr habt sicher Gerds Notebook und seinen Mailaccount durchgesehen ...»

«Davon gehe ich mal aus.»

«Aber es kann gut sein, dass er eine Community benutzt hat.»

«Du meinst so was wie ‹Facebook›?»

«Genau. Das gibt es auch für Schwule. Heißt ‹GayRomeo›.»

«Ja und?»

«Ich kenne seinen Usernamen und sein Passwort ...»

Mir blieb die Spucke weg. Das sagte der Mann mir jetzt?

«Ist mir die Tage erst eingefallen, sonst hätte ich mich früher ...»

«Sag mal, Linus, du kennst dich doch mit Macs aus?»

«Klar, wenn's weiter nichts ist.»

«Ich hab mir nämlich einen iMac gekauft.»

Linus Schwarz gab mir einen telefonischen Fernkurs für MacOS. Ich startete den Webbrowser und rief ‹GayRomeo› auf. Dort gab ich den Usernamen ‹Ddorfguy› ein, Linus diktierte das Passwort und schon war ich drin. Zusätzlich sicherte ich die beiden Begriffe in klassischer Weise auf einem Notizblock, man konnte ja nie wissen.

«Du gibst die Info dann an die verantwortlichen Ermittler weiter?», fragte Linus.

«Worauf du dich verlassen kannst.»

«Vielleicht nützt es ja ein bisschen.»

«Davon bin ich überzeugt. Nimm mich einfach beim Wort. Wir bringen den Kerl zur Strecke.»

Mein Versprechen wirkte irgendwie beruhigend auf Linus. Er verabschiedete sich, unterbrach die Verbindung und ich konnte mich endlich in Ruhe dieser Website widmen.

Sich zurechtzufinden war einfach. Es warteten zwei neue Nachrichten auf Gerd. Beide entpuppten sich als belanglos. Dann gab es eine Art Favoritenliste, auf der sich andere User speichern ließen. Wozu hatte mir Linus erklärt, wie man einen Screenshot macht. Viel leichter als bei Windows sei das, hatte Linus behauptet. Ich machte die Probe aufs Exempel. Die Maus nahm die Form eines Fadenkreuzes an. Damit zog ich ein Rechteck um die Favoritenliste und schon lag ein Screenshot auf dem Desktop. Ich beendete die Session mit Gerds Usernamen.

Dann rief ich ‹GayRomeo› gleich ein weiteres Mal auf, um mich meinerseits unter eigenem Usernamen anzumelden. Nur, welchen Namen nehmen ... Bloß nicht wieder ‹NewFighter›, das war einfallslos. Mir fiel Flos Kapuzenshirt ein. Vielleicht irgendwas mit ‹Bulle›? Das würde die Jungs richtig heißmachen. Nachdem ich alle Eingaben vorgenommen hatte, sah ich mir voller Stolz mein neues Profil in der Vorschau an.

Username:	Bullenbeisser
Headline:	Ist der Bullenbeisser zu stark, bist du zu schwach!
Stadt:	Hamburg
Region:	Hamburg

Suchradius:	Region
Stats:	29.179cm.102kg - 5'10".225lbs
Body & Typ:	Stämmig & Europäer
Haare:	Kurz & dunkelblond
Behaarung:	Mittel behaart, kein Bart
Augen:	Braun
Schwanz:	XL, uncut
Piercings:	Nein
Tattoos:	Nein
Raucher:	Nein
Sex:	Bi
Beziehung:	Ich bin Single
Suche:	Sexdate, Chat, Freunde
Position:	Nur Top
Ficken:	Nur Aktiv
FF:	Keine Angabe
Safer Sex:	Immer
S&M:	Keine Angabe
Dirty:	Keine Angabe
Fetisch:	Sportsgear
Sport:	Ringen
Interessen:	Motorrad
	Du glaubst, du bist stark genug? Das käme auf einen Versuch an. Wenn du genug Arsch in der Hose hast, dann hinterlass eine Nachricht. Bin neu im Norden und suche rauflustige Typen. Bitte keine Anfänger. Schwächlinge müssen leider draußen bleiben.
Homepage:	-
Webcam:	-
Messenger:	-

Das war gut, richtig gut! So ein bisschen auf die Kacke hauen, das konnte nicht schaden. Ich war seit zwei Stunden in Hamburg und hatte schon richtig was auf die Beine gestellt.

Nun stand da noch der längst fällige Anruf bei Tiefgaragen-Karsten aus. Nach kurzem Klingeln war er gleich dran. Und er war wie verwandelt. Keine Spur von dieser aufgesetzten Arroganz.

«Warum bist du denn neulich so plötzlich verschwunden?», fragte ich süffisant.

«Na, ich dachte, als kleiner Test hat das erst mal gereicht.»

«Und? Test bestanden?»

«Ja, kann man so sagen.» Karsten lachte. «Es sind da auch schon Leute hysterisch geworden. Aber du hast auf sehr elegante Weise den Rückzug angetreten, Kompliment.»

«Und nun?»

«Wir treffen uns, reden und dann sehen wir weiter.»

«Du machst das ja ziemlich spannend.»

«Spinner und Schnacker kann ich nicht gebrauchen. Bleib weg, wenn es dir nicht gefällt. Ich persönlich fände das allerdings schade.»

«Und was heißt das nun konkret?»

Ich hoffte, er käme endlich zur Sache. Sonst würde ich die Sache erst einmal zu den Akten legen.

Karsten atmete tief ein. «Also gut. Verschwenden wir keine Zeit. Ich zeig dir direkt das Studio. Moment, ich guck mal auf den Kalender. Morgen ist zufällig grad frei geworden. Sagen wir gegen Mittag, Punkt zwölf?»

Mir war alles recht, Hauptsache, wir kamen endlich weiter.

«Du warst nicht motorisiert, stimmt's?»

«Mittlerweile schon. Ich wohne seit heute in Hamburg.»

«Oh, und dann hast du dich gleich bei mir gemeldet? Umso besser. Also: Du fährst zum Baumarkt in Hummelsbüttel und stellst deinen Wagen auf das obere Parkdeck. Das ist meistens leer. Dort finde ich dich auf jeden Fall.»

«Hey, du scheinst ein Spezialist für Parkgaragen zu sein.»

Ich lachte und hoffte, dass er die Unsicherheit nicht heraushörte.

Nach dem Gespräch mit Karsten griff ich ein letztes Mal zum Telefon und wählte Flos Festnetznummer. Langsam müsste er vom Spätdienst zurück sein.

«Moin, Lars, nett, dass du dich so spät noch meldest. Was macht Düsseldorf?»

«Düsseldorf? Keine Ahnung. Ich bin heute nach Hamburg gezogen.»

«Du bist was? Wie das denn so schnell?»

«Konnte kurzfristig eine Wohnung kriegen von 'nem Typ, der für ein Jahr nach Boston geht. Da hab ich zugeschlagen. Aber es kommt noch besser!»

«Und zwar?»

«Ich bin nur fünf Minuten von dir entfernt. Fußweg!»

Flo war ganz außer sich vor Freude. Ich diktierte die Adresse. Er versprach, in wenigen Minuten hier zu sein. Zwei Pizzen würde er ebenfalls mitbringen. Tatsächlich klingelte es eine Viertelstunde später an der Wohnungstür.

Ich drückte den Knopf an der Sprechanlage. «Ja bitte?»

«Pizza, Pizza, Pizza», quäkte es aus dem perforierten Alublech.

Eine Minute später stand Flo vor der Wohnungstür und balancierte zwei Pizzakartons auf der flachen Hand. Eine Rotweinflasche klemmte ihm unter der Achsel. Seine strohblonden Augenbrauen leuchteten mich an.

Wenn ich ehrlich bin, irgendwie hatte ich diese Augenbrauen vermisst.

Flo stand vor dem Wohnzimmerfenster und schaute auf die sechsspurige Hauptstraße, die linker Hand vorbeiführte.

«Schöne Aussicht. Das ist die Wandsbeker Chaussee. Spürt man eigentlich die U-Bahn, wenn im Tunnel ein Zug vorbeifährt?»

In der winzigen Küche stand ein noch winzigerer Esstisch für zwei Personen. In einem der Schränke fand sich ein Kerzenständer mit halb heruntergebrannter Kerze. Ein Feuerzeug lag daneben. Ich suchte Teller, Besteck und Gläser zusammen und spülte sie kurz ab. Man konnte ja nie wissen, wer sie hier in welchem Zustand hinterlassen hatte.

Flo entkorkte die Flasche und goss uns ein.

«Worauf trinken wir?», fragte ich.

«Auf deinen Job hier in Hamburg.»

«Auf meinen Job ...»

Flo hatte diese Gabe, unbewusst direkt ins Schwarze zu zielen. Ich musste ihm erklären, was ich da an meinem Mac überhaupt tat. Die Idee, dass jemand freiberuflich arbeitet und nicht monatlich ein festes Gehalt oder gar eine Beamtenbesoldung bezieht, war Flo neu. Zum Glück hatte ich durch Petra genug über die Arbeitsweise von Werbeleuten mitbekommen. Ich erzählte die Geschichte von einer Düsseldorfer Werbeagentur, die einen großen Etat an die Konkurrenz in Hamburg verlor. Um Anlaufschwierigkeiten zu vermeiden, heuerten die Hamburger kurzerhand Freiberufler aus Düsseldorf an, die bis dahin für die unterlegene Agentur gearbeitet hatten.

Flo hörte nur mit halbem Ohr hin. Seine Gedanken waren schon woanders.

«Und morgen kannst du gleich mitkommen.»

«Mitkommen, wohin?»

«Paul, unseren Coach, den kennst du doch noch vom Grillen neulich? Der hat Geburtstag. Ich wollte vorm Nachtdienst hingehen.»

«War das der mit dem Army-Shirt? Klar komm ich mit. Gerne. Wann fahren wir hin? Ich kann dich ja mit dem Wagen abholen und dich nachher zum Dienst bringen.»

«Du hast einen Wagen?»

Ich behauptete, die Kawasaki in Düsseldorf verkauft und stattdessen Smart und KTM gekauft zu haben.

Wir spülten die halb warme Pizza mit dem Rotwein hinunter und machten es uns auf dem Sofa gemütlich. Die erste Nacht verbrachte ich nicht allein in der neuen Wohnung.

53.567286,10.041689
Hamburg-Eilbek, Eilbeker Weg

«Hol mich heute Abend gegen halb sieben ab. Wie ich Paul

kenne, kocht sein Freund was Leckeres. Ich lass dich jetzt mal allein. Du willst bestimmt noch was arbeiten.»

Als Flo am nächsten Morgen aus dem Haus war, schaltete ich sofort den iMac wieder ein.

Hamann hatte eine Nachricht geschickt. Sie hatten Jürgen Roitzsch ausfindig gemacht und würden jetzt nacheinander die Teilnehmer befragen.

Dann hatten sie noch die Handynummer von Karsten geprüft. Die stammte von einem Karsten Schliep. In einer zweiten, separaten Mail hatte er zusammengefasst, was seine Leute auf die Schnelle über ihn herausfinden konnten. Schliep war 46 Jahre alt, Immobilienmakler und bewohnte eine Villa im nördlichen Speckgürtel der Stadt. Die Videoproduktion betrieb er gewissermaßen als Hobby. Kein Zweifel, der Mann war wohlhabend. Genau wie Gerd. Wieso hatten es mir diese Geldheinis eigentlich so angetan? Und wieso hatte Karsten das gleiche Grübchen wie Gerd?

Ich startete Safari und surfte ein bisschen in ‹GayRomeo›. Systematisch schaute ich alle Profile an, die Gerd gespeichert hatte. Ich fragte mich, ob einer davon der gesuchte Täter war. Fast alle hatten sie Bilder von sich im Profil. Beim Stöbern fand ich schnell heraus, dass ein ‹Facepic› ein Muss in dieser Community war. Gesichtslose Profile galten vielen als anrüchig. Ich selbst hatte Dutzende Zuschriften. Wer sich neu anmeldete, stand für einige Zeit auf der Startseite der jeweiligen Region. Und mein Bild mit der Most-Muscular-Pose hatte Wirkung gezeigt.

Während ich noch am Rechner saß, kam eine Nachricht von ‹Hinrich74›. Oh, das war einer der User, die auch Gerd gespeichert hatte. Ich checkte sein Profil. Das Bild zeigte einen freundlichen übergewichtigen Wikingertypen mit rotblondem Vollbart am Ostseestrand.

‹Hinrich74: Moin Moin, Bullenbeisser, ich bin ein ehemaliger Kampfschwimmer aus dem Norden Schleswig-Holsteins. Wenn du mal Lust auf ein Kräftemessen hast, lass von dir hören.›

Kampfschwimmer? Der Typ sah ziemlich fett aus. Aber ich hatte schon davon gehört, dass viele Schwimmer mit zunehmendem Alter ordentlich ansetzen. Angeblich stimuliert der Aufenthalt im Wasser die Fetteinlagerung. Und tatsächlich, mit seinem rotblonden Bart hatte der angebliche Kampfschwimmer etwas von einem Walross.

‹Bullenbeisser: Hallo Hinrich. Kräftemessen ist immer gut. Wo im Norden bist du denn? Waren deine Vorfahren Wikinger?›

‹Hinrich74: Lol. Wikinger? Kann gut sein. Bin in der Nähe von Eckernförde. Lust auf eine Runde Catchen irgendwo am Waldrand?›

‹Bullenbeisser: Hört sich gut an. Ich komme dann mit dem Moped.›

‹Hinrich74: Das ist doch eine gute Idee. Übermorgen?›

‹Bullenbeisser: Meinetwegen übermorgen. Wo?›

‹Hinrich74: Lust auf ein bisschen Spannung?›

‹Bullenbeisser: Spannung? Warum nicht. Inwiefern?›

‹Hinrich74: Lass dich einfach überraschen. Du kriegst von mir kurz vorher eine Message mit den Koordinaten und dem Zeitpunkt. Du kommst, und dann sehen wir ja, wer stärker ist. Lol.›

Der Messenger zeigte an, dass Hinrich74 nicht mehr online war. Schade. Die Sache wurde gerade interessant.

5

Geocaching. Eine «Schatzsuche» per Internet und GPS. Im Internet wird der Standort des Verstecks (engl. Cache) veröffentlicht, das dann per GPS aufgesucht werden kann.

53.649773,10.037754
Hamburg-Hummelsbüttel, Poppenbütteler Weg

Dieses Mal war ich besser auf Karsten vorbereitet. Ich hatte mir in Google Maps die Umgebung des Treffpunkts und seiner Wohnadresse angesehen. Als ich beim Baumarkt ankam, goss es in Strömen. Das Parkhaus entpuppte sich als Stahlkonstruktion mit insgesamt nur zwei Stockwerken. Den Smart parkte ich auf dem trockenen ersten Parkdeck. Das Treppenhaus reichte nur bis zum ersten Stock. Das obere Parkdeck war ausschließlich über die Fahrzeugrampe erreichbar. Ich ging ein paar Schritte die Rampe hinauf. Kein anthrazitgrauer Audi zu sehen. Der Regen lief in Sturzbächen die Rampe hinunter. In der Ferne donnerte es leise. Hastig kehrte ich zu meinem kleinen Smart zurück. Ich wollte grad wieder einsteigen, da stand Karsten vor mir. Er drückte kräftig meine Hand.

«So ein kleines Ding, das wär nichts für mich.» Er besah den Smart. Die beiden Falten auf seiner Stirn verwandelten sich in tiefe Furchen.

«Parkplatzsuche ist jedenfalls kein Thema. Außerdem ist das kleine Ding verflucht schnell. Und wenn alles nichts hilft, hab ich immer noch das Motorrad.»

«Motorrad, so so.»

Karsten sah mich von unten an. Jetzt, wo wir einander gegenüberstanden, fiel erst richtig auf, wie klein er war. Er maß höchstens 1,70 und schien fast genauso breit zu sein. Meine Großmutter hätte seine Statur als ‹vierschrötig› bezeichnet.

«Komm, steig ein.»

«Heute bitte keine Spielchen. Kann ich vorher erfahren, wo wir hinfahren?»

Ich versuchte, genügend Bestimmtheit in meine Stimme zu legen.

Karsten lächelte und seine rechte Augenbraue hob sich. «Wir verschieben die Studiobesichtigung. Lass uns was essen gehen. Ich lad dich ein. Steakhaus, ist das okay für dich?»

Steakhaus war immer okay.

Wir saßen in seinem Audi Q7 und Karsten gab kräftig Gas. Ich bemühte mich, im Vorbeifahren die Straßennamen zu erkennen und sie mir zu merken.

«Wenn du dich bewerben willst, musst du dir ein paar Fragen gefallen lassen.»

«Nur zu, frag einfach!»

«Bist du schwul oder bi?»

Was war da jetzt die richtige Antwort? Wollte er vielleicht lieber einen echten Schwulen? Dafür hätten meine Schauspielkünste niemals gereicht.

«Bi.» Ich räusperte mich.

Karsten lachte laut. «Deswegen musst du keinen Frosch im Hals haben. Wünschst du dir, bi zu sein, oder pimperst du wirklich hin und wieder echte Muschis?»

Was war das denn jetzt? Karsten wollte einen auf Heteromacker machen. Irgendwie klang das nicht echt.

«Ich pimpere echte Muschis und lass mir hin und wieder von 'nem echten Schwulen die Flöte blasen. Die können das definitiv besser.»

Hoffentlich hatte das möglichst kennerhaft geklungen. Ich fläzte mich raumgreifend in den knappen Sitz des Audis und legte den linken Arm hinter den Fahrersitz. Sollte er gleich wissen, was er an mir hatte. Karsten blieb auf den Verkehr konzentriert und schaute nicht zu mir herüber.

«Wozu musste nun neulich diese dramatische Aufnahmeprüfung in der Tiefgarage sein?»

Karsten kratzte sich hinter dem Ohr. «Als ich 15 war, kamen Filmleute in unsere Schule. Sie fragten nach Jungs, die sich trauten, vom Zehnmeterbrett zu springen. Ich meldete mich und bekam meine erste Rolle in einem Film.»

«Und? Musstest du springen?»

Karsten schüttelte den Kopf. «Nein, sie suchten schlicht und einfach einen Draufgänger.»

«Den haben sie dann ja wohl gefunden. Hast du die Hauptrolle gespielt?»

Der Wagen vor uns hielt im letzten Moment vor einer Ampel. Karsten bremste stark ab und fluchte laut.

«Die Hauptrolle? Nein. Die hat ein smarter junger Schauspieler gespielt. Ich durfte mit ein paar anderen Jungs im Hintergrund auf Mokicks sitzen und am Gasgriff drehen. Sie haben uns extra funkelnagelneue Lederjacken gegeben. Die mussten wir aber später wieder abgeben.»

Ich lachte.

«Ich fand das damals überhaupt nicht zum Lachen.»

Um sein Grübchen zuckte es, Bartstoppeln schimmerten aus den Poren am Kinn. Karsten parkte den Audi vor einem edel aussehenden Steakhaus. Ich wollte sofort aussteigen.

«Warte noch einen Moment ...» Seine Hand legte sich kurz auf meinen linken Arm. «Ich habe da einen ausgesprochen guten Nachwuchsmann. Der Junge weigert sich aber, gegen Schwuchteln anzutreten. Ich könnte mir vorstellen, dass du seine Kragenweite bist.»

Ich war sprachlos. Sollte ich mich von einem Nachwuchs-Rod verprügeln lassen?

«Wenn du jemanden suchst, der sich verprügeln lässt, musst du dir einen anderen suchen.»

«Das ist schon mal eine gute Antwort. Ich will nicht filmen, wie jemand verprügelt wird. Die Kunden wollen Kämpfe sehen und echte Kämpfer. Pass auf ...», Karsten zog ein Blatt Papier aus der Innentasche seiner Jacke und faltete es auseinander. «Schau dir den Jungen an. Mitte 20 und voll austrainiert. Der wäre dein Gegner.»

Ich betrachtete den Ausdruck eines Farblasers. Da stand jemand in Flecktarnhose und hautengem T-Shirt, das Gesicht mit grünen Farbtönen beschmiert, und guckte böse in die Kamera.

Wieder legte sich die Hand kurz auf meinen Arm. «Du musst jetzt nichts sagen. Überleg es dir in Ruhe. Der Junge heißt Marko, ist zurzeit in Afghanistan und verteidigt dort sein Vaterland. Er kommt demnächst mal nach Hamburg. So, und nun gehen wir rein und essen was.»

Ich hatte Appetit auf ein Ribeye-Steak, mindestens 400 Gramm.

53.551135,9.925447
Hamburg-Ottensen, Große Brunnenstraße

Es war nicht einfach, die Gitarre im Smart unterzubringen. Dabei gefiel mir Flos Idee sehr. Ein Ständchen für Paul zum Geburtstag. Statt Geschenk. So würde er nicht nur Paul, sondern auch mir eine Freude bereiten. Schließlich quetschten wir das Ding doch noch in den Kleinstwagen. Flo setzte sich auf den Beifahrersitz und ich schob das Instrument hinterher, mit dem Gitarrenhals voran zwischen seine Beine.

Wir starteten in Richtung Altona. Flo sollte mir den Weg zeigen, konnte aber wegen der Gitarre kaum etwas sehen. Das war ebenso nervig wie lustig. Mehrfach stieß der Korpus des Instruments gegen das Lenkrad. Altona erwies sich als Stadtteil mit enger Bebauung aus der Gründerzeit. Allerdings ist es auch nicht annähernd so edel wie Düsseldorf-Oberkassel.

«Vor 150 Jahren hat das hier noch zu Dänemark gehört», belehrte mich Flo, «Altona war die zweitgrößte dänische Stadt.»

Von wem er das wohl hatte. Er wohnte doch auch erst ein paar Monate hier. Ich hätte lieber gewusst, wo man parken konnte. Jetzt zeigte sich die positive Seite des Smart, ich bugsierte ihn einfach quer zur Straße in eine winzige Lücke.

Paul wohnte im obersten Stockwerk eines Gründerzeitgebäudes. Wir stiegen das Treppenhaus hinauf. Ein Sammelsurium fremdartiger Gerüche stieg mir in die Nase. Paul selbst öffnete die Tür. Wir waren nicht die ersten Besucher. Es gab ein großes Hallo und ich erkannte einige Gesichter wieder, darunter die beiden Muskeltypen mit dem eigenen Trainingskeller. Der Dunkelhaarige mit dem Dreitagebart war auch da.

«Ist das mein Geschenk?» Paul deutete augenzwinkernd auf die Gitarre.

«Ja und nein. Nur ein kleines Ständchen zum Geburtstag.» Flo lachte.

«Ich wusste ja gar nicht, dass du spielen kannst», mischte sich Pauls Freund ein, ein schlaksiger junger Mann. «Weißt du was, wir essen erst und hinterher wird gesungen.»

«Ach Andy, bitte jetzt gleich ...», nörgelte Paul.

«Schluss, erst das Essen», bestimmte Andy.

In der großzügigen Altbauküche hatten sie den Tisch ausgezogen und ein knappes Dutzend Gäste drängte sich um ihn herum. Andy verteilte Tagliatelle mit Pfifferlingen auf die Teller. Es gab ein großes ‹Ah!› und ‹Oh!›. Dann hielt er mir eine Flasche Rotwein hin.

«Einen Schluck Montepulciano?»

Ich schüttelte den Kopf. «Danke, ich muss noch fahren. Mineralwasser bitte.»

Flo nahm ebenfalls mit Mineralwasser vorlieb. Nach dem Essen bot Andy Grappa an, auch da musste ich passen.

Dann schlug Flos große Stunde. Er zog sein Instrument aus der Hülle und baute sich an der Stirnseite des Tisches auf, ein Bein auf einen Stuhl gestellt. Es folgte das anscheinend unvermeidliche Stimmen der Saiten und dann legte er los.

Toora loora loora loo,
they're looking for monkeys up at the zoo.
And says I: If I had a face like you,
I'd join the British army.
Kilted soldiers wear no drawers,
won't you kindly lend them yours.
The rich must always help the poor
to save the British army.
Toora loora loora loo,
they're looking for monkeys up at the zoo.
And says I: If I had a face like you,
I'd join the British army.

Pauls Augen schimmerten feucht. Mit voller Stimme hatte er nach wenigen Worten mitgesungen. Er kannte sogar deutlich mehr Strophen als Flo, der zum Schluss nur noch spielte, während Paul sang. Das meiste konnte ich nicht verstehen, bestimmt war das alles nicht ganz stubenrein. In einer Strophe war vom Prince of Wales die Rede und der abgewandelte Refrain ging: ‹If I had big ears like you›.

Beide strahlten. Es war schwer zu entscheiden, wer sich mehr freute, Geburtstagskind oder Musikant. Die Runde applaudierte und verlangte nach Zugaben. Flo gab noch zwei Songs zum Besten, ebenfalls auf Englisch. Nicht nur, dass er das Instrument spielen konnte, er wusste auch all die Texte auswendig! Paul bedankte sich überschwänglich für die gelungene Überraschung. Dann scheuchte uns Andy hinüber ins Wohnzimmer. Er wollte in der Küche Ordnung schaffen. Das Wohnzimmer bestand eigentlich aus zwei Zimmern, die durch Schiebetüren miteinander verbunden waren. Im größeren der beiden Zimmer stand ein Sofa und ein verschnörkelter Kachelofen. Das kleinere Zimmer diente wohl zugleich als Arbeitszimmer, denn hier befand sich ein Schreibtisch mit Computer. Neben dem Computer stapelten sich verschiedene Landkarten: Straßenkarten und Messtischblätter im Maßstab 1:25.000. Dazwischen lagen Ausdrucke aus seinem

Laserdrucker, die verschiedene mehr oder minder fertige Karten zeigten. Im Bord an der Wand lag ein kleiner GPS-Empfänger in Handygröße. Ich nahm eine der anscheinend selbst bearbeiteten Karten zur Hand und betrachtete sie eingehend.

«Interessierst du dich für Orienteering?», fragte mich Paul.

«Für was?»

«Orienteering, auf Deutsch heißt das Orientierungslauf. Das ist eine Sportart, die Kondition und Orientierungsvermögen fordert.»

«Ehrlich gesagt, ich hab das zwar schon mal gehört, aber ich kenne das nicht wirklich. Hat das irgendwelche militärischen Ursprünge?»

Paul lachte. «Ihr Deutschen habt immer so viel Angst, dass etwas militärisch sein könnte. Orientierungslauf kommt aus Skandinavien. Da ist das sehr populär.»

«Und was sind das für Karten? Machst du die selbst?»

«Das ist eine Orienteering Map, eine Orientierungslaufkarte. Die fertigen wir selbst an für jeden Wettbewerb.»

«Dann kennst du dich sicher mit Kartografie, GPS und so gut aus?!»

«Ja, kann man sagen. Im Laufe der Zeit wird man sozusagen zum Experten. Dann gibt's auch noch verwandte Aktivitäten wie Geocaching; ich weiß im Moment gar nicht, wie da der deutsche Ausdruck ist. Da muss man versteckte Objekte aufspüren. Es soll sogar Wrestlingfans geben, die sich per GPS zu Blind Dates treffen. Aber das ist dann doch wohl ziemlich speziell.»

Speziell? Jetzt galt es, nicht allzu wissbegierig aufzutreten. Schließlich wollte ich Paul nicht misstrauisch machen.

«Hast du bei der Army auch was in der Richtung gemacht?»

«Du bist neugierig!»

«Na, das liegt doch nahe. Hast du?»

«Wie heißt du noch?»

«Lars.»

«Also Lars, du bist zwar ein Freund von Florian, und der arbeitet ja immerhin im Bereich Law Enforcement, wie sagt ihr, Polizeivollzugsdienst. Aber von meiner Militärzeit darf ich dir trotzdem nichts erzählen. Alles top secret.» Paul lachte. «Das heißt, ich könnte es dir natürlich erzählen. Unter einer Bedingung.»

«Ja?»

Der machte es wirklich spannend.

«Dass ich dich anschließend töte.» Paul lachte und haute mir auf die Schulter.

Was für ein Witzbold!

Unerwartet spürte ich, wie Flo seinen Arm um meine Hüften legte.

«Ich störe euch beide nur ungern, aber ich muss jetzt leider zum Dienst.»

«Du musst noch arbeiten?», fragte Paul.

Flo nickte. «Nachtdienst.»

«Zum Glück hat er ja nur Dienst und muss nicht wirklich arbeiten», feixte ich.

Flo stieß mir scherzhaft die Faust in den Bauch. «Idiot!» Und zu Paul gewandt ergänzte er: «Nimm Lars am besten nicht ernst.»

«Soll ich dich nicht eben bringen?», fragte ich und folgte ihm in den Flur.

«Nicht nötig. Ich ruf mir ein Taxi.»

«Weißt du was? Nimm den Smart und ich fahr Taxi. Dann kann ich wenigstens noch was trinken.»

Flo griff nach den Schlüsseln, umarmte mich zum Abschied und zog die Wohnungstür hinter sich zu.

Ich ging in die Küche, wollte mir grad ein Bier nehmen, da kam Andy. Ich müsste unbedingt seinen Montepulciano probieren. Na, warum nicht. Mit dem Rotwein und einem leeren Glas bewaffnet ging ich zurück ins Wohnzimmer und peilte die Lage. Auf einem Zweiersofa war noch ein Platz frei. Daneben saß der dunkelhaarige Typ mit Dreitagebart, der mich beim Grillen schon intensiv gemustert hatte. Er trug ein Rugbyshirt mit breiten Querstreifen, das ihn breitschultriger aussehen ließ, als er vermutlich war. Er winkte mich heran.

«Setz dich hierher, den Platz hat dein kleiner Bulle schon vorgewärmt.»

«Keine Scherze auf Flos Kosten, sonst bekommst du es mit mir zu tun», warnte ich mit erhobenem Zeigefinger.

«Na, das will ich gern riskieren», antwortete der Dunkelhaarige. «Ich heiße übrigens Frank.»

«Hallo Frank, ich bin Lars. Du scheinst ja ganz munter mit Flo geflirtet zu haben?!»

«Ha, bist du etwa eifersüchtig? Nein, wir haben nicht geflirtet. Ich bin sozusagen abgeblitzt. Ich konnte ihn beim besten Willen nicht dazu bewegen, mir eine von den neuen dunkelblauen Bullenuniformen zu besorgen.»

Ich lachte. Da war er bei Flo an den Falschen geraten. Flo war die Korrektheit in Person und bestimmt kein Freund von Uniformfetischisten.

«Pffhh ...», Frank stieß Luft zwischen seinen Lippen hervor, «auf dem Ohr ist dein Freund total taub. Dabei sehen die Dinger so cool aus, wenn nur der richtige Kerl drinsteckt und kein Kerlchen.»

Ich lachte zustimmend. Wo er recht hatte, hatte er recht. Darauf leerten wir gemeinsam ein Glas Montepulciano.

«Auch wenn er etwas kleiner geraten ist, dein Freund Flo ist ja nun der typische Bulle schlechthin.»

Nun musste ich wirklich schmunzeln. «Wieso?»

«Glaub's mir. Ich erkenne jeden Bullen sofort, da bin ich gewissermaßen Spezialist. Allein an der Art, wie sie sprechen. Immer formell und offiziös. Nie kommen sie aus sich heraus.»

«Es sei denn, es ist Alkohol im Spiel», ergänzte ich.

Frank prustete und haute mir auf den Oberschenkel.

«Genau! Ich merke schon, du kennst dich auch aus. Du zum Beispiel», seine Hand tippte wieder auf meinen Oberschenkel und blieb dort kurz liegen, «du bist kein Bulle. Das merkt man sofort. Der Haarschnitt zu modisch, die Klamotten zu cool.»

Frank schenkte noch Rotwein nach und stellte die Flasche neben sich.

«Muss ich das nun als Kompliment auffassen oder enttäuscht dich das?»

Frank brach in ein wieherndes Lachen aus, für einen Mann klang das eine Spur zu weibisch. Schade, ich war grad dabei, mir vorzustellen, wie er wohl ohne Klamotten aussah.

«Staturmäßig würdest du schon einen guten Bullen abgeben. Du fällst sozusagen in mein Beuteraster. Nach deinem Einstand neulich beim Grillen hat es sich herumgesprochen: Flo hat auf dem Raufwochenende eine Sahneschnitte mit Hetero-Optik aufgegabelt!»

Ich war also eine Sahneschnitte?! Da fiel mir nun nichts zu ein. Und was meinte er mit Hetero-Optik? Er selbst sah doch auch kein bisschen tuntig aus. Ich konnte ihn beim besten Willen nicht einordnen. Durchtrainiert, eloquent und aufgequollene Finger.

«Und was machst du beruflich?», fragte ich.

«Ich bin Arzt, Allgemeinchirurgie.»

Für einen Moment fehlten mir die Worte.

«Na, da musst du nicht gleich eingeschüchtert sein. Ich hab ja grad kein Skalpell bei mir.»

Er legte den Arm auf meine Rückenlehne und lachte wieder sein Lachen, das in Kontrast zu dem dunklen Dreitagebart stand, der ihn sehr männlich wirken ließ. Der Bart verschwand am Hals unter dem Hemdkragen. Bestimmt war er überdurchschnittlich stark behaart. Ein weiteres Mal schenkte er die Gläser voll und berichtete mir von den neuesten Entwicklungen in der Chirurgie. Durch einen einzigen Schnitt im Bauchnabel könnten sie mittlerweile Blinddarm- und Gallenblasenoperationen vornehmen. Am Ende schwirrte mir der Kopf. Das kam von Fachbegriffen wie Cholelithiasis, Pneumoperitoneum und ähnlichen Wortungetümen. Aber vielleicht war es auch nur der Montepulciano.

«Weißt du was, wir teilen uns ein Taxi!» Frank klopfte mir auf die Schulter.

Es war schon nach ein Uhr. Zu zweit hatten wir die Flasche Wein geleert und ein paar Grappa als Absacker obendrauf gegeben. Wir standen im Flur von Pauls Wohnung. Frank kicherte, ich fühlte mich sehr beschwingt. Wie selbstverständlich griff er nach meiner Jacke und zog sie selbst über.

«US Army Modell M65, immer wieder gern getragen. Männlich markant. Steht mir genauso wie dir. Und ich sehe, du bist ein Kenner. Das ist ein Original, kein Imitat aus Fernost.»

«eBay», bestätigte ich.

«Los, zieh mal die Bullenjacke an. Will mal sehen, wie sie dir steht.»

Ich zwängte mich in seine Jacke. Die saß knapp, passte aber. Das Bild im Spiegel gefiel mir.

Frank nickte anerkennend. «Größe 56. Geil. Wie angegossen.»

53.586453,9.985497
Hamburg-Eppendorf, Beim Andreasbrunnen

Es klingelte an der Wohnungstür. Unser Taxi. Gemeinsam tappten wir das Treppenhaus hinunter. Im Auto legte Frank seinen Arm um mich und ich protestierte nicht einmal mehr. Nach knapp zehn Minuten hielten wir vor dem Haus, in dem Frank wohnte. Hier sah es eher schon wie in Oberkassel aus.

«Du musst zahlen», kicherte Frank.

Es dauerte einen Moment, bis ich begriff, dass ich ja seine Jacke trug. Ich nahm 30 Euro aus seinem Portemonnaie und gab sie dem Fahrer.

«Stimmt so!», bestimmte Frank, stieg aus und zog mich hinter sich her.

Das Taxi verschwand im Dunklen.

«Halt», rief ich, «ich muss noch weiter!»

Frank hörte überhaupt nicht auf zu wiehern. «Macht doch nichts. Komm, ich zeig dir meine Jackensammlung.»

Ich hatte noch nie eine Jackensammlung gesehen. Seine Wohnung ähnelte der von Gerd. Das Mobiliar vielleicht nicht so spärlich, aber mindestens ebenso teuer. Grafiken in Überformaten schmückten die freien Flächen.

Und dann die Sammlung. Frank hatte nicht zu viel versprochen. Sie füllte ein komplettes Zimmer. Kleiderstangen in zwei Reihen übereinander, daran jede Menge Jacken: Lederjacken, Motorradjacken, Uniformjacken, Bomberjacken, Baseballjacken. Und an der Schmalseite noch eine Sammlung von Motorrad-Lederkombis, Einteiler, Zweiteiler, teure Marken wie Dainese oder Schwabenleder, Billigdinger von Detlev Louis und eine grauschwarze Feldjägerkombi mit Schwarz-Rot-Gold an den Ärmeln.

Frank fragte, ob ich gern etwas trinken würde, und ich verlangte ein Bier. Er dimmte das Licht und bat darum, einen Moment zu warten. Ich setzte mich, immer noch in seiner Jacke, und besah die Kunst an den Wänden.

Es dauerte eine Weile, bis er wieder auftauchte. Und ich traute meinen Augen nicht. Frank hatte sich umgezogen und kam in vollständiger Uniform für den Streifendienst. Natürlich die klassische Variante mit kurzärmligem bambusfarbenem Diensthemd und moosgrüner Krawatte. Ganz so, wie ich bis vor Kurzem in Düsseldorf auch noch herumgelaufen war. Bei uns in NRW wollen sie die neuen blauen Uniformen erst in diesem Jahr einführen, leider ohne die US-mäßigen Mützen. Frank trug keine Jacke, war aber sonst bis ins Detail korrekt ausgestattet, das Koppel mit Tonfa und anderen Einsatzmitteln. Selbst die Schusswaffe sah echt aus. Jede Wette, er hatte auch hellbraune Socken an.

«Lust auf ein kleines Rollenspiel?», fragte er.

Frank wollte die Uniformnummer machen. Da war er bei mir ja an den Richtigen geraten. Wenn man den ganzen Tag so herumläuft, fällt es einem schwer, die Erotik zu erkennen, die andere darin sehen. Ich nickte aus Neugier.

Frank gab den Bullen. Ein gewisses schauspielerisches Talent konnte man ihm tatsächlich nicht absprechen. Die Sonnenbrille war eindeutig übertrieben, aber sehr cool. Ich fragte mich, ob er das Diensthemd als Maßanfertigung hatte schneidern lassen. Auf dem Rücken erkannte ich Abnäher. Vermutlich hatte er von einem schwulen Schneider ein wenig nachhelfen lassen. Jedenfalls hatte ich nie zuvor ein so gut sitzendes Diensthemd gesehen.

Breitbeinig stellte er sich hin und hakte die Daumen im Koppel ein. Das brachte die kräftigen behaarten Unterarme gut zur Geltung. Frank wusste um seine attraktive Optik. Er zog die Dienstmütze tief ins Gesicht und räusperte sich.

«Können Sie sich ausweisen?», bellte er.

Ich musste unweigerlich lachen. «Nein», antwortete ich wahrheitsgemäß, denn in der Jacke steckten ja seine, nicht meine Papiere.

Er griff mir in die Außentasche der Jacke, zog das Portemonnaie hervor und studierte dessen Inhalt. Erst jetzt bemerkte ich, dass er auch dunkelgrüne Handschuhe trug.

«Das sind nicht Ihre Papiere!», sagte er mit strengem Ton und warf die Geldbörse auf den Glastisch.

«Kann schon sein.»

Ich lachte immer noch, die Situation war einfach zu skurril.

«Ist das denn überhaupt Ihre Jacke?»

«Nein, ist sie nicht.»

«Also gestohlen», schlussfolgerte er, «ich fürchte, ich muss Sie verhaften.»

Er hatte so viel Mühe in die Requisite des kleinen Rollenspiels gesteckt, da hätte ein bisschen Arbeit am Text nicht geschadet. Verhaften! Festnehmen heißt das.

«Haben Sie denn einen Haftbefehl, Herr Wachtelmeister?»

«Zügeln Sie sich, das kann ich Ihnen als Beamtenbeleidigung auslegen. Besser, Sie kooperieren. Wenn Sie nicht freiwillig mitkommen, muss ich Gewalt anwenden.»

Das wollte ich zu gern sehen. Möchtegern-Kollege Frank bei der Anwendung unmittelbaren Zwangs.

«Oh, da krieg ich Angst. Wie soll denn das aussehen? Sind Sie bewaffnet?»

«Pass auf, ich zeig dir meine schlagkräftigste Waffe.»

Das Niveau des Stücks begann zu verflachen. Frank nestelte mit den behandschuhten Händen am Hosenschlitz. Er trat noch ein wenig näher an mich heran, indem er einen Fuß zwischen meine Beine schob, und fuchtelte mir dann mit seinem erigierten Ding vor dem Gesicht herum.

«Wenn du kooperierst, dann könnte ich vielleicht ein Auge zudrücken ...»

«Kooperieren?»

Spaßeshalber ließ ich ein wenig Furcht in meiner Stimme mitschwingen und lehnte mich in das Sofa zurück, damit mir der strenge Geruch nicht weiter in die Nase kroch.

«Du wirst jetzt diesen fetten Bullenschwanz blasen, bis er noch größer und noch härter ist. Dann geb ich dir das, was du von deinem kleinen süßen Flo vergeblich erhoffst.»

Warum musste er nur Flo ins Spiel bringen?

«Woher glaubst du zu wissen, was ich mir von Flo erhoffe?»

«Ich kenn Typen wie dich. Nach außen den Dominanten herauskehren, aber sofort umkippen, wenn jemand Kontra gibt. Schade nur, dass Flo das nicht leisten kann. Glaub mir, ich weiß das. Du brauchst einen richtigen Mann.»

Einen Moment lang fragte ich mich, ob Flo vielleicht auch schon an dieser Stelle gesessen hatte. Franks Zeigefinger berührte mich unter dem Kinn und ich schaute in die Gläser seiner Sonnenbrille. Mein Spiegelbild blickte auf mich herab. Bestimmt machte ich einen ratlosen Eindruck.

«Jetzt fragst du dich sicher, ob dein Freund auch schon vor mir gekniet hat. Hätte er bestimmt gern.»

Wieder schwenkte er seinen Dödel vor meiner Nase. Als wollte er einen Hund mit einem Knochen locken. An der Spitze glitzerte ein Tropfen Vorsaft. Ich müsste mich nur ein bisschen nach vorn beugen.

«Gib dir einfach einen Ruck. Ich weiß, dass du ihn willst.

Keine Angst, es ist nicht unmännlich, wenn du ihn willst. Sich unterordnen ist durchaus männlich. Befehl und Gehorsam, da hat doch auch ein Kerl wie du bestimmt schon von gehört.»

Er streckte die Linke aus, um mir hinter den Kopf zu fassen. Wenn ich den Lauf der Dinge unterbrechen wollte, wurde es langsam Zeit. Dummerweise befand ich mich in einer ausgesprochen misslichen Lage, tief in seiner Couch versunken, während er in beherrschender Position vor mir stand. Er griff sich noch einmal tief in die Hose, federte dabei ein wenig in den Knien und holte alles heraus, was er zu bieten hatte. Die beiden rasierten Eier baumelten wie zwei reife Früchte. Der Tonfa am Koppel schwang im Gleichklang. Seine Linke fuhr mir durch die Haare.

«Gib dir einen Ruck, Cowboy. Du bist zu verkrampft. Glaub mir, ein Mann muss nicht immer alles unter Kontrolle haben.» Die Linke rüttelte sanft an meinem Nacken. «Lass mich raten. Dir läuft schon das Wasser im Mund zusammen, stimmt's?»

Ich schluckte. Der Möchtegern fand Spaß am Manipulieren.

Frank ließ einen Tropfen Vorsaft auf seinen Daumen gleiten. Auf dem Handschuh funkelte er im Licht der gedimmten Stehlampe. Wieder hob er mit dem Zeigefinger mein Kinn an. Gleich würde er den Vorsaft mit dem Daumen auf meiner Unterlippe verteilen. Wie im Reflex fuhr mir die Zunge über die Lippen.

«Ja, geht doch!», freute er sich schon.

Nein, das ging nicht. Ich schob die Hand beiseite.

«Lars, sind wir ein klein wenig neurotisch? Du machst dich zum Opfer deiner unbewussten Hemmungen. Lass dich einfach mal fallen. Du musst auch niemandem was beweisen. Mir nicht, deinem süßen Flo nicht und auch nicht deiner Mutter. Sie ist nicht hier.»

«Lass meine Mutter aus dem Spiel!»

Zu viel ist zu viel. Kurz entschlossen packte ich ihn bei den

Eiern. Frank schrie vor Schmerz auf und sackte neben mir bäuchlings auf die Couch. Ich sprang hoch und warf mich auf ihn. Mein Knie drückte ihn in die Polster. Praktischerweise hatte er die Handfessel schon mitgebracht. Ich fixierte ihm die Hände mit der Acht auf dem Rücken. Das war's. Abgang.

Frank kam wieder zu sich, drehte sich auf der Couch um und sah mich stumm an.

«Bleib da ruhig sitzen!», herrschte ich ihn an. «Du hast gepokert und das Spiel verloren. Die Psycho-Masche wirkt bei mir nicht. Ich lass dich jetzt mal hier allein. Dann hast du ein bisschen Zeit zum Nachdenken.»

«Lars, mach die Handschellen auf, bitte.»

Frank klang ganz kleinlaut. Das war sicher auch nur gespielt. Plötzlich wusste ich, wie ich mich herrlich rächen konnte.

«Keine Panik. Sobald ich auf der Straße bin, rufe ich von einer Telefonzelle 110 an. Nenne deinen Namen und Anschrift. Sage, dass sich dort ein gefesselter Polizist befindet. Sie kreuzen vermutlich umgehend auf, um ihren Kollegen zu befreien.»

Was für eine Mordsgaudi!

«Bitte nicht. Das kannst du nicht machen.»

Frank hatte beim Gerangel Sonnenbrille und Dienstmütze verloren. Er lag einfach da, verwirrt und erschrocken. Systematisch kontrollierte ich alle Innen- und Außentaschen von Franks alter Dienstjacke. Ich fischte Tankbelege, Autoschlüssel und ein Handy heraus und häufte alles auf einer Anrichte im Flur an. Dann griff ich nach meiner M65 an der Garderobe, sortierte meine eigenen Sachen in Franks Jacke. Auf der linken Innentasche war tatsächlich ein Aufnäher im Sechziger-Jahre-Stil eingenäht. ‹Erdmann Lederbekleidung, Hamburg, München›. Die M65 legte ich mir über den Arm.

«Was wird das jetzt?», fragte er.

«Siehst du doch. Ich nehm deine Bullenjacke mit. Du wolltest ja, dass ich sie trage.»

«Ja, aber das ist meine Lieblingsjacke ...»

«Hör zu», ich legte ihm eine Hand auf die Schulter, «du kannst das Ding wiederbekommen, kein Problem. Wir verabreden uns irgendwo im Grünen zum Catchen, und wenn du es schaffst, mich plattzumachen, dann kriegst du sie zurück. Das ist eine ehrliche Sache unter zwei Männern. Keine Uniformen, keine Psychotricks.»

Frank sah mich mit offenem Mund an, während ich die Acht wieder öffnete. Er rieb sich die Handgelenke.

Nachdem ich die Wohnung verlassen hatte, ging ich langsam die Stufen des Treppenhauses hinab. Auf der Straße angekommen, fiel hinter mir die Haustür ins Schloss. Endlich draußen. Und so herrlich kühl. Blaues Licht blitzte kurz in die schmale Wohnstraße. Ein Stück weiter auf der Hauptstraße raste ein Streifenwagen in Einsatzfahrt vorbei. Kein Mensch unterwegs, der Fußweg gehörte mir allein. Nicht einmal Betrunkene, keine jugendlichen Randalierer.

Schade, ich hätte mich jetzt gern mit jemandem geprügelt.

54.555801,9.766352
Bohnertfeld, Gemeinde Kosel

Ein Motorradausflug in den Norden Schleswig-Holsteins. Normalerweise ist das völlig problemlos. Normalerweise.

Aber was, wenn einem das Ziel als Zahlenreihe übermittelt wurde. Hinrich hatte sie mir geschickt. Eine Message in ‹GayRomeo›, plus Datum und Uhrzeit. UTM-Koordinaten hatte Bergner die Zahlen genannt. Auch wenn ich die mathematischen Details nicht begriffen habe, es stammt von amerikanischen Militärs und orientiert sich an Planquadraten. Alles klar, das reichte mir. Wenn es einen Unterschied zwischen Theorie und Praxis gab, reichte mir die Praxis. Gerd waren auch solche Koordinaten übermittelt worden. Er war aufgebrochen und nicht nach Düsseldorf zurückgekehrt.

Man musste die Sache eben professionell angehen. Also zuerst herausfinden, wo das überhaupt ist. Ich wusste ja mittlerweile, dass es mit Google Maps kein Problem war, das rauszukriegen. Der Treffpunkt lag irgendwo am Südufer der Schlei. Bis gestern hatte ich nicht einmal gewusst, was das ist. Ein Meeresarm der Ostsee, der aber wie ein Fluss oder See wirkt.

Da würde ich nun hinfahren, das Ziel auf einem Zettel in der Hosentasche, aber ohne Navi. Ohne allwissende Stimme, die mir den Weg weist. Klar, es gibt spezielle Navis für Motorräder, wasserdicht und mit Lenkerhalterungen. Ich schob mir lieber eine Straßenkarte in den Tankrucksack und merkte mir den Weg. Das ging auch so.

Normalerweise ist eine Motorradtour entspannend. Am Sonntag eine Ausfahrt zur Eisdiele machen und tags darauf den Kollegen davon vorschwärmen. Mit Zettel in der Hosentasche fährt man los und stellt sich unentwegt Fragen. Ob man die Lederjacke am Motorrad lässt. Ob man sich am Ziel ein wenig aufwärmt. Ob es nicht besser gewesen wäre, eine E-Mail an Torsten Hamann zu schicken. Ein Anruf wäre sicher übertrieben, aber eine E-Mail wäre vielleicht klug gewesen, im Falle eines Falles. Im Falle welchen Falles?

Am Nord-Ostsee-Kanal wartete eine Autoschlange vor der Fähre. Ich drängelte mich vorbei und stellte mich an der Spitze der Kolonne neben einen anderen Biker. Der saß auch auf einer KTM und grüßte mich freundlich. Auf dem Kanal zog ein Containerschiff vorbei. Ladung und Aufbauten erreichten die Höhe eines mehrstöckigen Gebäudes. Der Feinstaub des Schiffsdiesels kitzelte in der Nase. Den KTM-Kollegen neben mir ließ das völlig unbeeindruckt, er schenkte dem riesigen Schiff keine Aufmerksamkeit.

«Was kostet die Überfahrt?», fragte ich ihn.

«Nix! Is' umsonst», rief er zurück.

Die Fähre nutzte die Lücke zwischen dem Containerfrachter und einem nachfolgenden Tanker, um rasch zu unserer Seite überzusetzen. Während der Tanker passierte, leerte sich das Deck und wir rollten an Bord. Ich wartete auf jemanden, der Fahrgeld kassiert, es kam aber tatsächlich niemand.

Jenseits des Kanals veränderte sich das Wetter. Dunkelgraue Wolkengebilde zogen von Westen heran. Ich erwartete jeden Moment einen heftigen Schauer.

Zum ersten Mal sah ich die Schlei, als ich über eine Hügelkuppe fuhr. Die Straße war eigentlich nur noch ein schmaler Feldweg, der aus zwei Reihen Betonplatten bestand. Ich hielt kurz an. Am Fuße des Hügels breitete sich der Wasserarm aus. Die Felder trugen das wächserne Grün von ausgeblühtem Raps. Am Ufer grasten vereinzelte Rinder. Es hätte idyllisch sein können, wenn man als Tourist hier gewesen wäre. War ich aber nicht.

Der Feldweg endete an einem kleinen Parkplatz auf Uferniveau, davor ein winziger Hauch von Sandstrand. Ein windschiefes Schild verbot das wilde Campen. Der nächste Zeltplatz sei zwei Kilometer entfernt. Da war es bestimmt nicht so einsam wie hier.

Ich stellte die Kati neben einem verbeulten Golf ab und sicherte sie mit einem Bremsscheibenschloss. Der Golf trug ‹RD› auf seinem Kennzeichen. Ich schaute auf die Zulassungsplakette: ‹Landkreis Rendsburg-Eckernförde›. Den Helm ließ ich am Rückspiegel baumeln, die Lederjacke behielt ich an.

Weiter ging es nur zu Fuß. Bei Gerd war es auch so gewesen. Die letzten Meter ohne Fahrzeug. Schritt für Schritt tastete ich mich langsam das Ufer entlang. Der Pfad stieg an und verlief eine Weile oberhalb eines Hochufers. Das bedeutete relative Sicherheit. Von der benachbarten Weide drohte keine Gefahr. Alles machte einen überschaubaren Eindruck.

Zugegeben, Hinrich hatte einen Wissensvorsprung. Er kannte die Örtlichkeiten, ich kannte sie nicht. Doch es gab einen entscheidenden Unterschied zwischen mir und den Opfern. Sie hatten es so gewollt, waren vielleicht richtig heiß drauf: Überfallen werden. Nicht zu wissen, wo. Kämpfen, sich wehren. Ganz zu schweigen von der erotischen Komponente. Ich war mir ziemlich sicher, dass die in meinem Fall keine Rolle spielte.

Als ich die Böschung hinuntermusste, wurde die Lage unübersichtlich. Doch anders ging es nicht weiter. Der Boden war lehmig, und ich rutschte mehr hinab, als ich kletterte. Noch ein paar Meter durch ein Gebüsch und ich stand auf einer Rasenfläche direkt am Schleiufer. Ich sah mich um.

Keiner da.

«Ich wusste, dass du kommen würdest.»

Ich drehte mich in die Richtung, aus der die Stimme kam. Da war nur das Gebüsch, das ich soeben durchquert hatte. Ein rotblonder Wikinger mit massiger Gestalt drängte aus einem Holunderbusch hervor. Seine olivgrüne Faserpelzjacke und eine Bundeswehrhose in Flecktarn hatten ihn eine Zeit lang unsichtbar werden lassen.

Es war so weit.

Irgendwie hatte ich mir den Auftritt überraschender vorgestellt.

Unangekündigt, überfallartig.

Mit seinen Springerstiefeln stapfte er durch ein Matschloch. Der walrossartige Schnauzbart konnte ein Lächeln kaum verbergen.

«Vielleicht ziehen wir besser die Jacken aus?»

Der Wikinger war anscheinend praktisch veranlagt. Schon warf er die Sachen ins Gras und stand mit freiem Oberkörper da. Auf Brust und Unterarmen schimmerte rötlicher Flaum.

«Besser ist das», antwortete ich.

Wir standen uns schweigend gegenüber. Die massige Statur des Wikingers ließ auf gewisse Körperkräfte schließen, nicht jedoch auf Beweglichkeit. Aber manchmal täuschte ja der äußere Schein. Ich würde mich auf eine Art Sumo-Ringkampf einstellen müssen. Noch trennten uns mehrere Meter.

Hinrich fing an, mich zu umkreisen. Ich drehte mich mit, um ihn im Blick zu behalten.

Dann schritt er entschlossen auf mich zu, packte mich am Koppel der Lederhose und hob mich beinahe mühelos hoch. Ich verfluchte innerlich die Motorradklamotten, in denen man sich nur schwer bewegen kann. Der Wikinger warf mich auf seine Schulter und ich strampelte hilflos mit den Beinen. Ich hatte mit einem Fettsack gerechnet und war an eine Art Powerlifter geraten. Er holte aus und machte Anstalten, mich in hohem Bogen auf den Rasen zu werfen. Ich ahnte, wohin das führen sollte. Vermutlich hatte er das im Fernsehen bei den Profiwrestlern gesehen. Das Opfer auf den Boden werfen und sich dann darauf stürzen. Aber ohne mich!

Urplötzlich ein lauter Schrei. Der Wikinger warf mich auf den Rasen und stürzte in meine Richtung hinterher. Das waren mindestens 125 Kilo, unter denen ich begraben sein würde.

Doch als er auf dem Boden auftraf, lag ich schon nicht mehr dort. Er landete auf dem Bauch und ich Sekunden später auf seinem Rücken.

Anfänger. Nicht so stürmisch, mein Lieber!

Ein Klacks, ihn schnell in den Kreuzfesselgriff zu nehmen.

Dachte ich.

Wiederum hatte ich nicht mit so enormen Körperkräften gerechnet. Der dicke Wikinger hatte unbändige Kraft. Binnen Sekunden waren wir in eine wilde Keilerei am Boden verwickelt. Immer wieder versuchte er, mich zwischen seinen Springerstiefeln in die Beinschere zu nehmen.

Nach einer Weile fing der Dicke zu keuchen an. Das war meine Rettung.

Er hatte keine Kondition. Ich scheuchte ihn mit einigen vorgetäuschten Attacken hin und her und zwang ihn ein paarmal, sich kräfteraubend aus meinem Halbnelson zu befreien. Seine Kräfte schwanden merklich.

Von einer Sekunde zur anderen stellte er jede Gegenwehr ein. Er ließ sich rücklings auf die Grasnarbe fallen, streckte beide Arme von sich.

«Na, Wikinger, reicht die Kondition nicht?»

Er keuchte immer noch. «Ich steck auf, du hast gewonnen. Mach schon. The Winner takes it all!»

Ich wälzte mich so auf ihn, dass mein Körpergewicht möglichst vollständig auf ihm lastete. Unter mir stöhnte er hingebungsvoll. Ich wusste ja mittlerweile aus den Rod-Hanson-Videos, was der Wikinger von mir erwartete. Meine Lederhose und die Motorradstiefel würden seinen Genuss zweifellos erhöhen. Ich rutschte ein wenig hoch und nahm seinen Kopf zwischen meine Knie. Prompt leckte seine Zunge eifrig am Leder. Der große bullige Wikinger lag mir zu Füßen und das war schon ein faszinierendes Gefühl.

Rod Hanson nahm sich, was ihm zustand.

Eine halbe Stunde später lagen wir beide nebeneinander. Der Wikinger keuchte immer noch leise vor sich hin. Im rotblonden Flaum auf seiner Brust schimmerte nicht nur der Schweiß.

«Bist du wirklich mit dem Moped gekommen?»

«Ja sicher. Steht da hinten auf dem Parkplatz neben einem verbeulten Golf mit Rendsburger Kennzeichen.»

«Das ist meiner. Aber lass uns mal aufstehen. Ich will mir deine Kiste anschauen.»

Wir rappelten uns auf, zogen die Jacken wieder über und kehrten zum Parkplatz zurück.

«Ein echtes Sahneteil, voll mein Ding! Weißt du was? Fahr mal hinter mir her zu mir nach Hause. Ich bau mir grad 'ne alte Husqvarna zur Supermoto auf. Die musst du dir ansehen.»

Das wollte ich mir wirklich nicht entgehen lassen. Außerdem würde ich so seinen richtigen Namen und die Adresse erfahren.

Mit dem alten Golf legte er auf den Feldwegen ein überraschendes Tempo vor. Ich blieb immer an ihm dran. Ein paar Dörfer weiter bogen wir zu einem einzeln stehenden Gehöft ab. Das Fachwerk von Wohnhaus und Scheune war mit Gelbklinker ausgemauert. Sicher waren beide Häuser einst mit Reet gedeckt gewesen, aber das war schon vor vielen Jahren durch Welleternit ersetzt worden. Dichter Flechtenbewuchs hatte sich wie gelber Schorf daraufgelegt.

Als wir auf den Hof rollten, trat eine kräftige alte Frau aus der Haustür heraus. Ein Haarnetz bändigte ihre grauen

Haare. Die harte Arbeit im Freien hatte zahllose Besenreiser in das gerötete Gesicht geprägt.

«Moin, Hinnerk. Hesst du Besöök mitbröcht?»

«Moin, Mudder, du muss Hochdüütsch mit em schnacken. He versteiht di anners nich. Mudder, dat is Lars, 'n Fründ uut Hamborch.»

Ich stieg vom Motorrad und reichte ihr die Hand.

«Moin, Lars, versteiht ji keen Platt in Hamborch?»

«Guten Tag, Frau ...»

«Petersen», ergänzte Hinrich.

«Guten Tag, Frau Petersen. Ich bin eigentlich aus Düsseldorf.»

Die alte Frau machte große Augen und musterte mich aufmerksam.

«Ick glööv, du hest ordentlich Knööf inne Arms. Biss du een Stadtminsch oder ook uut de Landwirtschaft?»

«Mudder, ick wull emm mol mien Moped wiesen.» Hinrich zog mich am Arm in die Scheune.

Immerhin wusste ich jetzt, dass sein vollständiger Name Hinrich Petersen war.

In der Scheune stand eine blau-gelbe Husqvarna aufgebockt. Wo der Motor normalerweise seinen Platz hat, gähnte eine Lücke.

«Den Motor hab ich weggebracht zu 'nem Kumpel. Ventile einschleifen.»

«Sieht cool aus das Ding. Geht bestimmt gut, wenn sie mal fertig ist.»

Hinrich nickte eifrig. «Kann sich nur noch um Wochen handeln. Dann müssen wir unbedingt mal zusammen fahren. Hier oben ist 'ne geile Motorradgegend. Komm einfach mal wieder hoch und bleib übers Wochenende.»

«Ja, warum nicht.»

Das fehlte mir gerade. Noch ein weiterer Verehrer.

«Meine Mutter musst du übrigens entschuldigen. Jahrelang hat sie darauf gewartet, dass ich eine Frau finde, die mit mir den Hof bewirtschaftet. Seit jeder hier weiß, dass ich mir nichts aus Frauen mache, sucht sie voller Inbrunst einen passenden Freund. Aber hier in der Gegend von Eck-Town ist das nich' so einfach.»

«Eck-Town?»

«Eckernförde. Du, ich hab einen Bärenhunger gekriegt. Isst du was mit?»

«Ja, warum eigentlich nicht.»

Hinrich sagte seiner Mutter Bescheid, dass ich zum Mittagessen bleibe. Anschließend bekam ich eine Kurzführung über den Hof. Ich kletterte zum ersten Mal in meinem Leben auf einen John-Deere-Traktor und erfuhr nebenbei, dass sie die Vollerwerbslandwirtschaft schon vor langer Zeit aufgegeben hatten. Hinrich arbeitete als Zivilangestellter bei der Bundesmarine in Eckernförde. Von Beruf war er Installateur, oder wie er sich selbst ausdrückte: ‹Gas, Wasser, Scheiße›. Von wegen Kampfschwimmer.

«Eten is trech!» Seine Mutter rief laut über den Hof.

Wir setzten uns beide in die Küche und Hinrichs Mutter füllte die Teller mit Frikadellen und Kartoffelmus. Außerdem bekam jeder von uns ungefragt eine Flasche Flensburger. Auf dem Herd stand noch der Topf, in dem sie das Kartoffelmus gestampft hatte. Das war kein Instantprodukt aus der Tüte. Als wir zu essen anfingen, ließ die alte Frau uns allein.

«Ein Kompliment an deine Mutter. Das schmeckt wirklich gut.»

«Werd ich weitergeben. Wie hat es dir denn vorhin gefallen? War das nicht eine klasse Idee mit den Koordinaten fürs Navi? Gibt dem Ganzen den richtigen Thrill.» Hinrich öffnete mit einem Plopp den Bügelverschluss der Bierflasche. «Ich muss aber zugeben, das war nicht meine Idee. Ich hab mich vor ein paar Wochen mal mit jemandem getroffen und der hat es genauso eingefädelt. Fand ich ziemlich prickelnd.»

«Den würde ich ja glatt auch mal antickern. Jedenfalls wenn die Optik stimmt.»

«Suchst du so 'nen Schönling wie mich?» Um Hinrichs Augen bildeten sich kleine Lachfältchen.

«Na ja, das liegt eben immer im Auge des Betrachters.»

Hinrich haute mir auf die Schulter. «Ich würde sagen, ein bisschen sah der aus wie du. Stämmig und durchtrainiert, vielleicht einen Tick kleiner. Nicht so schwabbelig wie ich. Ich sollte eben nicht so viel Flens trinken. Jedenfalls war der Mann echt gut drauf. Und kein Deutscher, sprach eine Mischung aus Deutsch und Englisch. Mit komischem Akzent. Aber kein Ami, das hätte ich erkannt.»

«So so. Und hast du ihn plattgemacht?»

«Offen gestanden nein. Hast du ja eben selbst gemerkt. Ab 'nem bestimmten Punkt verlässt mich die Kondition. Aber man kann das Verlieren ja auch genießen.» Hinrich lachte.

«Ach was, da wär ich jetzt nicht draufgekommen. Wo hast du den denn aufgetan? Auch bei GayRomeo?»

«Ja, wo sonst. Willst du den auch mal antickern? Ich hab jetzt grad den Namen nicht im Kopf, aber ich kann ihn dir raussuchen. Schick ich dir per Message. Da sind auch Fotos von dem im Profil. Der trifft hier in Norddeutschland anscheinend häufiger Verabredungen mit dieser Masche. Letztens hab ich mit 'nem Kumpel aus Nordfriesland geschnackt, der hat sich mit ihm bei Bredstedt getroffen.»

«Wo ist das denn?»

«Nördlich von Husum. Verabredung per GPS. Treffen, fighten und wieder nach Hause. Spannung und Spaß garantiert.»

Hinrich nahm noch einen kräftigen Schluck Flensburger.

53.398139,10.182778
Hamburg-Zollenspieker, Fähranleger

«Versprich mir, dass so etwas nie wieder läuft. Niemals. Und wenn es dir selbst schon egal ist, dann wenigstens mir zuliebe. Schließlich bin ich für dich verantwortlich.»

Am liebsten hätte ich etwas wie ‹Ja, Papa!› geantwortet. Doch im Grunde musste ich Torsten zustimmen. Ich hätte ihn eben doch informieren sollen. Die Verteidigung blieb deshalb zaghaft.

«Mein Bauchgefühl hat mir von vornherein gesagt, dass er nicht tatverdächtig ist. Von wegen Kampfschwimmer, dieser Fettsack.»

«Bauchgefühl! Wenn du es lieber so hast, dann nimm es als dienstliche Anordnung. Kein Treffen mit irgendwelchen Kontakten, ob aus dem Internet oder sonst woher, ohne vorherige Absprache mit mir. Ist das klar?!»

«Alles klar.»

Gleich regelt er auch den Gebrauch von Kondomen per Dienstanweisung. Aber so weit reichte Torstens Fantasie wohl nicht.

«Gut. Dann wäre das jetzt geklärt. Ich hol mal was zu trinken. Auch 'n Kaffee?»

«Kakao bitte.»

Während Torsten zum Imbisswagen ging, besetzte ich eine Bank mit Elbblick. Drei Pkws warteten vor einer roten Ampel auf die Fähre. Außer uns standen hier noch andere Motorradfahrer, nippten an ihrem Kaffee und gafften. Unterwegs waren mir die vielen kleinen landwirtschaftlichen Betriebe aufgefallen. In Gewächshäusern bauten sie Gemüse an. Ländlich, keine Spur von Großstadt, ein klein wenig wie in Holland. Torsten kam mit zwei dampfenden Bechern zurück.

«Wir können von Glück sagen, dass heute normaler Werktag ist. Am Wochenende ist das hier fest in Bikerhand. Zollenspieker ist der beliebteste Motorradtreffpunkt in Hamburg. Aber wir sind ja nicht zum Vergnügen hier. Lass uns über den Fall reden.»

Ich nickte und Torsten zog ein Notizbuch heraus.

«Also gehen wir mal systematisch vor. Wie die Opfer getötet werden, wissen wir genau. Es passiert immer bei einer Art Ringkampf. Der körperlich überlegene Täter drückt dem

Opfer die Halsschlagader ab. Es folgt die Frage nach dem Motiv. Es ist naheliegend, dass es sich um eine sexuell motivierte Tat handelt. Alle Opfer sind homosexuell. Täter und Opfer kannten sich offensichtlich vorher nicht persönlich, allenfalls aus dem Internet. Gehen wir doch mal zusammen die Personen durch, die uns bisher im Laufe der Ermittlungen untergekommen sind. Dein Florian Baust steht da bei mir als Erster auf der Liste.»

Ich schluckte. Natürlich war persönliche Zuneigung unprofessionell.

«Also dieser Florian Baust ist erst im letzten Jahr von Niedersachsen nach Hamburg gekommen. Ich möchte ihm zu diesem Zeitpunkt noch nicht unnötig Schwierigkeiten bereiten, deshalb habe ich persönlich einige sehr diskrete Nachforschungen in Niedersachsen angestellt.»

«Glaubst du denn, dass Flo ...»

«Was ich glaube, ist völlig irrelevant. Aber ich habe auf ein paar Interessen Dritter Rücksicht zu nehmen. Ich kann nicht unnötig Staub aufwirbeln und damit die Karriere meiner Vorgesetzten gefährden.»

Torstens beinahe zynische Offenheit machte mich sprachlos. Er zuckte nicht einmal mit den Mundwinkeln, sah mich nur mit seinen grauen Augen an.

«Und ich möchte im Moment meinen verdeckten Ermittler bei Laune halten.»

Jetzt zuckte es wieder in seinem Gesicht. Wenn das ein Witz sein sollte, ich konnte nicht darüber lachen.

«Nach dem, was ich im Moment weiß, kommt er aus einer Kleinstadt im Emsland. Sein alter Herr dort war ebenfalls Polizist und ist offensichtlich weithin bekannt.»

«Flo war Pfadfinder», ergänzte ich zaghaft.

«Pfadfinder. Nun gut, hast du auch was zu unserer Informationssammlung über Baust beigetragen. Irgendetwas fehlt noch, ich weiß nur nicht, was. Meine Quelle wollte sich lieber bedeckt halten. Hat wohl noch immer höllischen Respekt vor Bausts Vater.»

«Wer ist der Nächste auf deiner Liste?»

«Lass uns mal mit Hinrich Petersen weitermachen. Wenn das alles so stimmt, wie er es dir berichtet hat, dann hat er uns ausgesprochen wertvolle Hinweise geliefert.»

«Ich werde den Hinrich nachher gleich mal antickern. Vielleicht ist er aber auch eifersüchtig und will den Profilnamen nicht rausrücken.» Ich lachte.

«Das wirst du schon geregelt kriegen. Zur Not musst du Hinrich Petersen noch mal einen Besuch abstatten. Einstweilen haben wir uns damit begnügt, unsere Fallanalyse zu präzisieren.»

«Inwiefern?»

«Okay. Gehen wir davon aus, der Täter ist männlich. Wir haben Abdrücke von Sportschuhen in Größe 44 gefunden, von denen wir glauben, dass wir sie dem Täter zuordnen können. Er muss in Sachen Kampfsport gut drauf sein, jedenfalls war er allen Opfern überlegen. Bisher waren wir uns sicher, dass niemand ein Treffen mit dem Täter überlebt hat. Und dann hat er noch diese seltsame Affinität zu GPS-Koordinaten. Seit deinem Gespräch mit Hinrich Petersen können wir nun annehmen, dass der Täter in etwa deine Statur hat, vielleicht auch deine Größe. Er hat eine Bindung in den angloamerikanischen Sprachraum, was die Sache nicht einfacher macht. Die Frage ist allerdings, warum er manchmal tötet und manchmal nicht.»

«Habt ihr nicht irgendwelche Psychologen, die da was hineininterpretieren?»

«Nein, und wir haben auch kein Medium, das die Gedanken des Täters lesen kann. Mensch, dies ist kein amerikanischer Fernsehkrimi. Solche Profiler gibt es in der Realität nicht. Aber wir stehen in Kontakt zur OFA-Hotline beim BKA.»

«OFA-Hotline?»

«Operative Fallanalyse. Die Kollegen da haben eine interessante Hypothese aufgestellt. Offensichtlich entscheidet der Täter erst im Moment des Kampfes, ob er tötet oder nicht.

Nun könnte es natürlich sein, dass er bei überlegenen Gegnern von der Tötungsabsicht ablässt.»

«Na, das trifft bei unserem Wikinger wohl eher nicht zu.»

«Eben. Daher die Hypothese, dass er ebenbürtige oder überlegene Gegner tötet, während er unterlegene Gegner laufen lässt.»

«Du meinst so was in der Art, dass er keine überlegenen Männer neben sich dulden kann? Nur Schwächlinge dürfen weiterleben?»

«So in etwa. Die Psycholeute würden das sicher mit ein paar Fremdwörtern unterfüttern, aber im Endeffekt läuft es genau darauf hinaus. Und dann lässt die Technik des Tötens auch gewisse Rückschlüsse zu.»

«Inwiefern?»

«Du weißt sicher, dass Frauen gern den klassischen Giftmord begehen. Da ist kein Körperkontakt notwendig, die Täterin muss nicht einmal anwesend sein.»

Ich nickte. Das war ja nun Allgemeingut.

«Stichwaffen wie Messer spielen eher eine Rolle bei Affekthandlungen. Das ist hier ganz sicher nicht gegeben. Unser Täter handelt geplant und kaltblütig. In derartigen Fällen werden sonst gern Distanzwaffen benutzt. Solche Täter knallen ihr Opfer kurzerhand ab und gut. In unserem Fall ist keine Distanz gegeben. Der Täter mordet in körperlichem Kontakt mit dem Opfer. Völlig ohne Skrupel drückt er die Blutzirkulation zum Gehirn ab. Das Opfer stirbt in seinen Armen. Seine Hände bestimmen über Leben und Tod. Vermutlich ein sehr intensives Erlebnis.»

Mir lief es kalt den Rücken hinunter.

«Und dabei so sauber und unblutig!»

«Genau. Vermutlich hat der Täter einen Sauberkeitsfimmel oder leidet an ähnlichen zwanghaften Gewohnheiten», ergänzte Torsten.

«Gehört einem von euch die KTM?» Ein Motorradfahrer in Enduro-Klamotten stand mit Currywurst in der Hand vor uns.

«Mir», antwortete ich knapp.

Der Endurist setzte sich ungefragt mit auf die Bank und erzählte weitschweifig von seinem letzten Motorradurlaub in den Pyrenäen. Torsten schaute mich nach einigen Minuten wortlos an und bewegte den Kopf knapp in Richtung der Motorräder. Alles klar. Wir standen beide gleichzeitig auf. Der Endurist verstummte.

«Wir müssen dann mal weiter.» Der Höflichkeit halber hob ich kurz die Hand zum Gruß, bevor wir den Erzähler allein auf der Bank zurückließen.

Torsten fuhr mit seiner Ninja vorweg, immer am Deich entlang elbaufwärts. Gelegentlich hatten wir einen guten Ausblick auf den Strom, doch meistens versperrte der Deich die Sicht. Es war eben doch nur die Elbe und nicht der Rhein. Die ganze Zeit eine Geschwindigkeitsbegrenzung auf 60 Stundenkilometer. Wir passierten das Ortsschild von Geesthacht, Torsten bog links ab und wir gelangten auf die Zufahrtsrampe zu einer gut ausgebauten Bundesstraße.

Gleich nach Überquerung einer Schleuse verließen wir die Bundesstraße wieder, drehten eine Schleife und hielten bei einem riesigen Stauwehr. Ein Warnschild machte auf die Videoüberwachung des Wehrs aufmerksam. In der Staustufe gurgelten die Wassermassen. Eine sanfte Brise aus Westen trug den Geruch der Elbe mit sich.

«Ist dir jetzt nach einer Tatortbesichtigung?», fragte Torsten.

«Dirk?»

Ich hatte erwartet, dass Torsten mich irgendwann hierherführen würde.

«Ja, dort drüben wurde Dirk Zimmermann getötet.»

Ich deutete auf das Schild mit der Videokamera.

«Konntet ihr nicht die Videoaufzeichnungen zurückverfolgen? Vielleicht hat der Täter irgendwann die örtlichen Verhältnisse hier erkundet?»

Torsten schüttelte den Kopf.

«Die Aufzeichnungen werden nicht endlos lange gespeichert. Außerdem ist der Täter nicht doof. Es gibt nämlich noch einen anderen Parkplatz hier. Einen, der nicht in der Sichtweite von Überwachungskameras oder Wohnhäusern liegt.»

Wir unterquerten die Bundesstraße und folgten einem Trampelpfad. Dichtes Weidengebüsch versperrte jeden Blick. Verstecke ohne Ende. Zwischen den Buhnen hatten sich kleine Sandfelder gebildet. Das erinnerte an Urlaub. Strand, Kindheit, Ostsee.

An einem der Buhnenfelder blieb Torsten stehen.

«Hier ist es passiert. Es muss schnell gegangen sein. Trotz des Sandstrands gab es nur wenige Kampfspuren.»

Das wunderte mich nicht, denn Dirk war ein Angeber mit dem Hang zur Selbstüberschätzung gewesen. Aber man soll ja nicht schlecht über Tote sprechen.

«Wie ist es, suchen wir uns eine Bank und reden noch ein bisschen über den Ringer-Stammtisch?»

«Klar, warum nicht.»

Zurück auf der Geesthachter Seite parkten wir unter der Brücke der Bundesstraße.

«Das hier ist die Schleusenanlage der Staustufe Geesthacht», erklärte Torsten. «Geesthacht ist übrigens 1937 zusammen mit Cuxhaven an Preußen gegangen, im Tausch gegen Altona, Wandsbek und Harburg. Groß-Hamburg-Gesetz. Nur ein kleines Waldstück an der Stadtgrenze ist hamburgisch geblieben und gehört der Polizei Hamburg. Da ist jetzt die Hundestaffel.»

Nebenbei noch Unterricht in Heimatkunde, ich war beeindruckt.

Wir gingen zu einer Art Aussichtsplattform und schauten hinab. Gerade wurden ein paar tschechische Binnenschiffe geschleust.

«Wir haben nacheinander die Jungs von dieser Ringergruppe durchgecheckt. Das war nicht wirklich ergiebig. Deren Webmaster, dieser Malte, hat zwar kein Alibi, aber er hat uns bereitwillig eine DNA-Probe gegeben.»

«Habt ihr denn überhaupt irgendwelche DNA-Spuren?»

«Nein, aber das weiß er ja nicht. Wir ziehen übrigens ernsthaft in Erwägung, die anderen alle testen zu lassen, doch dafür bräuchten wir eine richterliche Anordnung.»

«Hat die DVD-Kopie was genützt?»

«Nein. Malte ist zwar ein Pedant und hat eine saubere Sicherungskopie erstellt. Aber wir haben darin nicht wirklich mehr gefunden, als auf der Website sowieso öffentlich zu lesen ist.»

«Schade.»

«Übrigens hat der Coach die freiwillige Abgabe eines genetischen Fingerabdrucks verweigert. Sein vollständiger Name ist Paul Macmurdoch. Der Kerl ist eine ziemlich harte Nuss. Reichlich abgebrüht. Weißt du irgendwas über ihn? Immerhin hat er deine Statur und spricht mit deutlichem Akzent.»

«Paul hatte die Tage Geburtstag. Flo war eingeladen und hat mich mitgenommen.»

«Perfekt!»

«Paul betreibt ein Hobby, das euch interessieren dürfte. Er macht Orientierungslauf, zeichnet dafür selber Karten und hat eine umfangreiche technische Ausstattung, inklusive GPS-Empfänger. Überraschungskämpfe hat er auch erwähnt, allerdings nur nebenbei.»

«Aha, und weiter?»

«Ihr wisst ja sicher, dass er bei der britischen Rheinarmee war. Was er da genau gemacht hat, wollte er mir allerdings nicht sagen. Hat eine ziemliche Geheimniskrämerei darum gemacht. Der Witzbold meinte, er müsste mich anschließend töten, wenn er mir seine ehemalige Funktion preisgeben würde.»

«Tss ...», Torsten schüttelte den Kopf. «Ich glaube, den werden wir noch mal in die Mangel nehmen.»

«Und ich muss Hinrich Petersen den Profilnamen aus seinem breiten Kreuz leiern. Vielleicht haben wir dann sogar Fotos. Und vielleicht krieg ich auch Kontakt zu seinem Kumpel in Nordfriesland. Der auch einen Kampf mit dem Tatverdächtigen hatte.»

Der Westwind wehte Wolken heran, hinter denen die Sonne verschwand.

53.573859,10.053874
Hamburg-Eilbek, Eilbektal

«Warum wolltest du eigentlich nie mehr Gitarre spielen? Dein Auftritt bei Pauls Geburtstag war doch ein voller Erfolg!»

«Meinst du?»

«Sicher. Da waren alle der gleichen Meinung. Und Paul erst. Wie der sich gefreut hat!»

Wir lagen nebeneinander in Flos Bett, ich hatte den Arm um ihn gelegt und kraulte seinen Kopf. Inzwischen konnte ich sogar den unvermeidlichen Zärtlichkeiten einen gewissen Reiz abgewinnen.

«Ach Lars, ich bin verdammt froh, dass ich dich getroffen habe. Ich hab so lange auf dich gewartet.»

«Auf mich?»

Flo befreite sich aus meinem Arm und rollte sich auf mich. Zwei tiefblaue Augen schauten in mich hinein.

«Jedenfalls auf so einen wie dich.»

«Und deshalb spielst du jetzt wieder Gitarre?»

«Ach komm, bitte zieh nicht immer alles ins Lächerliche.»

«Okay, ich bin ganz ernst.»

Wir lachten.

«Was sind denn das für böse Erinnerungen, weswegen du nicht mehr Gitarre spielen willst?»

«Das sind keine bösen Erinnerungen. Eigentlich sogar ganz schöne. An unseren Pfadfinderstamm. Manchmal sind wir einfach am Wochenende losgezogen, von A nach B. Bei uns im Emsland, im Ammerland oder bis ins Westfälische. Nichts war organisiert, keine Übernachtung, nichts. Alles improvisiert. Und meine Gitarre war immer dabei.»

«Hört sich gut an.»

«War es auch.»

«Jetzt versteh ich immer noch nicht, warum du nicht mehr Gitarre spielen willst.»

«Einmal muss man eben erwachsen werden.»

«Spielen Erwachsene nicht Gitarre?»

«Nein, jedenfalls war mein alter Herr der Meinung. Ich sollte mich mal dem Ernst des Lebens stellen.»

«Wow, und dann darf man nicht Gitarre spielen?»

«Du sollst nicht alles ins Lächerliche ziehen.»

«Also im Ernst, unsere Generation lässt sich doch nicht mehr von Vätern vorschreiben, ob und wann man Gitarre spielt.»

«Nein, normal nicht. Aber wer ist schon normal. Ich war's nicht und wollte es doch so gern sein. Hab gedacht, wenn ich meine Jugend hinter mir lasse und ein ordentlicher Polizist werde wie mein Alter, dann kann ich auch ein normaler Mann werden.»

«Seit wann sind Bullen denn normal?»

«Lars ...!»

«Schon gut. Aber jeder ist doch irgendwie ein bisschen anders. Was ist denn daran normal, anständigen Bürgern Strafzettel zu verpassen? Harmlose Biker wegen angeblicher technischer Änderungen am Fahrzeug mit Mängelkarte zum TÜV zu schicken? Seid ihr nicht auch auf eure Weise 'ne Pfadfindertruppe? Und immer mit anderen Männern in Uniform rumzulaufen ist in meinen Augen ganz schön schwul!»

Flos Augen verengten sich. Klar, er wurde sauer, weil ich die landläufige Einstellung zu Polizeibeamten so drastisch zusammengefasst hatte.

«Was soll das denn jetzt: Ich bin kein Uniformfetischist.»

«Nicht? Ach nee, du stehst ja auf Ringkämpfe.»

«Du sollst dich nicht über mich lustig machen. Ja, es stimmt. Ich war mal so blöd zu glauben, ich könnte vor mir selbst fliehen, indem ich in den Polizeidienst eintrete. Das kannst du sicher nicht verstehen. Aber das ist Jahre her. Ich verrichte meinen Dienst wie jeder andere und ich mache das gut.» Er schnappte vernehmlich nach Luft. «Ich muss mich für nichts verstecken.»

Flo lag immer noch auf meinem Bauch, ich packte seinen Oberkörper und drückte ihn an mich.

«Komm an meine breite Brust. Lars drückt dich ganz fest.»

«Auch wenn es schwer ist, mit dir ernsthaft zu reden, ich mag dich trotzdem.» Er schnüffelte in meinem Brusthaar.

Um Ernsthaftigkeit zu beweisen, brachte ich das Gespräch noch einmal auf das Thema Gitarre. Irgendwas musste doch in Flos Jugendzeit passiert sein. Etwas, das auch Torsten Hamanns Informationsquellen nicht ausplaudern wollten. Das hatte offenkundig mit seiner Pfadfinderzeit zu tun.

Schließlich rückte er damit heraus. Es hatte einen anderen Jungen gegeben. Daran war an sich nichts Verwerfliches. Beide waren sie älter als 16 und den eigentlichen ‹Pfadfindern› schon entwachsen. Sie gehörten der Altersstufe der ‹Rover› an, der Vagabunden. Die beiden Vagabunden schickten sich an, gemeinsam ihre Sexualität zu entdecken. Sozusagen ihre eigene Variante von ‹Jugend forscht›. Vermutlich ging das über intime Berührungen und gegenseitiges Wichsen nicht hinaus. Ich zog es vor, nicht nach Details zu fragen. Es geschah, was geschehen musste. Die beiden wurden in ihrer Zweisamkeit überrascht. Man informierte die Eltern.

Die Konsequenzen dieser Entdeckung zu erahnen fiel mir schwer. Ich selbst war mit 16 schon lange mit meinem Stiefvater fertig. Den Realschulabschluss in der Tasche, hatte ich mich unter dem Einfluss meines Trainers bei der Polizei beworben und war angenommen worden. Ich stand sozusagen auf eigenen Füßen. Mein Stiefvater war mehr als froh deswegen, war er mich doch ohne eigenes Zutun losgeworden.

Gewalttätig war Flos Vater nicht. Stattdessen übte er auf seine Weise Strenge aus. Er hatte ein striktes Regelwerk erlassen, das auf Biegen und Brechen einzuhalten war. Zarte homoerotische Kontakte kamen darin natürlich nicht vor. Der Vater des Freundes, ein örtlicher Handwerksmeister, sah das ganz genauso. Beide setzten konsequent ihre Beschlüsse zum Schutz der Söhne um. Der Freund wurde zu einem Onkel nach Bayern geschickt, um dort eine Dachdeckerlehre zu absolvieren. Flo verließ in der elften Klasse das Gymnasium und begann stattdessen seine Ausbildung bei der niedersächsischen Polizei. Vater und Sohn verknüpften damit die Hoffnung, die ‹normale› männliche Umgebung würde den jungen Mann von seinen sexuellen Verirrungen heilen. Was sich in Flos Fall als Wunschdenken erwies, aber das wusste ich ja schon.

Dem Pfadfinderfreund erging es weniger gut. Kurz vor Beendigung der Lehre stürzte er von einem Dach und starb auf dem Weg ins Krankenhaus. Die Behörden gingen zwar von einem Unfall aus, doch Flo ließ der Gedanke an einen Suizid nicht in Ruhe.

Ich strich durch seine raspelkurzen blonden Haare. Eine Welle ungeahnter Zuneigung erfasste mich.

«Hab ich dir eigentlich schon gesagt, dass du verflucht gut proportioniert bist? Auch wenn du kleiner bist, es passt einfach alles zueinander.»

Ich spielte mit der Zunge an seinen Brustwarzen und den feinen hellblonden Härchen, die sie umgaben. Mit sanften Küssen arbeitete ich mich langsam in Richtung Bauchnabel vor.

«Was wird das denn? Seit wann bist du so freigebig mit Komplimenten? Ist das ernst gemeint? Kommt kein dummer Spruch hinterher?»

«Mir war grad so danach ...»

Ich küsste Flos Bauchnabel und folgte der Spur zarter blonder Haare nach unten. Flo verstummte. Weiß der Teufel, wieso, ich hatte noch niemals einem Mann den Schwanz geblasen, und wennschon, dann sollte es jetzt bei Flo das erste Mal sein. Ich fragte mich, was ich beim Geblasenwerden am erregendsten empfunden hatte. Flo stöhnte leise und drückte meinen Kopf herunter. Ein herbes Aroma stieg in meine Nase.

In diesem Moment klingelte das Telefon. Nach dem dritten Klingelzeichen wurde der Schwanz in meinem Mund wieder schlaff.

«Lass mich mal rangehen», murmelte Flo und griff nach dem schnurlosen Telefon im Regal.

«Hallo, Andy!»

Flos Stirn legte sich in Falten.

«Was ist passiert? Ganz langsam, eins nach dem anderen ... Sind sie jetzt noch bei euch? Schon wieder weg? Haben sie dir einen richterlichen Beschluss gezeigt? Ja, dann durften sie das.»

Etwas musste geschehen sein. Sicherlich hatte Torstens Truppe zugeschlagen. Vermutlich eine Hausdurchsuchung bei Paul und Andy.

«Was haben sie mitgenommen? Hast du dir eine Quittung geben lassen? Okay, das ist gut.»

Flo setzte sich auf die Bettkante.

«Und wo ist Paul? Haben sie gesagt, warum? Bleib einfach ganz ruhig. Paul kommt bestimmt bald zurück. Wenn du willst, kannst du jederzeit anrufen.»

Flo stellte das Telefon wieder in die Ladeschale, schaute mich an und seufzte laut.

«Sie haben die Wohnung von Paul und Andy durchsucht und Paul mitgenommen.»

Ich mimte den Erstaunten.

«Kannst du dir denn vorstellen, dass Paul was mit diesen Morden zu tun hat?», fragte ich.

«Das ist schwer zu sagen. So lange bin ich ja auch noch nicht in Hamburg. Im Grunde kenne ich die beiden kaum länger als du.»

«Weißt du, was Paul bei der Army gemacht hat? Ich habe ihn neulich gefragt, und statt zu antworten, hat er Witze gerissen. Er müsse mich töten, wenn er mir davon erzählt.»

Flo lachte schallend.

«Paul? Bei der Army? Paul war Koch! Vielleicht hat der mal einer Weihnachtsgans den Hals umgedreht, das war's dann aber auch.»

Das haute mich um. Wenn er bloß ein einfacher Koch war, wieso bekam Torsten dann keine Informationen von den Briten?

«Du als Filmfan solltest doch wissen, dass auch Köche heimliche Kampfsportfreaks sein können», sagte ich.

«Als Filmfan? Jetzt musst du mir mal auf die Sprünge helfen.»

«Na, da gibt es doch einen Film mit Steven Seagal, wo Terroristen ein US-Schlachtschiff kapern. Seagal spielt einen Koch, der am Ende die Terroristen besiegt.»

«Sorry, solche Filme sind eher nicht so mein Ding.»

«Schuldig, Euer Ehren! Ich gestehe, dass ich auf flache Actionfilme stehe. Schon als Junge war ich ein Fan von Colt Sievers. Keine Folge habe ich verpasst.»

«Ach ja, ‹Ein Colt für alle Fälle›. Nun, ich hab immer heimlich Schimanski geguckt, wenn sie mal ältere ‹Tatort›-Folgen wiederholt haben.» Flo lachte.

«Wieso denn heimlich?»

«Durfte nicht eingeschaltet werden. Mein Vater hatte entschieden, das hätte nichts mit wirklicher Polizeiarbeit zu tun.»

«Das ist bestimmt nicht leicht, mit 'nem Bullen als Vater ... Aber noch mal zurück zu Steven Seagal. In dem Film spielt er einen Koch, der ein ehemaliger Navy SEAL ist.»

«So ein Blödsinn. Wie wird denn aus einem Navy SEAL ein Koch? Das ist doch vollkommen wirklichkeitsfremd und an den Haaren herbeigezogen.»

Unbeabsichtigt sprach Flo wie sein alter Herr.

«Das ist doch alles bloß Unterhaltung. Der Navy SEAL wurde degradiert, weil er einen Vorgesetzten verprügelt hat.»

Zugegeben, das wäre schon eine ziemlich gewagte Arbeitshypothese, nach der Paul seine militärische Karriere in einer

Eliteeinheit begonnen hätte, bevor er sie als Koch fortsetzte und beendete. Wer weiß, vielleicht brachte ja Torstens Truppe Näheres aus ihm heraus. Oder die Briten wurden irgendwann etwas kooperativer.

Ich widmete mich wieder dieser unwiderstehlichen Spur blonder Härchen. Sie führte mich unweigerlich ein weiteres Mal zum Ziel. Meine Zunge gab ihr Bestes. Doch das Beste war anscheinend nicht genug.

«Mach ich irgendwas falsch?»

«Nein, tut mir leid, ich bin nur grad mit den Gedanken woanders.»

«Wo denn?»

«Wenn sie diesen irren Killer schnappen wollen, dann müssten sie jemand einschleusen in die Szene. Ich bezweifle, dass sie mit klassischer Ermittlungsarbeit diesem Verrückten zu Leibe rücken werden.»

Ich schluckte.

«Und wer soll das sein? Du etwa?»

Flo entzog sich endgültig meiner Zunge und setzte sich auf.

«Im Ernst, ich habe bereits daran gedacht, mich bei den Kripo-Leuten zu melden.»

«Das kann aber nicht funktionieren, wenn du's überall herumerzählst.»

«Tu ich doch überhaupt nicht.»

«Doch, tust du. Mir hast du es grad eben erzählt.»

«Aber du bist mein Freund.»

«Ja und? Wie lange kennst du mich? Was macht dich so sicher, dass ich nicht der Killer bin?»

Flo stand der Zweifel ins Gesicht geschrieben. Wie er mich mit großen blauen Augen ansah, tat er mir leid. Jedenfalls würde er als verdeckter Ermittler nicht weit kommen. Jeder in der Szene kannte ihn als offen schwul lebenden Polizisten.

Unvermittelt stürzte Flo sich auf mich. Versuchte, mich an den Armen zu packen. Im Nu waren wir in eine Balgerei verwickelt.

«Wenn du wirklich der Killer bist, werde ich dich zur Strecke bringen», keuchte er.

Von seiner Capoeira-Einlage wusste ich ja noch, wie flink er sein konnte. Ich hatte ganz schön zu tun. Das Bett war viel zu klein, um sich den Angriffen zu entziehen. Irgendwie erlangte er die Oberhand. Flo lag auf meinem Bauch und drückte mir die Arme zur Seite.

Was für ein Gefühl! Ein klein wenig die Kontrolle verlieren, sich hingeben, sich anvertrauen. Mein Widerstand erlahmte. Flo lockerte den Griff, markierte sanfte Fickbewegungen und wir rutschten in unserer Geilheit auf dem Bett hin und her. Mein linker Fuß steckte schon in einem Regalfach des Raumteilers. Er richtete sich auf, packte zu und wichste uns beide. Schweiß perlte von seiner Brust, seine Augen waren geschlossen, seine Beine umklammerten mich ganz fest. Wir kamen gleichzeitig. Während sich eine doppelte Ladung Saft auf meine Brusthaare entlud, stießen meine Beine mit aller Kraft nach unten. Sie trafen auf den Raumteiler, der krachend in sich zusammenstürzte.

Wie zum Schutz warf Flo sich auf mich und ein Strom von DVD-Hüllen und Büchern ergoss sich auf uns, das Bett und den Fußboden. Obwohl die Sache ärgerlich war, prusteten wir beide los und schoben die Trümmer beiseite.

Ich sprang kurz unter die Dusche, in der Zwischenzeit hatte Flo das Regal schon wieder aufgestellt.

«War Marke Eigenbau. Vielleicht doch nicht so standfest», murmelte er.

Ich half mit, die DVD-Sammlung und die Bücher wieder einzuräumen.

«Dass du ein Filmfan bist, weiß ich ja nun. Aber die ganzen Bücher, hast du die alle gelesen?»

Flo lachte. «Glaubst du, die stell ich mir zur Zierde hin?»

«Immer wieder mal was Neues. Ein Bulle, der Bücher liest ...»

«Lars, bitte nicht schon wieder! Ja, stell dir vor, ich kann tatsächlich lesen.»

Ich sortierte vier Bände Hemingway zurück ins Regal.

«Krimis sind das ja nicht gerade. Was ist das denn hier? ‹Das siebte Kreuz›. Nie gehört. Fantasy?»

Flo nahm mir das Buch aus der Hand und setzte eine mitleidige Miene auf.

«Hab ich mir gekauft, nachdem ich den Film gesehen hatte. Alter Schwarz-Weiß-Film aus Amiland mit Spencer Tracy in der Hauptrolle. Sieben Gefangene brechen aus einem KZ aus. Die SS baut sieben Kreuze, um die Flüchtigen nach ihrer Ergreifung dran aufzuhängen. Das siebte Kreuz bleibt leer.»

«Klingt verdammt nach Deutschunterricht.»

«Ach komm! Die Seghers hat den Roman noch während der Nazizeit im Exil geschrieben und dennoch stellt sie einen Kripo-Mann als ehrlichen Polizisten dar. Sie differenziert ganz klar zwischen normaler Polizei und Gestapo.»

Ich zuckte mit den Schultern. Auf diesen Nazi-Kram hatte ich keine Lust. In dem Moment klingelte erneut das Telefon und rettete mich vor weiteren literarischen Betrachtungen. Flo zog das Telefon unter einigen Taschenbüchern hervor und nahm das Gespräch an. Sein Gesicht hellte sich sofort auf.

«Wieder da? Das ist gut. Na, da bin ich froh. Am besten genehmigt ihr euch eine Runde von seinem Lieblings-Scotch auf den Schreck. Bestell ihm einen schönen Gruß von Lars und mir!»

Flo legte das Telefon wieder an seinen Platz und schaute mich an.

«Na also. Sie haben ihn wieder laufen lassen.»

53.544824,9.931399
Hamburg-Altona, Große Elbstraße

Flo hatte diesen Abend Spätdienst. Am nächsten Vormittag rief er mich nach dem Aufwachen an.

«Lars, ich wollte dir noch mal sagen, wie schön ich's gestern fand.»

«Tut mir leid, dass ich dein Regal kaputt gemacht habe. Eigentlich gefallen mir Raumteiler.»

«Du konntest ja nichts dafür. Nie hat man genug Platz, um einigermaßen gefahrlos zu rangeln. Jetzt ist nur das Bord kaputtgegangen. Ebenso gut könnte man sich ernsthaft verletzen.»

«Und eure Ringergruppe?»

«Ach, diese Schulturnhalle. Wir trainieren echtes Freistilringen. Mehr als Training ist da nicht drin.»

Flo und ich philosophierten über mögliche Alternativen. Man konnte es im Freien tun, riskierte dabei aber immer unliebsame Überraschungen. Es hieß, früher hätten sich kleine Gruppen bei Manfred in dessen privatem Keller eingefunden. Seitdem Manfred mit Toralf zusammenlebte, war das vorbei.

Flo meinte, eine geniale Lösung unserer Platzprobleme gefunden zu haben. Sein altes Sofa, die Sessel und der Wohnzimmertisch müssten weichen. Das galt auch für den voluminösen alten Fernseher mit Unterschrank, der durch einen Flachbildschirm ersetzt würde. Auf dem freien Platz wollte Flo eine Wohnlandschaft im Stil der siebziger Jahre aufstellen: eine gepolsterte Fläche, drei mal drei Meter groß. Wenn ich ihn jetzt gleich zu Hause abholte, könnten wir gemeinsam in ein sehr cooles Möbelhaus fahren, übrigens ein schwules Unternehmen, wo er einen Verkäufer persönlich kannte. Ich fragte mich zwar, wie er das alles bezahlen wollte, ließ mich dann aber darauf ein und eine halbe Stunde später saßen wir gemeinsam im Smart, auf dem Weg zum Möbelhaus.

Das Möbelhaus lag in Altona am alten Fischereihafen. In die historischen Gebäude waren viele hippe Läden gezogen. Auch Unternehmen aus der Medienbranche hatten hier ihre Büros. Mittendrin das Möbelhaus mit dem passenden Namen ‹Die Fischfabrik›. Wir parkten auf dem Kundenparkplatz, als sie gerade öffneten. Im Laden umfing uns coole Lounge-Musik. Die tuntig zurechtgemachten Angestellten im Kassenbereich wippten im Takt.

«Das ist im Moment der angesagteste Möbelladen in Hamburg», raunte Flo mir zu.

«Ich seh das schon. Schwul macht cool. Alles klar!»

Im Erdgeschoss standen Lampen, Geschirr und Deko-Kleinkram. Flo fing sofort mit dem Stöbern an. Ich kam mir vor wie in alten Zeiten. Einkaufen mit Petra. Grauenhaft.

«Wollten wir nicht diese Wohnlandschaft angucken?»

«Lars, wo wir schon hier sind, will ich mich einen Moment umsehen. Bitte!»

Das war O-Ton Petra. Original. Flo bewunderte ausdauernd Mülleimer aus Edelstahl, die mehr als 100 Euro kosten sollten, und verliebte sich dann in tausendundeine orientalische Leuchten. In einer Ecke hatten sie Glückwunschkarten mit Muskelboys drauf. Dort blieb ich stehen, damit Flo sich in Ruhe die Vasen ansehen konnte. Während ich die Karten durchsah, schlenderte einer der Verkäufer vorbei. Fragte, ob er mir helfen könne. Konnte er nicht. Enttäuscht zog er wieder ab, wippte weiter im Takt der Musik.

Endlich erklommen wir die Treppe in eines der oberen Stockwerke. Hier kam der Loft-Charakter des Gebäudes erst richtig zur Geltung. An den Wänden klebten noch die Fliesen aus der Zeit der Fischverarbeitung. Sitzgruppen, Sessel und Designerleuchten verteilten sich in klugem Arrangement über die gesamte Fläche. Flo schaute sich noch suchend um, da war ich schon mitten hinein in die Herrlichkeit neuzeitlicher Polstermöbel gewandert. Ein sportlicher Verkäufer kam in meine Richtung, er trug eine stylish zerfetzte Jeans und ein knappes weißes T-Shirt mit dem glitzernden Schriftzug ‹Dolce & Gabbana›.

«Kann ich dir helfen?», flötete er.

«Wir suchen so eine Art Wohnlandschaft. War in den Siebzigern mal modern», antwortete ich.

Sein Gesicht hellte sich auf, und er führte mich in einen Bereich, der von mehreren Paravents aus japanischem Papier abgetrennt wurde. Ich winkte Flo zu und er kam hinterher.

Als der Verkäufer Flo sah, breitete er die Arme aus und umarmte ihn theatralisch.

Sie hatten tatsächlich eine Wohnlandschaft in der Größe drei mal drei Meter aufgebaut, die Rückenlehnen u-förmig, nach vorn war die Fläche offen geblieben. Unschlüssig standen wir davor. Der Preis war exorbitant. Der Verkäufer dozierte über verschiedene Bezugsstoffe und pries eine bestimmte Ledersorte an, die besonders feuchtigkeitsabweisend sei. Dabei zwinkerte er mit einem Auge in meine Richtung. Flo schien nach wie vor unschlüssig. Was ihn offenkundig umhaute, war der Preis. Hatte er geglaubt, die verkauften ihre edlen Möbel zu Ikea-Tarifen?

Meiner Meinung nach war es am besten, man würde die Sache mal ausprobieren. Mit einem kräftigen Stoß überrumpelte ich den ahnungslosen Flo. Er flog auf die Sitzfläche und ich warf mich auf ihn. Eine kleinere Rauferei war jetzt genau das Richtige. Den viel zu coolen Laden einmal richtig durchmischen! Der Verkäufer kreischte laut auf, während Flo sich nach Kräften wehrte. Die Module der Wohnlandschaft rutschten gerade nach und nach auseinander, da drehte eine kräftige Hand mir unerwartet den rechten Arm auf den Rücken und zog mich aus dem Polstermöbel.

Als ich versuchte mich umzudrehen, verstärkte jemand den Hebel. Verdammt, das tat weh. Zwischenzeitlich hatte Flo sich aufgerappelt und machte Anstalten, mir zu Hilfe zu kommen. Da ging der Verkäufer dazwischen.

«Orkan, lass ihn in Ruhe. Das sind Freunde von mir.»

Zögernd lockerte sich der Griff. Ich drehte mich um und sah einem bulligen Glatzkopf mit akkuratem schwarzem Kinnbart direkt in die blitzenden Augen. Er trug einen gut sitzenden schwarzen Anzug, weißes Hemd und schwarze Krawatte. Der Glatzkopf rückte die Krawatte zurecht und trat langsam einen Schritt zurück.

Der Verkäufer kehrte mit professioneller Freundlichkeit den Jovialen heraus und stellte Flo und mich vor. Er zeigte auf Flo. Das sei der befreundete Polizist, von dem er erzählt hätte. Dann wandte er sich uns zu und erklärte, Orkan sei der neue Security-Mann und vermutlich der einzige heterosexuelle Mitarbeiter in diesem Unternehmen. Orkan quittierte die Aussage mit grimmigem Gesicht. Seine blitzenden dunklen Augen taxierten mich unablässig.

Aus einer Laune heraus begab ich mich in die Kamai-Stellung, ein Bein vorgestellt, die Arme zum Schutz vor der Brust angewinkelt. Augenblicklich tat Orkan das Gleiche. Während meine Hände offen blieben, hatte er seine zu Fäusten geballt. Ich lachte ihn an, doch Orkans Gesichtsausdruck blieb finster. Jetzt schritt Flo ein und legte seinen Arm um mich.

«Komm, lass den Blödsinn. Provozier den Mann nicht, der tut auch nur seinen Job.»

Während Flo mich zur Seite zog, schob der Verkäufer Orkan in Richtung Treppenhaus. Als er zurückkehrte, klingelte Flos Handy. Flo nahm das Gespräch an und bewegte sich langsam zur Fensterfront, wohl weil dort der Empfang besser war. Der Verkäufer wandte sich mir zu.

«Du bist anscheinend Flos neuer Lover, den er auf diesem Raufwochenende kennengelernt hat?»

Ich nickte.

«Da hast du 'nen guten Fang gemacht. Ich hatte leider nur ein paarmal das Vergnügen. Er hält ja so rein gar nichts von offenen Beziehungen. Diese kleinen Durchtrainierten sind mein Geheimtipp. Immer wollen sie sich und ihre Standhaftigkeit beweisen.» Er zwinkerte mir zu.

Ich nickte vorsichtshalber mit wissendem Gesichtsausdruck. In dem Moment kam Flo von seinem Telefonat zurück.

«Wir müssen weg, tut mir leid. Wir reden ein anderes Mal weiter über die Möbel.» Dann wandte er sich direkt mir zu. «Da ist schon wieder was mit Paul. Wir müssen sofort los.»

Mit ausholenden Schritten eilte Flo dem Treppenhaus zu. Wir gingen an Orkan vorbei, der breitbeinig die Eingangstür bewachte, die Hände auf dem Rücken verschränkt. Im Vorübergehen grüßte ich ihn militärisch, er verzog keine Miene.

Wir stiegen in den Smart und Flo gab die Fahrtrichtung vor.

«Es ist nicht weit von hier. Warum hast du eigentlich diesen Orkan so provoziert? Du weißt doch, dass solche Leute gern mal überreagieren. Hätte ich laut ‹Hajime› geschrien, wärt ihr aufeinander losgestürzt, so viel ist klar.»

«Eben drum. Von wegen der einzige heterosexuelle Mitarbeiter. Dass ich nicht lache. Der ist genauso viel oder wenig hetero, wie ich es vor drei Monaten war.»

«Wie kommst du darauf?»

«Lässt sich da in diesem komischen Laden den ganzen Tag von den Schwuppen anhimmeln. Und wenn er wirklich mal Körperkontakt braucht, wird er handgreiflich. Ich hätte mich mit dem Kerl zu gern geprügelt.»

«Wolltest du den etwa anbaggern? Sag, dass das nicht wahr ist.»

Ich grinste. «Du bist ja eifersüchtig! Aber im Ernst: Er und ich, wir beide hätten unseren Spaß gehabt.»

«Ach was! Manchmal kann ich bei dir nur den Kopf schütteln. Lass solche Spielchen wenigstens mir zuliebe sein. Das ist meiner Karriere nicht gerade förderlich, wenn ich privat in Schlägereien verwickelt werde. Da vorne rechts und gleich wieder links.»

«Okay, gebongt. Das Argument lasse ich gelten. Mal 'ne andere Frage: Der Typ mit dem schwulen T-Shirt, ist das ein Ex-Lover von dir?»

«Schwules T-Shirt?», Flo lachte. «Nein, kein Ex. Wir hatten höchstens mal ein paar One-Night-Stands. Hat er was über mich gesagt? Da vorn links abbiegen.»

Ich wollte noch erwähnen, wie der Typ Flos Stehvermögen gelobt hatte, da waren wir auch schon da. Zwei Minuten später standen wir vor der Wohnungstür von Andy und Paul. Andy öffnete. Er sah völlig verheult aus.

Nach und nach entlockten wir ihm sämtliche Einzelheiten. Die Kripo hatte gestern tatsächlich die Wohnung durchsucht und Paul mitgenommen. Paul war am Nachmittag wieder freigekommen, so weit waren wir ja schon unterrichtet. Zu Hause angekommen, musste Paul feststellen, dass sie seinen Computer sichergestellt hatten. Paul fuhr kurzerhand ins Büro, um sich dort einen Laptop zu holen. Während Andy ihn mit einem Glas Scotch ködern wollte, hämmerte Paul die halbe Nacht wie besessen auf der Tastatur des Laptops und chattete. Gegen Mitternacht stieg er zu Andy ins Bett und schlief sofort ein. Als Andy am Morgen erwachte, war Paul fort. Er sei mit einer tarngefleckten Armyhose und seinem olivgrünen Kapuzenshirt mit dem Aufdruck der Rheinarmee bekleidet. Sporttasche und Autoschlüssel fehlten ebenfalls.

«Ich will ja niemandem zu nahe treten, aber kann es nicht sein, dass er sich mit jemandem zu einem Date verabredet hat?»

Andy brach in Tränen aus. «Paul tut so was nicht.»

Flo und ich sahen uns nur an. Flo schob Andy auf das Sofa im Wohnzimmer und machte mir wortlos mit dem Kopf Zeichen. Ich folgte ihm nach nebenan in das Arbeitszimmer. Hier sah es ziemlich wild aus. Torstens Truppe hatte alles auf den Kopf gestellt. Wonach suchten wir eigentlich? Die ganzen Karten für die Orientierungsläufe fehlten. Auch der GPS-Empfänger lag nicht mehr im Bord. Vermutlich quälte sich im Präsidium grad ein junger Kripo-Mensch unlustig durch das Material. Hier sah es jedenfalls nicht so aus, als würden wir noch etwas Brauchbares finden.

Auf dem Schreibtisch stand der zugeklappte Laptop, den Paul gestern noch aus der Firma geholt hatte. Daneben lag ein Kugelschreiber und ein Spender für Notizzettel. Diese drei Objekte waren allem Anschein nach erst hierher verbracht worden, als die Durchsuchung schon vorbei war.

Plötzlich griff Flo nach meinem Arm.

«Ich brauch mal einen Bleistift!»

Wir suchten gemeinsam und fischten ein abgenutztes Exemplar aus der Schreibtischschublade. In der gleichen Schublade fand sich auch ein Anspitzer und im Nu sah der

Stift wieder aus wie neu. Flo schraffierte damit eine Fläche auf dem großformatigen Papierblock, der als Schreibtischunterlage diente. Und tatsächlich machte er damit eine Ziffernfolge sichtbar, die zuvor jemand auf einen Notizzettel geschrieben hatte. Die Ziffern hatten sich auf die Schreibtischunterlage durchgedrückt: 53.703149,10.133201.

Paul musste die Ziffernfolge am gestrigen Abend notiert haben, nach der Durchsuchung und bevor er zu Andy ins Bett ging.

«Wow, Sherlock Holmes, ich bin beeindruckt! Darauf wäre ich nicht gekommen.» Ich vermied jede weitere Ironie und fuhr mit betonter Ahnungslosigkeit fort: «Was kann das denn überhaupt sein?»

Flo antwortete nicht, schien aber genau zu wissen, was das war. Er klappte den Laptop auf und gab die Ziffernfolge bei Google ein. Google Maps zeigte ein Waldstück unweit der Stelle, an der Gerd ermordet worden war.

«Nichts wie hin, Dr. Watson», meinte Flo, «wir haben keine Zeit zu verlieren. Andy, du bleibst hier und bewachst das Telefon. In den Smart passen sowieso nur zwei Leute.»

53.703149,10.133201
Hamburg-Wohldorf, Mühlenredder

Altona, Eimsbüttel und Eppendorf hatten wir schon hinter uns gelassen. Mit überhöhter Geschwindigkeit scheuchte ich den Kleinstwagen über die Alsterkrugchaussee, immer angetrieben von Flo.

«Überhol mal den Schleicher da vorn, sonst kommen wir nie an. Meine Intuition sagt mir, dass wir schnell am Ziel sein sollten.»

Ein wenig wunderte ich mich über die geballte Macht seiner Intuition. Dinge wie Zufall und Intuition gibt es meiner Meinung nach überhaupt nicht. Nur Fakten, Ursachen, Wirkungen. Es konnte kaum Zufall sein, dass er die Ziffernfolge einfach so bei Google eingegeben hatte. Nicht auszuschließen, dass er bereits gewusst hatte, was das Ergebnis sein würde.

«Wie um alles in der Welt bist du auf die Idee mit dem Bleistift gekommen?», fragte ich.

«Vielleicht hat mir mein Alter doch ein bisschen kriminalistische Intuition mit in die Wiege gelegt ...»

«Hätten wir nicht lieber deine Kollegen anrufen sollen?», fragte ich und hoffte, dass mein Tonfall nicht zu falsch klang.

«Was hätten wir denen sagen sollen? Dass wir eine unsichtbare Ziffernfolge sichtbar gemacht haben und diese Ziffernfolge uns auf wundersame Weise in den Wohldorfer Wald führt? Glaubst du, ich will mich lächerlich machen? Außerdem musst du keine Angst haben. Die Polizei ist ja schon bei dir.»

Flo tätschelte mein Knie und fläzte sich im Beifahrersitz, den Stadtplan in der Hand. Er blieb die Ruhe selbst und schien genau zu wissen, was zu tun war. Entweder war er verdammt professionell oder er war ... Ich wollte den Gedanken nicht zu Ende führen. Jedenfalls hatte ich bisher keine Gelegenheit gehabt, Torsten zu verständigen. Das war zwar ein klarer Verstoß gegen seine Anordnungen, aber es war unmöglich gewesen, unbemerkt zu telefonieren oder eine SMS zu senden. Inzwischen waren wir wieder im Speckgürtel der Stadt angekommen.

«So, da vorne rechts abbiegen.»

Der Wagen holperte über eine gepflasterte Straße. Dann zeigte Flo auf einen dunkelgrünen Landrover Defender.

«HH-PM. Das ist Pauls Wagen.»

Ich parkte den Smart daneben. Und nun? Flo zögerte keine Sekunde, schlug die Wagentür hinter sich zu und marschierte los.

«Wir hätten einen Ausdruck aus Google Maps machen sollen», gab ich zu bedenken.

«Hätten wir, haben wir aber nicht. Sei froh, dass du mit einem ehemaligen Pfadfinder hier bist. Ich habe die Karte hier drin.» Floh tippte sich an die Stirn. «Fotografisches Gedächtnis!»

Ein Schlagbaum sperrte den weiteren Verlauf der Pflasterstraße ab. Rundherum standen große alte Bäume, Eichen und Buchen. Das Unterholz wucherte dicht auf die ehemalige Durchgangsstraße. Auf den ersten Blick erschien es undurchdringlich.

«Kein schlechter Ort für eine geile Rauferei zwischen zwei Kerlen.»

Flo bestrafte meinen Versuch einer launigen Zwischenbemerkung mit einem missbilligenden Blick. Wir verließen die Pflasterstraße und folgten einem Pfad ins Gebüsch, Flo immer zwei Schritte vorweg. Ob er tatsächlich den Weg auswendig wusste? Der Pfad erweiterte sich zu einer kleinen Lichtung. Ich ahnte, was das bedeuten konnte. Auf der Lichtung zertrampeltes Gras. Wir schauten uns um.

«Was macht ihr denn hier?»

Paul kam hinter einer alten Buche hervor. In der Hand hielt er etwas, das wie eine erdverschmierte Tupperdose aussah.

«Wir suchen dich», antwortete Flo wahrheitsgemäß. «Andy hat sich Sorgen gemacht.»

«Andy hat sich Sorgen gemacht», echote Paul. «Kann ein Mann nicht mal in Ruhe etwas nur für sich tun?»

«Gräbst du nach alten Tupperdosen?», fragte ich.

«So ähnlich.»

«Und, lohnt es sich? Ist ein Schatz drin? Omas Sammlung von alten Pfennigstücken?»

Paul zuckte die Achseln und begann zu erklären. Alles über Geocaching. Und dass dies so eine besondere schwule Form davon sei. Er öffnete die Schachtel. Gespannt schauten wir hinein. Eine handbeschriftete DVD-Kopie war drin. Mit dem Ausdruck der Erleichterung klappte er den Deckel wieder zu.

«Sie ist noch da. Da ist das allererste Video mit Rod Hanson drauf. Schwer zu bekommen.»

Flo und ich prusteten los, Paul wurde ein klein wenig rot.

«Seid ihr jetzt zufrieden? Ich hab mich extra beeilt, damit mir nicht jemand anderes oder sogar die Bullen zuvorkommen. Es hat schon ewig gedauert, bis ich das Scheißding gefunden habe. Lasst mich jetzt mal zurück zum Auto, ich muss los!»

Wir ließen ihn ziehen und machten selbst noch einen kleinen Spaziergang. Anschließend fuhren wir zu Flo, um dort eine Runde zu kuscheln. Flo legte sich schlafen, er hatte Nachtdienst. Ich gab vor, noch arbeiten zu müssen, und kehrte in mein scheußliches Hochhaus zurück.

6

Globales Navigationssatellitensystem (GNSS). Ein System von Satelliten zur Positionsbestimmung auf der Erdoberfläche. Das bekannteste GNSS ist das amerikanische GPS-System. Russland betreibt das GLONASS-System. Seit Jahren in der politischen Diskussion ist ein europäisches System (Galileo).

53.567286,10.041689
Hamburg-Eilbek, Eilbeker Weg

Die Fahrstuhltüren schlossen sich schon, da schob sich im letzten Moment ein Bein dazwischen. Langsam gingen die Türen wieder auf. Eine Frau mit einem Umzugskarton vor dem Bauch quetschte sich in die Kabine.

«Drückst du bitte mal die Fünf?», fragte sie, ohne mich dabei anzuschauen.

«Is' schon.»

Das Schöne an diesen scheußlichen Hochhäusern ist tatsächlich deren Anonymität. Nun wohnte ich hier schon fast zwei Wochen und war noch keinem Nachbarn begegnet. Von Kennenlernen keine Rede. Aber das war mir nur recht.

Wir stiegen beide im fünften Stock aus. Ohne die Frau weiter zu beachten, schob ich den Schlüssel ins Schloss. Sie stellte den Karton auf den Boden und räusperte sich.

«Dann sind wir ja Nachbarn, was für ein Zufall. Ich bin die Karin. Grad heute eingezogen.»

«Hallo Karin, mein Name ist Lars.»

Ich schaute in das freundliche Gesicht einer etwa gleichaltrigen Blondine mit Kurzhaarfrisur und Sport-BH unter einem lockeren blassrosa T-Shirt. Sie streckte die Hand zur Begrüßung aus.

Karin hatte heute Nachmittag die Nachbarwohnung bezogen und mithilfe einer Freundin ihre Habseligkeiten in die neue Behausung geschafft. Wie konnte es anders sein: Sie benötigte noch männliche Hilfe beim Anbringen von Lampen in Bad und Küche. Während ich Lüsterklemmen mit einem Schraubendreher festzog, fragte ich mich, ob ich diese Dienstleistung auch erbracht hätte, wenn Karin keinen knappen BH unter dem T-Shirt getragen hätte. Wo ich grad dabei war, stellte ich auch noch den Fernseher auf, verkabelte den Digitalreceiver und gab mich erst zufrieden, als alle frei empfangbaren 32 DVB-T-Programme eingespeichert waren. Unterdessen putzte Karin die Küche und ich ließ sie damit guten Gewissens allein.

In meiner Wohnung fuhr ich den iMac hoch und loggte mich sofort bei ‹GayRomeo› ein. Zum Glück nahm die Zahl der Messages allmählich ab. Solange mein Profil neu gewesen war, hatte ich mich vor Zuschriften kaum retten können. Es hatte einige Mühe gekostet, die ganzen Spinner abzuwimmeln. Heute stach eine Nachricht von ‹SailorCop› aus dem Rahmen des Üblichen hervor. Seine Angaben zu Körperbau und persönlichen Vorlieben passten in mein Suchraster. Während ich sein englischsprachiges Profil öffnete, machte der Mac ‹Bing›. Eine weitere Message von ‹SailorCop› lag vor. Er war ebenfalls online!

‹SailorCop: nice profile, luv ur pics›

Ich schaute mir sein Profil und die Bilder genauer an. ‹SailorCop› war ein dunkelhaariger Mittdreißiger mit korrektem Bürstenschnitt und leuchtend blauen Augen. Die Bilder zeigten ihn in der Muckibude, in durchgeschwitzten Sportklamotten und in einem weißen Uniformhemd, das nach Seefahrt aussah. Es gab keine Nacktfotos und auch nicht das übliche Schwanzbild.

‹Bullenbeisser: same here. where r u?›

‹SailorCop: r u german?›

‹Bullenbeisser: yep›

Es stellte sich heraus, dass ‹SailorCop› auch über ein paar Deutschkenntnisse verfügte. So entwickelten wir nach und nach ein intensiveres Gespräch. ‹SailorCop› hieß eigentlich Ian, stammte aus Südafrika und arbeitete als Sicherheitschef auf einem Kreuzfahrtschiff. Gerade hatten sie Kreta verlassen und Kurs auf Zypern genommen. Ian hatte zehn Jahre lang dem südafrikanischen Militär angehört, bevor er sich bei einer britischen Sicherheitsfirma verdingte. In seiner Freizeit chattete er gern im Internet. Auf dem Schiff war mit gleichgeschlechtlichen Kontakten nicht viel zu machen. Passagiere blieben für ihn als Sicherheitschef logischerweise tabu, und der größte Teil der Mannschaft bestand aus Südostasiaten, die ihn sexuell nicht interessierten. Ich fragte, ob sie denn keinen bulligen muskulösen Bootsmann hätten. Ja, hätten sie, lautete die Antwort, doch der hätte fünf Kinder von drei Frauen in zwei verschiedenen Häfen. Ian hatte Humor, keine Frage. Dann musste er offline gehen. Ein paar Russinnen hatten im schiffseigenen Kasino zu viel Moët & Chandon getrunken und aus Frust über mangelndes Glück im Spiel den Croupier angegriffen. Ian war nicht zu beneiden.

Dann schrieb ich eine kurze Nachricht an ‹Hinrich74› und brachte mich in Erinnerung. Ich erkundigte mich nach seinem Supermoto-Projekt und den Fortschritten am Motor der Husky. So nebenbei bat ich ihn, er möchte mir doch den Namen des Users nennen, mit dem er seinen Überraschungskampf gehabt hatte.

Ich holte mir gerade ein Bier, da machte es erneut ‹Bing›. Es wartete eine Message von ‹Marko88›. Neugierig öffnete ich das Profil. Zwei Orte waren angegeben: Stendal und Kunduz. Letzterer war mit einem Kreuz als aktueller Aufenthaltsort markiert. Das Profil enthielt nur ein Foto. Es zeigte einen Bundeswehrsoldaten mit Sonnenbrille, der vor einem gepanzerten Fahrzeug in unwirtlicher Umgebung posierte.

Bildunterschrift: ‹Mein Dingo und ich›. Das machte mich neugierig.

‹Marko88: Cool siehst du aus in dem schwarzen Gi. Bin voll der Martial-Arts-Fan. Ist der Gurt auch schwarz?›

‹Bullenbeisser: Der ist auch schwarz. Karate und Ju-Jutsu hier. Wofür steht denn das 88?›

‹Marko88: Geburtsjahr. Ist aber verdammt erfolgreich, weil alle was anderes vermuten. Grins.›

‹Bullenbeisser: Verstehe, du lässt den Bösen raushängen.›

‹Marko88: Jeder liest, was er lesen will. Und die Boyz machen von allein die Beine breit. Aber was ich suche, ist ein wehrhafter deutscher Mann.›

Das passende Vokabular hatte er jedenfalls drauf. Dann fragte ich nach dem Aufenthaltsort, und Marko behauptete, tatsächlich in Afghanistan zu sein. Ich zollte ihm dafür meinen Respekt. Er beklagte sich, er hätte schon so häufig mit angeblichen Fans erotischer Ringkämpfe gechattet, doch bei seinen gelegentlichen Heimaturlauben käme es nie zu den gewünschten wirklichen Kontakten. Das wunderte mich nicht. Sein martialischer Auftritt erregte und ängstigte den Leser zugleich. Er tat, als könne er das überhaupt nicht glauben. Ich versprach, keine Angst vor ihm zu haben. Er möchte mir doch einfach noch ein Bild von sich schicken, auf dem auch das Gesicht zu sehen sei. Dann musste er offline gehen, weil sie angeblich einen Nachtalarm hatten.

In diesem Moment klingelte es an der Wohnungstür. Ich öffnete, und im Hausflur stand Karin, zwei Flaschen Bier in der Hand.

«Hallo Lars, ich habe vorhin ganz vergessen, Danke zu sagen.»

Ich bat sie herein. Wir stießen mit Holsten Pilsener auf ihre neue Wohnung an. Karin war nicht entgangen, dass an meiner Wohnungstür nicht ‹Lars›, sondern ein anderer Name stand. Ein weiteres Mal wärmte ich die Story vom Wohnungsinhaber auf, der für ein Jahr im Ausland sei.

«Was für ein Glück», fand Karin.

Sie selbst hatte sich kürzlich von ihrem langjährigen Freund getrennt. Dies war seit Langem ihre erste eigene Wohnung. Ich fühlte mich an meine Zeit nach der Trennung von Petra erinnert. Doch in ihrem Fall hatte keine dritte Person Anlass zur Trennung gegeben. Ihr Lebenspartner war häufig auf Dienstreise und wurde von immer heftiger werdenden Eifersuchtsanfällen geplagt. Am Ende kontrollierte er heimlich ihre Post, ihr Handy-Telefonverzeichnis sowie die gespeicherten SMS. Karin floh erst zu ihrer Freundin und dann in die Nachbarwohnung. Wie einfach doch im Vergleich meine Beziehung mit Petra zu Ende gegangen war!

Karin fragte, ob sie rauchen dürfte. Im offenen Fenster war das für mich okay. Unten rauschte auf der Wandsbeker Chaussee die Blechlawine vorbei. In der Dunkelheit blitzten die Lichter der Autos und mit ein bisschen gutem Willen konnte man der Situation ein wenig Romantik abgewinnen. Mir fiel auf, dass sie den BH nicht mehr trug.

«Wo ist denn das superflache Top geblieben?»

Karin lächelte.

«Was euch Männern immer gleich auffällt. Das war doch nur wegen der Schlepperei mit den Kartons.»

«Na, umso besser.»

In ihren Augen spiegelten sich die Scheinwerfer der vorbeifahrenden Autos. Stadteinwärts röhrte eine Harley. Karin umarmte mich und gab mir einen flüchtigen Kuss.

«Hast du Lust auf Kino?», fragte sie.

«Kino? Warum nicht. Ich hab aber keine Ahnung, wo hier eins ist.»

«Mundsburg-Kinos. Wir können sogar zu Fuß gehen. Den Eilbekkanal entlang, das ist romantisch und ich habe ja dich als Beschützer dabei. Wenn wir jetzt losgehen, schaffen wir das bequem zum Spätfilm.»

53.567286,10.041689
Hamburg-Eilbek, Eilbeker Weg

Am nächsten Morgen setzte ich mich an den iMac und versuchte mich an einer Bestandsaufnahme. Ich öffnete ein leeres Fenster im Programm TextEdit und schrieb die Namen Paul Macmurdoch, Karsten Schliep und Florian Baust untereinander. Mit einer Zeile Abstand tippte ich darunter ‹Hinrich Petersen, unbekannter Kontakt› ein. Und mit noch einer weiteren Zeile Abstand untereinander die Namen Ian und Marko. Hinter beide setzte ich in Klammern ein Fragezeichen, denn ihre richtigen Namen kannte ich nicht. In diesem Moment meldete der Signalton den Eingang einer Mail. Absender: Torsten Hamann.

‹Lars, wir können Paul Macmurdoch wohl als Tatverdächtigen ausschließen. Die Durchsuchung von Wohnung und PC hat keine Hinweise ergeben. Sein Lebenspartner hat ihm für den Zeitpunkt jeder Tat ein Alibi gegeben. Also: Konzentriere dich auf die anderen Personen und schau dich weiter im Internet um. Gruß, T.›

Mit dem Schnellkocher machte ich Wasser heiß, schüttete eine Portion Instantkakao in einen Becher und gab das sprudelnde Wasser darauf. Im Stehen nippte ich am Heißgetränk und schaute auf die Straße hinab. Ob Florian mit seinen feinsinnigen Anwandlungen die Kaltblütigkeit für diese Art Morde besaß?

Dann schon lieber der dritte Name auf der Liste: Karsten Schliep. Da gab es wenigstens eine schillernde Welt zu erkunden und keine spröden Geschichten von schüchternen Pfadfindern.

Ich wählte die Nummer. Das Gespräch wurde angenommen, es meldete sich aber nicht Karsten, sondern ein verzagt klingendes Stimmchen. Ich verlangte Karsten Schliep. Die Stimme murmelte wirres Zeug, dann rief eine volle Stimme im Hintergrund: ‹Gib das her!› Es piepte mehrfach im Hörer, wie wenn jemand aus Versehen auf die Tastatur drückt.

Dann war Karsten dran und ich vernahm die befehlsgewohnte Stimme.

«Ja?»

«Hallo Karsten, Lars hier. Ich hab's mir überlegt. Ich mach das mit diesem Bundeswehrtypen.»

Vorsichtshalber tat ich, als hätte ich den Namen schon wieder vergessen. Die Zusage fiel mir leicht. Bis zu dem geplanten Kampf war mein Einsatz sicher schon lange beendet.

«Lars, dich schickt der Himmel. Du musst mir aus der Patsche helfen!»

Er fragte, ob ich ohne langes Überlegen für einen Dreh zur Verfügung stünde. Kurzfristig. Heute. Einer der Kontrahenten sollte ursprünglich Rod Hanson sein. Rod Hanson?

«Sag nicht, ich springe dann für Rod Hanson ein?»

«Der hat verletzungsbedingt abgesagt. Ich habe alles organisiert und alle Leute bezahlt. Wir können den Dreh nicht verschieben. Lars, dies ist deine Chance. Nach dem Dreh müssen wir uns noch einen knackigen Künstlernamen für dich ausdenken. So was wie ‹Luke Bullson› oder so. Denk mal drüber nach!»

Ich schluckte. Mit einem Mal wurde es ernst. Ein Auftritt in einem Porno. Doch was blieb mir übrig, wollte ich den Kontakt zu ‹Body-Video› intensivieren. Einmal hatte ich ja schon für Flo den Rod Hanson gemacht. Warum nicht auch vor der Kamera? Im Übrigen konnte ich mir darauf auch ein bisschen was einbilden. Irgendwen hätte Karsten bestimmt nicht gefragt. Solange ich Sieger blieb, konnte mir auch nicht viel passieren. Ich würde ja nicht gegen Rod antreten. Mit dieser Überzeugung sagte ich zu.

«Okay. Lars, ich hole dich in einer Stunde zu Hause ab!»

Ich diktierte noch die Adresse, legte auf und informierte umgehend Torsten Hamann. Der blieb gänzlich unbeeindruckt und enthielt sich jedes Kommentars.

In Sportklamotten stieg ich mittags zu Karsten in den Audi.

«Dank dir für die spontane Hilfe», sagte er, als wir uns die Hand gaben. Seine rechte Augenbraue schob die beiden Stirnfalten zusammen.

Während der Fahrt erfuhr ich die Einzelheiten. Karsten vermisste am Markt schwule Videos mit Bauarbeitern. Diese Lücke wollte er nun heute schließen, und zwar in der von ‹Body-Video› gewohnten Qualität. Das bedeutete Aufnahmen an originalen Schauplätzen mit echter Requisite, echter Garderobe und lebensnahen Schauspielern. Konkret ging es um Straßenbauarbeiter. Karsten hatte für einen halben Tag einem Tiefbauunternehmen die Drehrechte an einer Baustelle abgeschwatzt. Am Rande der Stadt entstand ein neues Gewerbegebiet und sie realisierten dort einen Kreisverkehr. Noch war da überhaupt kein Verkehr, ideal für die Dreharbeiten. Das Tiefbauunternehmen stellte auch getragene Arbeitsklamotten zur Verfügung.

«Nichts ist ungeiler als Klamotten, die so aussehen, als kämen sie direkt aus dem Laden», meinte Karsten.

Da stimmte ich zu. Die Handlung war einfach. Zuerst würden wir ein wenig arbeiten oder wenigstens so tun als ob. Die Beteiligten würden schwitzen, ihre Muskeln zeigen, sich am Sack kratzen und an den nächsten Zaun pinkeln. Was der schwule Zuschauer von Bauarbeitern eben so erwartet. Dann käme die Frühstückspause, in Hamburg ‹Fofftein› genannt. In der Pause entstünde unter zwei Bauarbeitern ein Streit, der sich in einer handgreiflichen Auseinandersetzung entlädt. Der übliche, von ‹Body-Video› gewohnte Ablauf: Der Sieger nimmt sich, was er braucht. Ich wüsste ja, wie das läuft.

Ich fragte nach den Schauspielern. Als Statisten hatte Karsten ein paar Massemonster aus einer Muckibude engagiert. Für ein paar Scheine und Freibier waren die bereit, zuzugucken und vor der Kamera zu pinkeln. Mir fiel ein, dass wir beim Raufwochenende für unsere Statistentätigkeit keine Entschädigung bekommen hatten. Na ja, ich hatte immerhin das Rod-Hanson-T-Shirt abgestaubt.

Und mein Kontrahent? Das wäre ein türkischer Türsteher. Ein Naturtalent, behauptete Karsten.

53.578321,10.192389
Barsbüttel, Landkreis Stormarn

Bei der ganzen Erzählerei waren wir am Drehort angekommen. Sie hatten einen Teil der Baustelle mit einem Sichtschutz aus gelochter oranger Plastikfolie abgeteilt. Der Lieferwagen mit der Aufschrift ‹Body-Video› war auch da. Ein paar Bodybuilder hatten sich schon in die bereitgelegten Arbeitsklamotten gezwängt. Sie alberten herum, jeder mit einer Flasche Holsten Edel in der Hand. Ein von der Tiefbaufirma ausgeliehener Polier mühte sich vergeblich, ihnen ein paar realistische Handgriffe beizubringen. Stattdessen übten sie eine Art Kugelstoßen mit Pflastersteinen.

Karsten führte mich zu dem Lieferwagen, fragte nach den Klamotten für Rod Hanson und drückte sie mir in die Hand. Es war das gleiche Outfit, das die Bodybuilder auch trugen: eine erdfarbene Zunfthose aus breitem Manchestercord, ein Koppel mit der Aufschrift ‹Hoch die Steinsetzerkunst› auf dem Koppelschloss und ein knappes verdrecktes T-Shirt mit dem Schriftzug ‹Body-Video Constructions›.

Karsten erklärte mir stolz, sie hätten die T-Shirts eigens bedrucken lassen und die Bauarbeiter hätten die Dinger bereits getragen, um eine echte Patina hinzubekommen. Ich zog mich um und trat vor die fünf Muskelmänner. Sie verstummten und schauten mich verlegen an. Ich spürte so etwas wie Respekt. Ich fragte nach dem Türsteher, sie zeigten auf einen Bauwagen am Rande des Sets. In der Tür des Bauwagens erschien ein Türke mit grimmigem Gesicht. Um mich herum murmelten ehrfürchtig die Muskelmänner.

«Hallo Orkan, so trifft man sich wieder.»

Ich ging mit ausgestreckter Hand auf das bekannte Gesicht zu. Orkan ergriff lustlos meine Hand.

«Wo ist Rod Hanson?», fragte er.

«Karsten sagt, der hat abgesagt. Verletzung. Nun musst du mit mir vorliebnehmen.»

Ohne zu antworten, spuckte Orkan in den Baustellensand. Mein türkischer Freund war eben kein Mann von vielen Worten. Karsten kam dazu.

«Ihr kennt euch?», fragte er verwundert.

«Vom Sehen. Er ist Security-Mann in der ‹Fischfabrik›», antwortete ich zur Erklärung.

Karsten erklärte uns die Aufnahmetechnik. Sie hatten nicht nur eine Kamera, sondern zwei. Eine davon würde durchgehend laufen und das vollständige Geschehen beim Kampf aufnehmen. Die andere Kamera würde aus unterschiedlichen Blickrichtungen Details aufnehmen. Mir war das egal, sollten sie es doch machen, wie sie wollten.

Es ging los und wir schleppten ein paar Pflastersteine, die Bodybuilder hoben schwere Kantsteine an, was optisch sehr attraktiv aussah. Der massigste der Muskelmänner mit einem vom Bierkonsum geröteten Gesicht trat an einen Radlader heran. Schwankend winkte er der Kamera. Er nestelte an den beiden Reißverschlüssen der Zunfthose, bekam sie aber aus unerfindlichen Gründen nicht auf. Einer seiner Kollegen half, und der massige Mann pinkelte mit vollem Druck gegen den Schlepperreifen. Der Kameramann hielt das Objektiv beinahe in den Strahl hinein.

Dann setzten wir uns um eine Kiste Bier vor die Baubude. Die Muskelmänner griffen wieder eifrig zu. Ich führte meine Bierflasche zwar zum Mund, trank aber nicht. Orkan nahm demonstrativ eine Flasche Wasser zur Hand. Ein richtiges Drehbuch gab es natürlich nicht, aber ein Exposé. Danach sollte ich Orkan wegen des Wassertrinkens aufziehen. Ich tat mein Bestes, Orkan guckte unverändert grimmig drein und sprang irgendwann auf. Darauf hatte ich nur gewartet. Die Situation ähnelte der in der ‹Fischfabrik›, mit dem Unterschied, dass wir uns jetzt wirklich prügeln würden. Beide nahmen wir wieder die Kamai-Stellung ein, ein Bein vorgestellt, die Arme zum Schutz vor der Brust angewinkelt.

Wieder blieben meine Hände offen, während Orkan seine zu Fäusten geballt hatte. Der Mann war kleiner als ich und gewiss schwerer. Zweifellos würde ich es nicht einfach haben, ihn zu Fall zu bringen.

Ein Witzbold unter den Bodybuildern schrie ‹Hajime›, und schon war ich damit beschäftigt, Orkans Tritte abzuwehren. Ich ging in die Offensive, setzte einige gute Treffer, aber die prallten an Orkan ab. Die Zuschauer tobten vor Begeisterung. Verdammt. Dann brachte Orkan mich zu Fall. Ich stand zwar sofort wieder auf den Beinen, aber die Wirkung war verheerend. Die Zuschauer schlugen sich nach und nach auf Orkans Seite. Und er selbst witterte reale Siegeschancen. Orkans Arme und Beine waren überall. Unablässig wehrte ich Schläge ab und wich Tritten aus. Er war Herr des Kampfes und führte mich regelrecht vor. In diesen verfluchten Zunfthosen konnte man sich kaum bewegen, aber dieses Handicap hatte der Gegner auch. Eine der wenigen Offensiven, die ich starten konnte, lenkte Orkan ins Gegenteil um und ich rollte ein weiteres Mal zu Boden. Zum ersten Mal guckte Orkan nicht mehr grimmig, er lächelte fein.

«Mach Schluss, du packst es nicht», rief er mir zu. Unter normalen Umständen ist Reden während des Kampfes verboten, aber dies war kein normaler Kampf und es gab auch keinen Unparteiischen. Inzwischen war ich nur noch damit beschäftigt, fieberhaft Angriffe zu planen, ohne sie je ausführen zu können.

Ein weiteres Mal brachte Orkan mich zu Fall, ich rollte mich ab und kugelte dem betrunkenen Bodybuilder direkt in den Schoß. Der grölte los und verhedderte im Suff seine Arme in meinen. Ich kam nicht schnell genug wieder hoch und bot dem Gegner die offene Flanke. Orkan nutzte die einmalige Gelegenheit und packte mich. Ich fühlte mich hochgehoben und landete kurz darauf im Sand. Bis ich überhaupt begriffen hatte, was da lief, warf er sich schon auf mich. Die Zuschauer applaudierten.

Orkans gesamte Masse lastete auf meinem Oberkörper.

Mir blieb die Luft weg. Er beugte sich vor, ergriff meine Handgelenke und drückte sie in den Sand.

Aus. Er hat dich.

Um meine Arme besser herunterdrücken zu können, rückte er weiter vor und setzte sich auf meinen Brustkorb. Er beugte sich nach vorn und berührte mit seiner Steinsetzerhose mein Gesicht. Ich glaubte etwas Hartes hinter dem dicken Manchestercord zu spüren.

Jetzt hat er dich und gleich fickt er dich.

In diesem Moment fiel mir auf, dass meine Beine völlig frei waren. Siegestrunken hatte er sein Gewicht nur noch auf meine Brust verlagert und sich viel zu weit vorgebeugt. Ich wusste, ich hatte nur diese eine Chance. Ich war größer als er und das war mein Vorteil. Blitzartig schnellten meine Beine klappmesserartig hoch und meine Füße verschränkten sich vor seinem Kopf. Ein Ruck mit den Beinen, der Koloss wankte und fiel. Ruck, zuck lag ich auf ihm drauf, allerdings mit ausgebreiteten Extremitäten und ohne Chance für ihn, aus dieser Position wieder herauszukommen.

Das Publikum hatte in Sekundenschnelle die Seiten gewechselt und jubelte nun mir zu. Unten zuckte wütend Orkan, doch das nutzte ihm nichts. Im Gegenteil, es raubte ihm nur die Kräfte. Um ihn noch mehr zu provozieren, griff ich ihm in den Schritt. Ich öffnete mit einer Hand den Hosenlatz der Arbeitshose und wichste ihn. Orkan schüttelte sich, rückte hin und her und kam dann unter mächtigem Gebrüll. Es war fantastisch. Die Zuschauer hatten sich über uns gebeugt und einem von ihnen spritzte Orkans volle Ladung mitten ins Gesicht.

Damit hatte ich den Sieg errungen. Die ungeschriebenen Regeln dieser Art von Wettkämpfen lassen zwei Wege dorthin zu: durch Ficken oder durch Abmelken. Letzteres ist zwar weniger prestigeträchtig, war in diesem Fall in Anbetracht des starken Gegners aber durchaus hinnehmbar.

Drei der Muskelmänner packten Orkan, um mich gefahrlos von ihm zu trennen. Ich ging ein paar Schritte zur Seite, setzte mich auf eine Palette Pflastersteine und ließ mir eine Flasche Wasser geben. Karsten eilte herbei und schüttelte mir die Hand. Seine rechte Augenbraue tanzte.

«Lars, das war perfekt. Ich wusste, dass ich mit dir einen guten Griff getan habe. Glückwunsch!»

Es stellte sich heraus, dass auch Orkan an diesem Tag seinen ersten Auftritt gehabt hatte. Normalerweise wurde einem Neuling immer ein erfahrener Darsteller zur Seite gestellt. Heute hätte er aus der Not heraus gegen seine ehernen Regeln verstoßen. Wir hätten dennoch eine prima Leistung abgeliefert. Er freue sich schon auf weitere Produktionen mit uns. Karsten strahlte uns an. Ich war überzeugt, er konnte diesen Gesichtsausdruck auf Abruf herbeizaubern. Sicher war er es gewohnt, mit Kunden und Verhandlungspartnern umzugehen. Dennoch verfehlte sein Auftritt nicht die gewünschte Wirkung. Selbst Orkan vergaß einen Moment, grimmig zu gucken.

Neben Karstens Audi parkte eine E-Klasse mit tiefergelegtem Fahrwerk und Breitreifen. Das konnte nur Orkans Wagen sein. Ich fragte, ob er mich nach Hause mitnehmen könnte. Orkan antwortete mit einem kurzen schiefen Lächeln und nickte. Ich erbat mir noch von Karsten das T-Shirt mit dem Schriftzug ‹Body-Video Constructions› als Erinnerung und dann konnte es losgehen. Orkan angelte sich eine ‹Ray-Ban›-Sonnenbrille vom Rückspiegel und startete den Motor.

«Einwandfreie Karre hast du da», lobte ich und sah mich prüfend um.

«Danke. Aber dein Kleinwagen, ganz ehrlich: Die Karre ist voll peinlich. Krass schwul. Kauf dir mal ein richtiges Auto.»

Mir fiel ein, dass er mich ja auf dem Hof von der ‹Fischfabrik› mit Flo in den Smart hatte einsteigen sehen.

«Der Smart ist praktisch. Für alles andere hab ich ein Motorrad.»

53.567286,10.041689
Hamburg-Eilbek, Eilbeker Weg

Wir fuhren stadteinwärts und schon standen wir vor meinem scheußlichen Hochhaus. Es dunkelte bereits. Ich stieg aus und wollte mich in der offenen Wagentür verabschieden.

«Gute Wohnung?», fragte Orkan stattdessen.

«Ja, geht so. Einmalige Aussicht über die Wandsbeker Chaussee.»

Hatte er den Sarkasmus nicht verstanden? Orkan nickte und schien einen Moment zu zögern.

«Willst' sie mal sehen?»

«Hast du Mineralwasser? Ich hab mörderischen Durst.»

Orkan parkte ein Stück weiter in einer freien Parklücke, während ich auf dem Gehweg wartete. Wir gingen die paar Schritte zum Haus und stiegen in den Fahrstuhl. Orkan verbreitete den Geruch von Duschlotion und Schweiß. Sein Gesicht und die Glatze schimmerten dunkel. Sicher rasierte er sich zweimal täglich.

In der Wohnung holte ich erst mal zwei Halbliterflaschen Mineralwasser aus der Küche. Orkan stand im Wohnzimmer und trank. Er schaute auf die Wandsbeker Chaussee hinab und begutachtete dann den iMac.

«Korrekte Wohnung», kommentierte er und sah mich wieder mit dem schiefen Lächeln an.

Er kam langsam auf mich zu und tastete meinen rechten Oberarm entlang.

«Korrekte Arme.»

Ich lachte, und wir fingen an, gegenseitig unsere Muskeln zu bewundern. Orkan zog als Erster sein T-Shirt aus und spannte die Rückenmuskulatur an. Was für ein brutal breiter Latissimus! Der Trapezmuskel war so mächtig, dass er Orkan beinahe halslos erscheinen ließ. Natürlich revanchierte ich mich mit der Most-Muscular-Pose, die schon Gerd so geliebt hatte. Als Antwort packte er kräftig in meine Brustmuskeln. Es ließ sich nicht vermeiden, dass wir plötzlich Arm in

Arm dastanden, gegenseitig den Brustkorb umklammerten und mit aller Kraft drückten. Wir gaben brunftartige Laute von uns, sprachen aber kein Wort. Mit Ausnahme eines hübschen kleinen Haarbüschels über dem Schwanz war Orkan am ganzen Körper rasiert. Es musste ihn einen immensen Aufwand an Zeit kosten, seine Körperbehaarung im Zaum zu halten.

Dann verlagerten wir das Geschehen ins Schlafzimmer. Wir lagen uns auf dem Bett gegenüber und wichsten uns gegenseitig. Ich musste Orkan fest anpacken und ihn in die Matratze pressen. Der massige Kerl wand sich unter mir und brüllte aus Leibeskräften, als er abspritzte. Anschließend lagen wir einen Moment nur so da und schauten uns an. Ich wusste ja mittlerweile, dass Orkan nicht viele Worte machte.

Ich lächelte und strich über seine Glatze, deren Oberfläche feinem Sandpapier glich.

«Du bist in Ordnung», stellte er fest und schiefer als jetzt konnte sein Lächeln nicht mehr werden.

«Wenn wir das mit den Videos häufiger machen, sollten wir ein bisschen mehr auf Showkampf trainieren.»

«Sag mal, der Typ, mit dem du bei uns in der Firma warst ...»

«Flo!»

«... der ist doch 'n Bulle, oder?»

«Ja, woher weißt du?»

«Unser Verkäufer hat sich früher von deinem Freund ficken lassen. Und was machst du? Beruflich, meine ich.»

«Freiberuflicher Mediengestalter. Freelancer nennt sich das.»

Orkan schaute mich ungläubig an und schüttelte den Kopf.

«Ich hätte schwören können, du bist auch 'n Bulle.»

Ich lachte und hoffte, dass es nicht allzu unsicher klang.

«Wie kommst du darauf?»

«Da wo ich aufgewachsen bin, lernt man schon als Kind, Bullen zu riechen, bevor sie um die Straßenecke kommen.»

53.161288,11.184715
Dömitz, Ortsteil Rüterberg, Bundesstraße 195

«Noch mal die gleiche Strecke? Krieg ich diesmal die Kati?»

Zum dritten Mal fuhren wir die Bundesstraße 195 von Boizenburg nach Dömitz. Wir fuhren auf Zeit und wurden dabei immer besser. Torsten saß auf meinem Motorrad und versuchte, mich zu unterbieten. Zweimal war ich als Erster angekommen. Wer später bremst, ist eben länger schnell! Nach meinem Besuch an der Schlei und der heutigen Fahrt wunderte ich mich wirklich, was für kurvige Motorradstrecken sie im Norden hatten. Und ich hatte immer gedacht, vom Emsland bis zur dänischen Grenze sei die Landschaft flach wie ein Brett.

Natürlich lag ich auch mit der Ninja in Führung, allerdings klebte Torsten mit der Kati an meinem Hinterrad. Kunststück bei dem kurzen Radstand. Nach einer engen Rechtskurve gab er Zeichen zum Anhalten. Wir pausierten an einem Wanderparkplatz. Eine Tafel informierte über das ‹Biosphärenreservat Flusslandschaft Elbe›. Torsten verschwand zum Pinkeln in den Kiefern der Biosphäre. Ich zog einen Müsliriegel aus meiner Jackentasche und machte es mir auf einer Bank bequem.

Torsten kehrte aus dem Reservat zurück, mit dem rechten Zeigefinger prüfend, ob sein Hosenschlitz geschlossen sei. Er setzte sich neben mich auf die Bank und zog ein Notizbuch aus seiner Tourenjacke.

Ein Kawa-Fahrer mit schwarzer Gore-Tex-Tourenjacke. Vernünftiger geht's nicht. Eitelkeit konnte man ihm sicher nicht vorwerfen.

«Lass uns mal eine Bestandsaufnahme vom gegenwärtigen Ermittlungsstand machen. Was gibt es bei dir Neues?»

Obendrein schien Torsten wild entschlossen, diese herrliche Ausfahrt mit kriminalistischer Arbeit zu füllen.

«Ich weiß jetzt, was in Flos Heimatort Geheimnisvolles geschehen ist. Sie haben ihn mit fast 17 bei den Pfadfindern erwischt, wie er mit einem Gleichaltrigen rumgemacht hat. Weiter nichts. Gewissermaßen zu therapeutischen Zwecken hat sein Alter ihn gezwungen, in den Polizeidienst einzutreten.»

Torsten stöhnte und verdrehte die Augen.

«Außerdem hab ich immer noch keine Antwort von Hinrich, der macht einen auf toter Mann. Wenn alles nichts hilft, muss ich da mal hinfahren.»

Torsten winkte ab. «Brauchst du nicht. Ich hab die Telefonnummer rausgesucht und unter einem Vorwand angerufen. Heb mit sien Mudder n beeten op Platt schnackt. Sohnemann ist für zwei Wochen auf Gran Canaria.»

«Na bestens. Dann hab ich bei ‹GayRomeo› noch Kontakt zu zwei interessanten Profilen bekommen. Einer heißt Ian und ist Sicherheitsoffizier auf einem Kreuzfahrtschiff im Mittelmeer. Ist Südafrikaner, spricht etwas Deutsch, kommt also als Täter infrage. Aber wie gesagt: Er kreuzt im Mittelmeer. Dann ist da noch Marko, ein Bundeswehrsoldat in Afghanistan. Aber der spricht sicher nicht mit Akzent.»

«Alles klar, bleib in jedem Fall bei dieser Kontaktbörse aktiv. Vielleicht liegt da der Schlüssel. Gibt's noch was Neues in Sachen Karsten Schliep? Was wurde aus dem Videodreh?»

«Vor dir sitzt der Shootingstar des Wrestling-Porno.»

Torsten sah mich ausdruckslos an.

«Im Ernst: Ich habe mich heftigst mit einem fiesen Türken geprügelt und nur haarscharf gewonnen. Das war echt schräg.»

«Ich weiß. Hab es mit eigenen Augen gesehen.»

«Du hast was?»

«Zugesehen. Karsten Schliep macht einen auf gesetzestreu. Also meldet er seine Drehs immer vorher brav bei der Polizei an. Damit nicht besorgte Bürger in ihrer Aufregung wegen einer Prügelei den Notruf wählen. Die Polizei Hamburg schickt dann einen Streifenwagen, der während der Dreharbeiten vor Ort bleibt. Also habe ich mir eine Uniform besorgt und mich in das Auto gesetzt. Dieser bullige Türke hätte dich fast fertiggemacht. Ehrlich gesagt hätte ich keinen Pfifferling mehr auf dich gewettet.»

«Danke. Es ist immer wieder schön, wenn Chefs Vertrauen in ihre Mitarbeiter setzen.»

«Ich weiß allerdings nicht, was danach geschah. Welchen Eindruck macht der Gegner, dieser Orkan Özbolat? Ich meine, er war doch hinterher noch bei dir in der Wohnung ...»

Einen Moment blieb mir die Spucke weg. Woher wusste er?

«Er trainiert hart und sieht entsprechend aus. Er hat Spuren von Einstichlöchern an den Oberschenkeln. Vermutlich spritzt er anabole Steroide. Man kommt schwer an ihn ran, aber ich glaube, ich habe das Eis gebrochen.»

Torstens Mundwinkel zuckten ein wenig. Zu gern hätte ich in diesem Moment seine Gedanken gelesen. Ich war mir aber ziemlich sicher, dass Torsten Hamann unter keinen Umständen jemals eine wertende Äußerung zu den sexuellen Eskapaden seines verdeckten Ermittlers abgeben würde.

«Lass uns noch 'ne Runde weiterfahren, dann erzähle ich dir, was ich über ‹GayRomeo› rausgefunden habe. Aber gib mir mal wieder meine Kawa.»

Torsten tat unbeirrt so, als befänden wir uns auf einer Wochenendausfahrt.

Wir nahmen die Brücke bei Dömitz und machten uns am südlichen Elbufer auf den Rückweg. Gleich hinter Hitzacker war die Straße für Krafträder gesperrt, doch das galt bei näherem Hinsehen nur am Wochenende. Die Straße war noch kurviger als am Nordufer der Elbe, allerdings gab es eine Geschwindigkeitsbegrenzung auf 60 km/h. Torsten schlich brav dahin, ich gab mit der Kati Gas, scherte mich nicht um das Tempolimit und binnen Sekunden war seine Kawa nicht mehr in den Rückspiegeln zu sehen. An der Einmündung in eine Vorfahrtsstraße wartete ich auf ihn.

«Was war das denn?», fragte er.

«Wer bremst, hat Angst!»

«Quatschkram. Fahr mal ein Stück hinter mir her, ich kenn eine gute Stelle für eine Pause.»

Ich zuckelte hinter ihm her. Nach ein paar Kilometern hielten wir an einer Art Serpentine.

«Also ernsthaft, wenn mir vor drei Monaten jemand gesagt hätte, was ihr hier für kurvige Strecken habt, ich hätte mir an die Stirn getippt.»

«Von älteren Kollegen habe ich mir sagen lassen, dass diese Kurve hier in der Mitte der Achtziger eine Art Applauskurve war. Scharen von Motorradfahrern haben hier anderen bei ihren Schräglagenkünsten zugesehen. Das war schlagartig vorbei, als sie die Strecke bei Hitzacker am Wochenende für Kräder gesperrt haben.»

«Und wieso gibt's hier 'ne Haarnadelkurve? So bergig ist es doch gar nicht.»

«Ursprünglich verlief die Straße parallel zum Elbufer. Im Krieg hat man dann direkt an der Elbe und umgeben von Wald ein Kraftwerk hingestellt. So sollte es sicher vor Fliegerangriffen sein. Das Kraftwerk wurde vor allem von Polizisten gebaut.»

«Wie bitte?»

«Es gab eine Außenstelle eines Konzentrationslagers. Darin hatten sie dänische Polizisten interniert, die nach der deutschen Besetzung gefangen genommen worden waren. Das Kraftwerk war in den Fünfzigern für kurze Zeit in Betrieb und ist später als Reserve eingemottet worden. Wer brauchte so dicht an der Zonengrenze schon ein Kraftwerk? Auf der anderen Elbseite war die DDR. In den Neunzigern haben sie es dann abgerissen.»

Ich staunte. Der Mann hatte echt Ahnung.

«Aber ich wollte ja von ‹GayRomeo› berichten. Also die Sache gestaltet sich nicht so einfach. Der Laden ist eigentlich eine deutsche Gründung, war ursprünglich nichtkommerziell und ist dann vom Erfolg regelrecht überrollt worden. Binnen Kurzem hatten sie Zehntausende neuer User.»

Ich staunte. Allerdings hatte es mich schon positiv überrascht, dass bei ‹GayRomeo› so viele Funktionen frei verfügbar waren. Andere Communitys hielten für Nichtzahler nur ein eingeschränktes Repertoire von Möglichkeiten bereit.

«Zwischenzeitlich haben sie sich professionalisiert und den Firmensitz von Berlin nach Amsterdam verlegt. Die zugegebenermaßen, wie soll ich sagen, stark interpretierbaren deutschen Gesetzesregelungen zum Jugendschutz haben das erforderlich gemacht.»

«Verstehe ich nicht ...»

«Das deutsche Gesetz schreibt vor, dass Anbieter den Zugang für Minderjährige unmöglich machen müssen. Es gibt aber nicht vor, wie das praktisch geschehen soll. Bisher hat keine der derzeit gängigen technischen Lösungen vor Gericht Bestand gehabt. Deshalb sind sie vorsichtshalber in die Niederlande gegangen.»

«Karsten Schliep lässt seine Videos auch über einen Vertrieb in Holland verkaufen. In Deutschland ist nämlich der Versandhandel mit Pornografie untersagt. Das wusste ich auch nicht. Kein Wunder, dass die Filme so teuer sind, wenn man sie nur in einschlägigen Läden bekommt.»

«Jedenfalls haben wir erst einmal keine unmittelbare Handhabe, sie gerichtlich zur Herausgabe von Verbindungsdaten zu zwingen. Ich bin also vorgestern auf Dienstreise in Amsterdam gewesen und habe mit ihnen gesprochen. Habe, soweit die Ermittlungen es zulassen, den Fall erläutert und ihnen sogar Tatortfotos gezeigt.»

«Und?»

«Na ja, erst waren sie wirklich betroffen, haben mir grundsätzlich ihre Unterstützung zugesagt. Meine Hoffnung war gewesen, dass sie mir informell helfen und bestimmte Verbindungsdaten prüfen. Doch das war nur ein frommer Wunsch. Ich kann sie sogar verstehen. Wenn herauskommt, dass sie in irgendeiner Form Nutzerdaten an eine Polizeibehörde geben, dann können die einpacken und ihren Laden dichtmachen. Homosexuelle sind leider immer noch sehr misstrauisch, was die Polizei angeht. Kurz und gut: Schon um ihrer eigenen Reputation willen bestehen sie auf einem gerichtlichen Beschluss. Ohne einen solchen Beschluss gibt es keine Daten. Ich habe also zwischenzeitlich einen Antrag auf Amtshilfe gestellt. Nun haben die Mühlen der Bürokratie begonnen zu mahlen.»

53.567286,10.041689
Hamburg-Eilbek, Eilbeker Weg

Ich hatte es mir zur Regel gemacht, jeden Tag Nachrichten bei ‹GayRomeo› zu checken. An diesem Nachmittag lagen drei Nachrichten für mich vor.

‹Marko88: Hi Lars, bin demnächst in HH stehst du zu deinem Wort oder kneifst du den Schwanz ein? Pic anbei. CU Marko.›

‹Hinrich74: Moin, Lars, entschuldige bitte, dass ich mich nicht gemeldet habe. Bin grad im Urlaub (Gran Canaria) und sitze hier am hoteleigenen PC. Du scheinst ja richtig heiß auf so einen anonymen Fight zu sein. Dann will ich deiner Kampfeslust mal nicht im Wege stehen. Der Kerl nennt sich hier SailorCop. Da sind auch Pics, die treffen sein Aussehen ziemlich gut. Zieh dich warm an, der Mann ist gut! LG Hinrich.›

‹SailorCop: Hi Lars, sorry for quitting our recent chat. If u r still interested, just drop me a line. I am always into hot fights. Take care, Ian.›

Da war ja eine Nachricht sensationeller als die andere. Also alles systematisch abarbeiten. Als Erstes schaute ich mir das Bild von Marko an. Ich traute meinen Augen kaum. Das Bild kannte ich schon! Karsten hatte mir vor ein paar Tagen einen Laserausdruck in seinem Wagen gezeigt. Kämpft nicht mit Schwuchteln, so so. Das wurde ja immer schöner. Also gleich geantwortet.

‹Bullenbeisser: Hi Marko, freue mich. Was hast du in HH vor? Wir können uns zu einem Fight treffen und auch sonst was unternehmen. Pass auf dich auf, Lars.›

Anschließend schrieb ich einen kurzen, aber höflichen Dank an Hinrich. Man konnte nie wissen, wozu der Kontakt noch mal gut war.

Als Letztes antwortete ich Ian, fand allerdings mein Englisch ziemlich fürchterlich.

‹Bullenbeisser: Hi Ian, thank you very much for your message. Sorry for my bad English. Do you ever come to Germany? If yes, it would be nice to meet you for a fight. Submission wrestling and no holds barred is okay. Take care, Lars.›

Anschließend fertigte ich Screenshots von Ians Fotos an und schickte sie per E-Mail an Torsten. In ‹GayRomeo› konnte man Fotos leider nicht direkt herunterladen. Torsten würde einen Luftsprung machen. Sie hatten nun einiges an Informationen zusammen: den Vornamen, drei aussagekräftige Fotos, den Beruf, seine Vergangenheit im südafrikanischen Militär und das östliche Mittelmeer als gegenwärtigen Aufenthaltsort. Daraus sollte sich doch die Identität ermitteln lassen! Mir war klar, dass das ein bisschen Detailarbeit erforderte, und ich war froh, dass ich nicht derjenige war, der sie machen musste.

Statt mit kriminalistischem Handwerk beschäftigte ich mich mit Schauspielerei, gewürzt mit einer gehörigen Portion Abenteuerlust. Ganz offensichtlich lohnte sich all das Verstellen und Flunkern am Ende. Im Erfolgsfall war es allerdings mit dem Abenteuer vorbei. Ich würde wieder im Streifenwagen durch Düsseldorf fahren, mit Bergner BigMacs essen und nach Dienstschluss ein Altbier trinken.

Beim Gedanken an den BigMac begann mein Magen zu knurren. Im Kühlschrank lag noch eine Packung fertige Lasagne. Die könnte ich mir in den Backofen schieben. In der Mikrowelle ginge es allerdings schneller.

Das Telefon riss mich aus diesen Überlegungen. Bestimmt wollte Torsten Hamann sich bedanken für die erfolgreiche Arbeit. Aber es war nicht Torsten Hamann, es war Flos Festnetznummer.

«Hallo Lars, hier ist Flo. Erinnerst du dich noch an mich?»

Oh, oh, der war ja schlecht drauf. Hatte er getrunken?

«Falls nicht, zur Erinnerung: Ich bin der nervige kleine Bulle, der in seiner Freizeit intellektuelle Filme anschaut und ebenso anspruchsvolle wie langweilige Bücher liest.»

Jetzt nichts anmerken lassen.

«Hallo Flo, wie geht's? Sehen wir uns?», antwortete ich.

«Ach, bist du heute allein? Hast du zufällig nichts Besseres vor?»

Was sollte das denn jetzt?

«Flo, alles in Ordnung mit dir?»

«Bei mir ist alles in perfekter Ordnung. Ich dachte nur, ich rufe vorsichtshalber an, bevor ich vorbeikomme, damit ich euch beide nicht störe. Ich bin nämlich ein höflicher Mensch.»

«Wen meinst du mit ‹uns beide›?»

«Ach, gestern habe ich Überstunden abgebummelt und bin ein bisschen früher vom Spätdienst weg. Ich denke noch: Schaust du mal bei deinem guten Freund Lars vorbei und überraschst ihn. Schließlich wohnt er gleich um die Ecke. Und was sehe ich da? Lars spaziert gut gelaunt mit dem hypertrophierten glatzköpfigen Migranten aus der ‹Fischfabrik› in seine Wohnung. Die Geilheit war euch aus 100 Metern Entfernung anzusehen. Hattet ihr ordentlich Spaß miteinander?»

«Flo, hör auf!»

Das Genöle war kaum zu ertragen.

«Hör sofort auf damit. Pass auf: Ich komm rüber zu dir und wir reden. Ist das okay?»

Ich hörte nur ein leises Räuspern, das sich wie ‹Ja› anhörte, legte auf und machte mich sofort auf den Weg. Was für ein Glück, dass er nur zwei Straßen weiter wohnte.

53.573859,10.053874
Hamburg-Eilbek, Eilbektal

Die Wohnungstür öffnete mir ein kleines blondes Häuflein

Elend, das äußerlich an Flo erinnerte. Das Häuflein schleppte sich zu seiner Wohnzimmercouch und ließ sich dort fallen.

«Hast du getrunken?», fragte ich und suchte den Tisch nach Gläsern und Flaschen ab.

Das Häuflein schüttelte den Kopf. «Muss noch zum Nachtdienst.»

«Meldest du dich eben krank. So wie du aussiehst ...»

«Der Sohn von Lothar Baust meldet sich nicht dienstunfähig. Und schon gar nicht aus Liebeskummer.»

Ich prustete los.

«Liebeskummer?»

Flo schaute mich mit großen Augen an.

Verdammt. Wieder scheiterte ich an einer dieser Beziehungskisten. Ich hatte die E-Mail an seine Schwester gelesen und die Sache dennoch völlig falsch eingeschätzt. Flo war für mich ein guter Kumpel gewesen. Ein Kumpel, mit dem ich mich auf ein Sexabenteuer unter Männern eingelassen hatte. Zuerst um des aufregenden Einsatzes willen, später dann ... Na ja, ich hätte vorher nie gedacht, dass Sex mit einem Mann eine aufregende Sache sein kann. Jedenfalls wenn es sich um einen richtigen Mann handelt. Und überhaupt, eine Frau hatte mir nie zuvor einen geblasen, so wie Flo dies in der Skihütte getan hatte.

Ich setzte mich zu ihm auf das Sofa und nahm ihn in den Arm.

«Lars, ich dachte, wir wären befreundet.»

Ich drückte ihn kräftig.

«Sind wir doch!»

«Und wozu brauchst du dann noch andere Männer? Was hat dieser Scheißtürke, was ich nicht habe?»

Flo schüttelte meinen Arm ab. Dann eben die Flucht nach vorn.

«Ich habe mit Orkan zusammen einen Job gemacht.»

Flo schaute mich an und auf seiner Stirn erschien eine tiefe senkrechte Falte.

«Was für einen Job?»

«Du erinnerst dich an die Karte von ‹Body-Video›?»

«Du hast da angerufen!?» Seine Stimme nahm einen entschlossenereren Ton an.

«Ja, und ich habe vorgestern mein erstes Video gedreht. Zusammen mit Orkan.»

«Wir haben doch darüber gesprochen und du wolltest dort nicht anrufen ...»

«Flo, es stimmt, wir haben darüber gesprochen. Du warst es, der nicht wollte, dass ich bei ‹Body-Video› anrufe. Ich habe von Anfang an gesagt, ich will da anrufen. Und ich habe dann auch angerufen.»

«Und wie war's?» Flo schaute zur Decke. «Hat er dich besiegt und dich dann vor der Kamera durchgerammelt?»

«Was denkst du von mir. Ich habe ihn plattgemacht, was sonst.»

Ich nahm Flo wieder in den Arm. Er lehnte seinen Kopf an meine Schulter.

«Er hat dich nicht gefickt?», flüsterte er.

Ich lachte.

«Nein, natürlich nicht.»

Flo griff nach meiner Hand und knetete sie.

Ein Glück, dass er nicht wusste, wie knapp alles gewesen war.

«Und was hatte der Kanake dann in deiner Wohnung zu suchen? Bestimmt ist der lecker behaart, was ich dir leider nicht bieten kann.»

«Ich kann dich beruhigen. Vielleicht ist er normalerweise behaart, aber er hat sich am ganzen Körper rasiert.»

«Am ganzen Körper, so so.»

«Flo, bitte.»

Draußen schien die Sonne. Aus dem Fenster von Flos Wohnung konnte man in einen grünen Innenhof sehen. Immer noch knetete Flo meine Hand.

«Lars, jetzt mal Klartext: Empfindest du überhaupt irgendetwas für mich?»

«Klar. Ich mag dich. Weißt du doch.»

«Was heißt denn das? Red nicht immer um den heißen Brei herum. Magst du mich so, wie du deine Ex mal gemocht hast?»

Was war das denn für eine blöde Frage! Flo hatte es immerhin fertiggebracht, dass ich dem Sex mit Männern einen gewissen Spaß abgewinnen konnte. Offen gestanden sogar recht viel Spaß. Deshalb musste ich mich doch nicht Hals über Kopf in ihn verlieben! Und überhaupt, das war doch eigentlich das Geilste am schwulen Sex, dass es nur um Sex ging. Mit Frauen war das niemals möglich.

«Flo, versteh doch. Ich mag dich. Du warst der erste Mann, mit dem ich Sex hatte. Aber das mit Petra ist grad mal sieben Monate vorbei. Glaub mir, das hat Spuren hinterlassen.»

«Verstehe. Du hast eine neue Welt entdeckt und willst jetzt alles ausprobieren. Alles mal mitmachen. Und ich Idiot stehe dir dabei im Wege.»

«So ist das n...»

«Doch, genauso ist das. Glaubst du, Andy hätte mir nicht erzählt, wie du neulich mit Frank zusammen abgeschwirrt bist? Glaubst du, ich erkenne nicht diese alte gammelige Jacke, die du da neuerdings trägst? Das ist doch seine! Hat er seine dominante Uniformnummer mit dir abgezogen? Der Typ ist so widerlich! Labert mich ständig voll, ich soll ihm Dienstkleidung besorgen. So sehe ich auch grad aus, als ob ich das täte.»

Flo hatte sich in Rage geredet und Funken der Wut sprangen aus seinen blauen Augen. Ich umarmte ihn.

«Und wenn es dann unbedingt sein muss: Wenn dir so viel daran liegt, von einem Kerl in Uniform gefickt zu werden, dann ließe sich das schlimmstenfalls auch noch einrichten. Sie hängt da drüben im Schrank.»

Ich gab ihm einen Kuss, um ihn zu stoppen.

«Willst du wissen, was mit Frank wirklich abgegangen ist? Wie ich an die Jacke gekommen bin? Freiwillig hat er sie jedenfalls nicht rausgerückt.»

Flo schaute mich erwartungsvoll an und ich berichtete die

ganze Story. Vom Montepulciano bis zu seinem Gesicht, als ich die 110 anrufen wollte. Flo kicherte bei der Vorstellung.

«Ich fürchte, er wird die Jacke nie wiederkriegen», meinte er.

«Ach, er kann mich jederzeit herausfordern und besiegen. Dann geht sie sofort retour. Oder er muss sich bei eBay eine andere ersteigern. Geld genug scheint er ja zu haben.»

«Und was wäre gewesen, wenn er nicht die dominante Nummer abgezogen hätte? Ohne die Uniform?»

Ja, was wohl. Ich wäre mit ihm in die Kiste gegangen. Der schwarze Dreitagebart hatte mich total angemacht. Er sah zum Anbeißen aus in seinem breit gestreiften Rugbyshirt.

«Hätte, hätte ...»

«Das ist ja genau der Punkt. Lars, ich mag dich sehr gern und könnte mir vorstellen, mit dir zusammenzuleben. Aber dann geht das so nicht. In fremden Töpfen naschen ist dann nicht mehr drin. Denk mal darüber nach. Jetzt würde ich mich übrigens gern 'ne Runde hinlegen. Ich muss nachher noch zum Dienst.»

Ich legte die Hand auf sein Knie, stieß mit meinem Knie dagegen.

«Was meinst du, der kleine Flo knuddelt noch 'ne Runde mit dem bulligen Lars, schläft anschließend erschöpft ein, Lars macht sich heimlich aus dem Staub, und wenn du aufwachst, ist alles wieder wie früher und du gehst gut gelaunt zum Dienst.»

Flo stieß meine Hand vom Knie.

«Lars, so läuft das nicht. Lass mich einfach in Frieden. Geh jetzt!»

53.574043,10.05138
Hamburg-Eilbek, Eilbekkanal

Nach dem Gespräch mit Flo trottete ich hinüber in den Park am Eilbekkanal und setzte mich auf eine Bank. Der Duft von blühendem Jasmin wehte durch die Anlagen.

Wie es aussah, hatte ich es vermasselt. Dabei war Flo von Anfang an auf eine so selbstverständliche Weise zutraulich gewesen. Ich ging davon aus, er sei mein bester Kumpel, doch unbemerkt war aus Flo mehr als ein Kumpel geworden.

Auf einer Rasenfläche tobten mehrere Hunde. Abseits auf dem Parkweg standen die Herrchen und Frauchen, ihre Hundeleinen in der Hand, miteinander schwatzend. Währenddessen beschnupperten die Vierbeiner sich gegenseitig zwischen den Hinterbeinen. Zwei von ihnen bellten sich aggressiv an, imitierten Bisse, und der größere von beiden, ein Schäferhundmischling, legte sich plötzlich auf den Rücken und strampelte mit den Pfoten. Im Nu ließ der andere, ein mittelgroßer Schnauzer, von ihm ab. Der Schnauzer bemühte sich dann, einen hübschen Dalmatinerrüden zu bespringen, was ihm aber nicht recht gelang. Dann ein Pfiff von Frauchen und er wurde wieder an die Leine gelegt und davongezogen.

Mit Torsten Hamann gab es zum Glück keine Probleme. Wir hatten unseren Spaß beim Motorradfahren, er blieb immer sachlich und man konnte sich auf ihn verlassen. Ich war heilfroh, dass er mir vollkommen unerotisch erschien. Dafür war er dann doch zu hager.

Ein dunkler Labradormischling kam auf mich zu, schaute mich aus seinen braunen Augen an und wedelte mit dem Schwanz.

«Nanu, wer ist das denn? Wo kommst du denn her?»

Der Labrador legte den Kopf zur Seite.

«Wo ist dein Herrchen? Bist du ganz allein?»

Der Hund setzte sich aufrecht hin und schleckte sich das Maul. Ich kraulte ihn hinter den Ohren.

«Murphy, komm her und bettel nicht! Lass den Herrn in Frieden.»

Ein unrasierter Mann von über 50 Jahren schlurfte um die Ecke, eine prall gefüllte Plastiktüte in der Hand.

«Aber er bettelt gar nicht. Er hat mich nur begrüßt. Stimmt's, Murphy?»

Der Hund wich nicht von meiner Seite.

«Das kommt, weil wir sonst immer auf der Bank da sitzen», meinte der Alte.

Ich rückte sofort zur Seite.

«Das wusste ich nicht. Aber hier ist ja Platz genug für alle.»

Der Alte schaute mich schief an.

«Willst du wirklich mit 'nem alten Penner wie mir auf der Bank sitzen?»

«Nun setz dich schon hin!»

Umständlich ließ er sich nieder und nestelte in seiner Plastiktüte.

«Has' du was zu rauchen?»

Ich schüttelte den Kopf.

«Nichtraucher, was?»

«Hmm.»

Der Hund streckte sich aus. Ich sah den Hummeln zu, wie sie die Jasminblüten bestäubten.

Im Laufe der letzten Wochen hatte ich Flo irgendwie lieb gewonnen. Warum musste er das jetzt alles kaputt machen? Um meinen Ermittlungsauftrag zu erfüllen, hielt ich wohl oder übel Kontakt zu jeder Menge Männern. Andererseits konnte ich ihm kaum von diesem Ermittlungsauftrag erzählen. Entweder würde er mein Verhalten billigen oder mich zum Teufel jagen.

Das mit dem Teufel brachte mich auf eine Idee. Ich stand auf, machte dem Alten ein Zeichen, dass ich gleich wiederkäme, und ging die paar Schritte zum S-Bahnhof Friedrichsberg. Dort kaufte ich am Kiosk vier Flachmänner Doppelkorn. ‹Nordhäuser› hatte mir den Beginn meiner Beziehung zu Flo erleichtert, dann würde er ebenso den Abschluss erleichtern helfen. Wozu sonst hatte der Teufel den Schnaps gemacht. Außerdem nahm ich noch ein Glas mit Wiener Würstchen, eine Schachtel Zigaretten und ein Einwegfeuerzeug mit. Bis auf die Würstchen konnte ich alles dezent in den Innentaschen von Franks alter Dienstjacke verstauen.

Als ich zu unserer Bank zurückkehrte, sah mich der Alte

verwundert an. Er hatte sich schon ausgebreitet und musste seine Sachen wieder zusammenraffen. Der Hund roch den Braten im wortwörtlichen Sinne als Erster. Er schnüffelte am Würstchenglas und verschlang die Knacker mit wenigen Bissen. Ich zog zwei Flachmänner aus der Tasche, schob einen davon dem Alten hinüber und prostete ihm zu.

«Wohlsein.»

Ich nahm einen großzügigen Schluck, er leerte das Ding beinahe in einem Zug. So ein Flachmann enthielt 100 Milliliter Flüssigkeit, so viel wie fünf Schnapsgläser. In meinem Magen entwickelte sich eine wohlige Wärme. Vielleicht hätte ich auch für mich etwas zu essen mitbringen sollen.

Ich bot dem Alten eine Zigarette an und steckte mir dann selbst eine an. Seit der Ausbildung hatte ich nicht mehr geraucht. Der Alte blinzelte mich unter seinen buschigen Augenbrauen an.

«Liebeskummer?»

«Mmh ...»

«Schoin Schiet ...»

«Jo.»

Ich nahm einen weiteren kräftigen Schluck. Die Wärme im Magen tat gut und das Gedankenknäuel in meinem Kopf löste sich allmählich auf.

«Lass sie einfach allein und schieß in Wind. Die Fotzen sind alle schlecht, eine wie die andere.»

«Mmh ...»

«Was hat sie denn?»

Sie? Er! Ich versuchte zu lachen, doch mir gelang nur ein Kichern. Verdammt, ich klang bestimmt wie ein Betrunkener.

«Eifersucht.»

«Datt iss Schiet.»

«Mmh ...»

«Und hast du?»

«Was?»

«Fremd gefickt?»

«Hmm ...»

Wieder entfleuchte mir ein Kichern. Na und. Ein Mann muss sich auch mal betrinken dürfen.

«Männer können eben nicht aus ihrer Haut. Die Fotzen verstehen das nicht.»

Einmal ging ich noch Nachschub holen. Als ich mich von der Bank erhob, schwankte der Boden ein klein wenig. Die Bedienung am S-Bahn-Kiosk zwinkerte mir zu und reichte weitere vier Flaschen Doppelkorn und ein Glas Wiener Würstchen über den Tresen.

Murphy verschlang auch diese Würstchen, ohne mir eines übrig zu lassen. Zum Glück hatte der Korn mein Hungergefühl schon vertrieben. Dafür entfaltete er seine Wirkung umso nachhaltiger. Es war schon lange dunkel, als wir die Zigaretten aufgeraucht hatten. Ich verabschiedete mich, ließ dem Alten das Feuerzeug da und tätschelte ein letztes Mal den Hund.

«Pass gut auf Herrchen auf, Murphy!»

Murphy bellte einmal kurz, und ich wusste, er hatte verstanden.

Vorsichtig stand ich auf. Wenn man es nicht gewohnt ist, sind vier Flachmänner Doppelkorn eine hübsche Menge. Nicht ganz ein halber Liter. Aber ich hatte es ja nicht weit bis zu meinem scheußlichen Hochhaus. Ich bog um die Ecke und erahnte schon von Weitem, dass mit der Kati etwas nicht stimmte. Nur was, das konnte ich nicht genau erkennen, weil der Erdboden so schwankte. Für einen Moment stützte ich mich an einem Laternenmast ab. Ich konzentrierte mich ganz auf das Motorrad. Da, da, genau, es war nicht zu übersehen: Jemand hatte die Sitzbank aufgeschlitzt! Mehrfach! So eine Gemeinheit. Wer tut einem gut aussehenden Motorrad so was an?

Mir traten vor Wut die Tränen in die Augen. Ich hatte bei diesem Scheißjob hier in Hamburg vielleicht nicht viele enge Beziehungen aufgebaut, aber zur Kati schon. Und das orange Teil sah so gierig aus! Weiß der Teufel, bei welchem Gauner sie die vorher sichergestellt hatten. Aber bei mir hatte sie es gut gehabt. Ich war mit ihr nicht einfach nur altherrenmäßig rumgeeiert, ich hatte die Mühle gefordert. Sie hatte sich nicht langweilen müssen, bei keiner Ausfahrt. Aber ich hätte besser auf sie achtgeben sollen, ihr eine Garage spendieren. Das hätte sie verdient gehabt. Ich näherte mich dem Motorrad, um über die verletzte Sitzbank zu streichen. Arme Kati.

Der Schlag traf mich unerwartet an der Brust. So, als hätte mich ein Tritt Orkans erwischt. Für einen Moment blieb mir die Luft weg. Das Licht der Straßenleuchte drehte sich über mir. Was zum Teufel war das?

Sie wollen mir die Kati klauen!

Blind teilte ich Schläge aus. Jemand sprang um mich herum, grölte, aber warum konnte ich den nicht richtig erkennen? Verdammter Doppelkorn! Ein zweiter Hieb traf mich in den Kniekehlen. Ich sackte zu Boden.

Sie wollen mir die Kati klauen!

Du darfst nicht zu Boden gehen. Wenn du am Boden liegst, machen sie dich fertig. Die Berberitzenhecke piekste.

Bloß raus aus den Stacheln. Ich rappelte mich wieder auf und schlug in die Richtung, in der sich der grölende Schatten bewegte.

Unbewusst wehrte ich einen dritten Hieb ab, der meinen Kopf nur streifte. Etwas rann in meine Augen, ich konnte nichts mehr sehen.

Verdammt, jetzt klauen sie die Kati!

Ich lag am Boden, jemand trat nach mir, dann hörte ich noch mehr Stimmen.

«Stehen bleiben, Polizei!»

Eine Hand berührte mich, ich schlug danach.

«Polizei. Ganz ruhig, es ist vorbei. Wir haben ihn festgenommen.»

Was? Wer? Wen? Festgenommen?

Die Hand rüttelte an meinem Oberarm.

«Hier ist die Polizei. Kannst du mich verstehen? Wie heißt du?»

Was wollen die?

«Wie heißt du?»

Wieso wollen die meinen Namen wissen?

Und was ist mit dem Motorrad?

«Brentrop, Lars Brentrop.»

«Alles klar, Lars. Es ist vorbei. Der RTW kommt gleich. Du hast eine Platzwunde am Kopf, deshalb das viele Blut.»

Durch dunkle Schlieren sah ich einen unbekannten Typen in Jeansjacke neben mir knien.

«Was ist mit dem Motorrad? Ist das Motorrad noch da?»

Der Jeansjackentyp lachte.

«Ja, das ist noch da. Was soll damit sein?»

«Ich glaub, die wollten das Motorrad klauen.»

Wieder lachte der Jeansjackentyp.

«Du bist 'n bisschen durch 'n Wind. Wird schon wieder. Hier stand jemand mit 'nem Baseballschläger und schrie, du hättest seine Alte gefickt. Bist wohl kein Kostverächter, was? Und 'n büschen übern Durst getrunken hast du auch.»

Ich versuchte mich aufzurichten und lehnte mich gegen einen Mauervorsprung. Der Jeansjackentyp drückte mir ein Tempotuch in die Hand, und ich bemühte mich, die Augen freizubekommen. In etwa zehn Meter Entfernung sah ich jemanden auf dem Bauch liegen, die Hände auf dem Rücken gefesselt. Er pöbelte in meine Richtung.

«Wer ist das?»

Ich deutete auf den Liegenden.

«Wir dachten, das könntest du uns sagen.»

«Nie gesehen. Und wer seid ihr?»

«Deine Schutzengel. Wir begleiten dich seit deinem Ausflug an die Schlei. Anordnung von Torsten Hamann.»

«Danke, Jungs.»

«Gern. Guck, da kommt der RTW. Sieh zu, dass sie dich wieder zusammenflicken!»

7

GPS-Empfänger. Ein Gerät zum Empfang und zur Auswertung von Signalen der amerikanischen GPS-Satelliten. Der Empfänger errechnet aus den Signalen von vier Satelliten die genaue Position des Empfängers.

53.576076,10.052619
Hamburg-Eilbek, Allgemeines Krankenhaus

Durst quälte mich nach dem Aufwachen, unendlicher Durst. Wenn ich nicht aufstand, würde ich elendig verdorren. Und wenn ich mich bewegte, tat alles weh. Kopf, Brust, Beine. Die Putzkolonne hatte das Licht eingeschaltet und wischte um die Betten herum. Im Krankenhaus benötigte niemand einen Wecker. Das Bett neben mir war leer. Ein Glück. Auf irgendeinen alten Knacker mit Prostatabeschwerden hätte ich jetzt keine Lust gehabt. Außerdem musste ich pinkeln. Wo war hier das Klo? Und wie kam man dorthin?

Die Tür flog auf und eine Krankenschwester mit langen dunklen Haaren trug ein Tablett herein.

«Guten Morgen, Herr Brentrop, wie geht es Ihnen?»

Zum Glück nicht schon wieder eine, die aussah wie Petra. Damit hatte all das Unglück angefangen.

«Ich hab wahnsinnigen Durst ...»

«Tee oder Kaffee?»

«Haben Sie Mineralwasser? Nur Wasser bitte.» Ich räusperte mich. «Und außerdem: Wo ist denn hier das Klo?»

Sie stellte das Tablett auf meinem Nachttisch ab und zeigte

auf die Tür zur Nasszelle. Ich setzte mich auf die Bettkante und versuchte, den brennenden Schmerz an der Stirn zu ignorieren. Was hatte ich eigentlich an? Ein blassgrünes Flügelhemd! Wie peinlich. Langsam ließ ich mich von der Bettkante hinunter und schlurfte am Bett entlang, stützte mich dabei am Fußende ab. Das Klo schien endlos weit entfernt. In der Nasszelle schaute ich flüchtig in den Spiegel. Reste einer rostbraunen Desinfektionslösung und ein schneeweißer Verband zierten meinen Kopf.

Als ich vom Pinkeln zurückkam, stand schon eine Flasche Mineralwasser an meinem Bett. Ich trank sie sofort zur Hälfte aus. Dann aß ich alles auf, was ich auf dem Tablett fand, auch wenn es eigentlich ungenießbar war.

Ein übergewichtiger Krankenpfleger kam, um das Tablett abzuräumen. Ich fragte nach meinen Sachen. Er zeigte mir einen Schrank. Die blutverschmierte Jacke hing auf einem Bügel. Mit etwas Sorgfalt würde man sie säubern können. Die übrigen Klamotten hatten sie in einen grauen Plastiksack getan. Das war praktisch, so konnte man sie problemlos wegwerfen. Mein T-Shirt war zerrissen und blutdurchtränkt. Alles stank widerlich nach Blut. Dass es mein eigenes war, machte die Sache auch nicht besser. Ich kontrollierte die Jacke; Handy, Geld und Schlüssel waren noch da.

Ich legte mich mit dem Telefon in der Hand wieder ins Bett und rief Flos Mobilnummer an. Bestimmt durfte man hier nicht telefonieren, doch das interessierte mich im Moment herzlich wenig. Flo meldete sich nach wenigen Rufzeichen.

«Lars, ich bin immer noch in der Dienststelle ...»

Ach ja, er hatte ja Nachtdienst gehabt.

«... können wir nicht später ...»

«Flo, ich liege im Krankenhaus. Eilbek. Kannst du mir Klamotten vorbeibringen?»

«Wieso Krankenhaus?»

«Man hat mich überfallen.»

«Dich? Wo? Wie viele?»

«Bei mir vor der Haustür. Das war nur einer. Warum, weiß ich nicht. Ich hatte ein bisschen getrunken.»

Sollte er ruhig ein schlechtes Gewissen haben, wenigstens ein klein wenig. Schließlich waren die Flachmänner seinetwegen ins Spiel gekommen. Keine halbe Stunde nach dem Telefonat stand Flo neben meinem Bett. Er trug noch Uniform.

«Du siehst ja wirklich gut zugerichtet aus. Sag mal, warum steht denn ein Kollege vor der Tür?»

Das war mir noch gar nicht aufgefallen. Ich zuckte die Achseln. Flo hatte dem Kollegen einige Informationsbrocken entlockt.

«Ich kenn den flüchtig», erklärte Flo. «Er meint, eine Art Stalker hätte dich so zugerichtet. So ein Unsinn!»

Flo nahm meine Schlüssel und ich bat um Unterwäsche, meinen Jogginganzug und Badelatschen. Als er das Krankenzimmer verließ, traten der Oberarzt und sein Gefolge ein. Visite.

«Ah, unser Patient im Hochsicherheitstrakt. Gäste mit Polizeischutz haben wir hier auch nicht alle Tage. Guten Morgen, Herr Brentrop.»

Er gab mir flüchtig die Hand und sah mich dann an.

«Sie haben Glück gehabt. Wegen Ihrer ausgesprochen robusten Konstitution sind Sie glimpflich davongekommen. Für einen untrainierten Menschen hätte der Vorfall übel ausgehen können. Wir behalten Sie jetzt hier, mit Glück können Sie übermorgen wieder nach Hause.»

Sprach's und hatte auch schon das Zimmer verlassen.

Übermorgen! Was sollte ich hier so lange anfangen? Ich legte mich wieder aufs Bett und war im Nu eingeschlafen. Ich wachte erst auf, als Flo mir die Anziehsachen brachte. Vermutlich hatte er sich beeilt, denn er trug immer noch seine Uniform. Routiniert ging er mir beim Umziehen zur Hand, ganz Freund und Helfer. Ohne das Flügelhemd stieg mein Selbstbewusstsein deutlich an. Er hatte außerdem die gängigen Krankenhausmitbringsel dabei: Obst, Süßigkeiten und zwei Bücher zum Lesen. Um mir hier die Zeit zu vertreiben, würde ich am Ende tatsächlich Bücher lesen müssen.

Zwischen uns herrschte eine formal-geschäftige Stimmung. Wo war die Vertraulichkeit geblieben? Mein Krad stünde immer noch an gewohnter Stelle. Die Sitzbank sei aufgeschlitzt, er hätte provisorisch eine Plastiktüte darübergeklebt. Ich fand das sehr aufmerksam von ihm und bedankte mich artig. Verdammt, am liebsten wäre ich aufgestanden und hätte ihn umarmt und einfach hochgehoben. Bevor es so weit kommen konnte, erschien plötzlich Torsten Hamann in meinem Zimmer.

«Guten Tag, die Herren. Herr Brentrop, ich hätte da noch ein paar Fragen an Sie.»

Für Flo war dies ein willkommener Anlass zu gehen. Torsten wartete, bis Flo die Tür hinter sich geschlossen hatte, und nahm sich einen Stuhl. Aus seinem Mund erfuhr ich nun, was sich wirklich zugetragen hatte. Mein einziger Fehler war gewesen, der neuen Nachbarin beim Einzug zu helfen. Deren Exfreund, ein gewisser Wolfgang Damm, hatte die Trennung noch lange nicht verwunden und stellte ihr unablässig nach. So war er zu der Überzeugung gelangt, ich hätte etwas mit seiner ehemaligen Partnerin. Daher lauerte er mir mit einem Baseballschläger auf.

Verdammt, wenn ich nicht so besoffen gewesen wäre, dann läge der jetzt an meiner Stelle in diesem Krankenhausbett. Baseballschläger hin oder her.

Torsten fuhr fort, sie hätten die Ermittlungen an sich gezogen, um meine Identität zu schützen. Ohnehin würden sie in dieser Sache wegen versuchten Mordes ermitteln. Wolfgang Damm hatte den Baseballschläger mit voller Absicht als Waffe mitgeführt. Das war eindeutig mehr als eine Affekthandlung.

«Der fährt jedenfalls erst mal ein», kommentierte Torsten, «und seine Ex hat mindestens ein paar Jahre Ruhe.»

«Dann hat die Sache ja wenigstens auch ihr Gutes gehabt.»

Torsten sah mich an, ohne etwas zu sagen. Diesen Blick kannte ich noch gar nicht an ihm.

«Dir liegt doch noch was auf der Leber?», fragte ich rundheraus.

Es war gewiss nicht einfach, in Torsten Hamanns Gesicht zu lesen. Immerhin merkte ich ihm an, wenn etwas nicht stimmte.

Torsten druckste herum.

«Verstehe mich bitte nicht falsch. Ich weiß, dass dies ein ungewöhnlicher Einsatz für einen verdeckten Ermittler ist. Mir ist vollkommen klar, dass du dich bei diesen Ermittlungen seelisch und körperlich in einem Maß einbringen musst, das außergewöhnlich ist ...»

Mein Gott, jetzt wurde es peinlich.

«Mich geht das ja auch überhaupt nichts an, wie du das hinkriegst. Wie dir sicherlich nicht entgangen ist, habe ich dich niemals danach gefragt. Es steht mir auch nicht zu, dies in irgendeiner Form zu bewerten ...»

Komm zur Sache!

«... aber musste es denn zwischendurch noch mit einer Frau sein? Ich will überhaupt nicht wissen, ob du nun gleichgeschlechtlich orientiert bist, bi oder was immer. Das Einzige, um das ich dich bitten möchte: Konzentriere dich um Gottes willen auf den Job.»

Mir schien, ich hätte mich verhört. Nicht nur Wolfgang Damm hatte angenommen, dass ich seine Frau vögele, Torsten Hamann glaubte das auch! Wenn ich ihm jetzt beichten würde, mir hätte nach all den trockenen Ärschen mal der Sinn nach einer richtig feuchten Muschi gestanden, er würde mir das zweifellos abnehmen. In was für einer abstrusen Geschichte war ich da bloß gelandet!

Nach der kleinen Ermahnung wirkte Torsten wie erleichtert und wurde wieder geschäftig. Er brachte auch eine gute Nachricht mit. Sie hatten die Identität von Ian geklärt.

Ian Kruger war 1975 bei Kapstadt geboren worden, trat 1994 in die südafrikanische Armee ein und arbeitete seit 2005 für das Unternehmen ‹Maritime Securities Ltd.› mit Sitz im englischen Southampton, das Sicherheitspersonal für Kreuzfahrtschiffe stellt. Kurz darauf, im Jahr 2006, hatte auch die Mordserie ihren Anfang genommen, wobei sich die Abstände zwischen den Taten im Laufe der Zeit verkürzt hätten.

«Könnt ihr nachvollziehen, ob Ian jeweils zu den fraglichen Zeitpunkten in Tatortnähe war?»

Torsten schüttelte den Kopf.

«Wir haben bewusst noch keinen Kontakt mit dieser Firma aufgenommen. Wir kennen die nicht, und die Gefahr, dass der Tatverdächtige gewarnt wird, ist viel zu groß. Am besten bleibst du an ihm dran. Vielleicht haben wir Glück und er kommt bald wieder nach Deutschland. Jedenfalls habe ich dafür gesorgt, dass du Internet ans Bett bekommst.»

«Internet am Krankenhausbett, so was gibt's?»

Torsten deutete auf einen Schwenkarm mit LCD-Display. Ich hatte mich schon gewundert, wozu der gut war. Er schob eine Chipkarte in einen Schlitz und man konnte das Equipment zum Telefonieren und zum Surfen im Internet nutzen. Erstaunlich!

«Ist das hier ein Privatzimmer?», fragte ich.

«Nein. Ein ganz normales Doppelzimmer. Diese Ausstattung ist bei allen ehemals städtischen Hamburger Krankenhäusern nach der Privatisierung verbaut worden. Das Zimmer hast du aber in jedem Fall für dich allein. Wir haben alles ein bisschen dramatischer dargestellt als nötig, damit du es bis übermorgen behältst. Häng dich ins Netz und sieh zu, dass du Kontakt zu Ian aufnimmst.»

53.576076,10.052619
Hamburg-Eilbek, Allgemeines Krankenhaus

An meinem zweiten Morgen im Krankenhaus surfte ich schon im Internet, als der übergewichtige Krankenpfleger das Frühstück austeilte. Ich schob den Schwenkarm mit dem

Display beiseite und musterte das Tablett auf meinem Nachttisch.

«Habt ihr hier nur Frühstück für Magersüchtige oder auch was für erwachsene Männer?»

Der Dicke kicherte.

«Brauchen Sie wieder eine Flasche Mineralwasser?»

Ich lachte. Gut gekontert! Er zögerte einen Moment und deutete dann zaghaft auf das Display.

«Ich sehe, du kommst auch nicht ohne die blauen Seiten aus.»

Er hatte ‹GayRomeo› auf dem Display erkannt und war prompt zum vertraulichen Du umgeschwenkt. Sein Grinsen reichte von einem Ohr zum anderen. Er zwinkerte mir zu und ich zwinkerte zurück.

«Ist denn da so früh am Morgen schon was los?», fragte er.

«Auf der anderen Seite vom Großen Teich ist immer noch was los.»

Das leuchtete ihm ein. In Wirklichkeit war ich online, weil Ian berufsbedingt eher am Morgen oder Vormittag Zeit zum Chatten fand.

Er verschwand und kam nach wenigen Minuten mit einem Teller in der Hand zurück. Fürsorglich hatte er noch fünf Scheiben helle Wurst für mich organisiert. Das grenzte ja an Völlerei!

Am Vormittag öffnete sich die Tür einen Spalt und ich hörte zwei Männerstimmen mit dem Wachposten verhandeln. Ich stand auf und schaute nach. Draußen standen Orkan und Karsten. Mein Beschützer wollte sie nicht hereinlassen. Woher wussten die nur, dass ich im Krankenhaus lag?

«Die beiden sind in Ordnung, kein Problem», sagte ich.

Der Bewacher murmelte noch was von eindeutigen Anweisungen, ließ sie dann aber ein.

Orkan schüttelte mir als Erster die Hand, schaltete den grimmigen Gesichtsausdruck kurz auf das schiefe Lächeln um und drückte mir eine Rolle Zeitschriften in die Hand.

«Hier, zum Lesen.»

Ich entfernte das Gummiband, das die Magazine zusammenhielt. Er hatte mir die neuesten Ausgaben von ‹Motorrad› und ‹Sportrevue› mitgebracht! Zum Dank versetzte ich ihm einen knuffigen Stoß mit der Faust.

«Alter, was war das für ein Kerl, der dich so zugerichtet hat?»

Ich verzog nur den Mund.

«Dumm gelaufen, sprechen wir nicht drüber. Ich hatte etwas zu viel getrunken, er hatte einen Baseballschläger. Aber wie habt ihr davon Wind bekommen?»

«Hab gestern kurz mit deinem kleincn Freund telefoniert. Wenigstens weißt du jetzt, warum ich niemals Alkohol trinke», antwortete Orkan.

Ich wollte noch fragen, was er denn mit Flo zu telefonieren hat, da meldete sich Karsten zu Wort.

«So, jetzt bin ich aber auch mal dran!»

Er reichte mir ebenfalls die Hand und zog dann ein superflaches Apple-Notebook aus einer Aktentasche.

«Der Film mit euch beiden ist fertig, und ich dachte, es wäre vielleicht eine schöne Aufmunterung, wenn wir ihn uns hier gemeinsam ansehen.»

Er klappte das Gerät auf und fuhr das Betriebssystem hoch. Der Film war sehr professionell gemacht. Mit Eindrücken von der Baustelle ging es los. Die Bodybuilder zeigten Muskeln und warfen sich gegenseitig Pflastersteine zu. Zwischendurch genehmigten sie sich jede Menge Bier und die Pinkelszene war im Film noch länger als in der Realität. Dank der zwei Kameras hatten sie genügend Material, um zwischendurch immer mal die Perspektive zu wechseln. Die goldene Flüssigkeit lief schier endlos. Ein Szene für Liebhaber.

Endlich kam die Frühstückspause und mein Streit mit Orkan. Ich musste zugeben, dass Orkan einen routinierten, professionellen Einstieg in das Kampfgeschehen gefunden hatte. Ich wirkte ein wenig unsicher, doch das fiel anscheinend nur mir selbst auf. Dann die Schlüsselszene: Aus heiterem Himmel drehe ich den Spieß um. Cool. Super gefilmt. Orkan guckt total verdattert und ehrlich erstaunt aus seinem sonst so grimmigen Gesicht.

«Aus euch beiden Männern lässt sich noch was machen», kommentierte Karsten und klappte das Notebook wieder zu. Er überreichte mir eine DVD-Kopie des Films. Auf der Hülle prangte ein Bild von Orkan und mir. Der Titel lautete ‹Construction Wrestlers. Starring Luke Bullson and Rocco Sporgenti›. Ich schüttelte lachend den Kopf.

«Wer hat sich denn die Namen ausgedacht?»

«Na, ich!», antwortete Karsten und strahlte.

Wir fachsimpelten noch ein wenig über Videos und deren Vermarktung, dann machten die beiden sich auf den Weg.

Ich tauchte wieder ins Internet ein und kontrollierte die Nachrichten bei ‹GayRomeo›. Und tatsächlich: Es lag eine Nachricht von Ian vor!

‹SailorCop: Hi Lars, There r good news 4 u. Ich will sein to Hamburg in ein paar tagen. My family has German roots, I have to train my language skills. Würde gern treffen und kämpfen. There is only a very short time frame, therefore we have to schedule the meeting carefully. We arrive at Hamburg in the very early morning and leave approx. at the same time one day later. Hast du zeit am nachmittag? cu Ian.›

Das klang perfekt. Ich antwortete ihm, dass ich mich auf den Kampf freue. Ich hatte die Antwort gerade abgeschickt, da trat Flo ins Zimmer. Er war auf dem Weg zum Spätdienst und trug schon wieder Uniform. Mein Türsteher hatte ihn widerspruchslos passieren lassen.

Ich ließ mich vom Bett herab, um ihm ein paar Schritte entgegenzugehen. Flo umarmte mich und hielt mich einen Moment fest. In seinen blauen Augen war kein Leuchten. Mir war sofort klar, er hatte was.

«Flo, alter Kumpel, was ist los?»

Ich legte so viel Lockerheit in meinen Tonfall, wie ich eben konnte, um die Situation zu entspannen. Die beiden ausdruckslosen Augen schauten in meine Richtung. Selbst ich konnte spüren, dass sich die Situation nicht entspannen ließ.

«Lars, nur eine Frage. Stimmt es, dass du was mit deiner Nachbarin hattest?»

Ich schüttelte stumm den Kopf.

«Lars, der Täter schlägt dich doch nicht halb tot wegen nichts. Bitte lüg mich nicht auch noch an. Erspar uns das doch.»

Ich hätte mich wirklich aufregen können. Ein Verrückter nimmt an, ich sei der neue Ficker seiner Verflossenen. Deswegen haut er mir einen Baseballschläger über die Rübe und landet verdientermaßen wegen versuchten Mordes in U-Haft. So weit, so schlecht. Aber warum hält alle Welt seine Annahme für plausibel? Erst Torsten und nun auch noch Flo? Und woher hat er das überhaupt?

«Wer hat dir das erzählt?»

«Das tut doch jetzt überhaupt nichts zur Sache ...»

Doch! Aber dem Angeklagten Lars Brentrop wurde das Recht auf Verteidigung verwehrt.

«Für mich zählen nur ein paar wesentliche Fakten: Du hast mit diversen Kerlen rumgemacht, ich will die hier nicht wieder alle aufzählen. Und als ob dir das nicht reicht, kommt jetzt auch noch eine Tusse dran. Du bist scheinbar auch einer von den Männern, die alles begatten, was nicht bei drei auf den Bäumen ist. Lars, so sehe ich keine Basis für eine Beziehung. Ich hätte gern mehr daraus werden lassen. Eine feste Freundschaft, gemeinsame Wohnung, irgendwas in der Richtung. Doch so, so geht das nicht. Schade.»

Das fehlte mir gerade noch. Schon wieder so ein Beziehungsding. Aber nicht mit mir! Dann musste er eben ohne mich klarkommen.

«Du verteidigst dich ja nicht einmal!»

Was sollte ich sagen. Er hatte ohnehin kein Vertrauen. Am besten machten wir es kurz und schmerzlos.

«Tschüss, Flo, mach's gut.»

Flo schaute mich einen Moment an und drehte sich dann wortlos um. Ich setzte mich wieder auf das Bett und verschanzte mich hinter dem LCD-Display. Beim Hinausgehen schnäuzte Flo in sein Taschentuch und zog die breite Krankenzimmertür mit lautem Knall ins Schloss.

53.604863,10.010648
Hamburg-Winterhude, Polizeipräsidium

Für den Tag nach meiner Entlassung aus dem Krankenhaus hatte Torsten mich zu einem Termin ins Präsidium gebeten. Offiziell ging es um eine Befragung zu dem Überfall. Inoffiziell hatte Torsten mir anvertraut, dass die Jensen mit mir sprechen wolle.

Am Morgen wusch ich mir im Bad sorgfältig die Reste des Desinfektionsmittels von der Stirn. Die Fäden der Wundnaht hielten immer noch die Platzwunde zusammen. Ich sah aus wie Frankensteins kleiner Bruder. Das Wasser brannte. Ich tupfte die Wunde vorsichtig mit Küchenkrepp ab und trug eine Wund- und Heilsalbe auf. Das verhindert die Narbenbildung. Diesen Tipp hatte mir der dicke Krankenpfleger zum Abschied mitgegeben. Ich betrachtete mich im Spiegel und versuchte mir vorzustellen, welchen Eindruck eine breite Narbe auf der Stirn hinterlassen mochte. Sakowski würde mich sicher mit einem passenden Spitznamen adeln. Mit etwas Glück würde die Dienstmütze die Narbe verdecken. Einstweilen klebte ich ein breites Pflaster auf die Stirn. Sie hatten mir versprochen, es ließe sich schmerzfrei wieder ablösen. Hoffentlich.

Um jeden Preis wollte ich gegenüber der Jensen Handlungsfähigkeit demonstrieren. Keine Schwäche zeigen. Am besten würde ich mit dem Motorrad fahren. Die Schmerzen an Bein und Brustkorb hatten so weit nachgelassen, nur einige hübsche Hämatome erinnerten noch an die kleine Schlägerei. Sie blühten gerade in den schönsten Farben. Doch das bekäme die Jensen ohnehin nicht zu sehen.

Die Frage war nur, ob ich den Helm über den Kopf bekäme und wie stark die Wunde darunter schmerzen würde. Ich probierte es aus. Der Helm ließ sich problemlos aufsetzen, nur beim Abnehmen musste ich vorsichtig sein.

Im Flur der Wohnung fand ich in einem eingebauten Wandschrank einen Plastikkasten mit etwas Werkzeug und einer breiten Rolle schwarzem Tesaband. Die Kati wartete ergeben auf ihrem Platz zwischen Klinkerwand und Berberitzenhecke. Mit welcher Sorgfalt Flo die Plastiktüte über der Sitzbank festgeklebt hatte! Tja, das war vorbei. Er selbst hatte es so gewollt. Ich pulte die Plastiktüte ab, strich die übrig gebliebenen Fetzen des Sitzbankbezugs glatt und klebte mehrere Streifen Tesaband der Länge nach darüber. Optisch natürlich nicht so schön wie vor der Messerattacke, aber es reichte.

Es fuhr sich völlig schmerzfrei. Beim Schalten störte ein leichtes Ziehen in der linken Wade. Im Präsidium holte mich einer von Torstens Leuten am Eingang ab. Torsten erwartete mich allein in seinem Zimmer und streckte mir die Hand entgegen.

«Moin, Lars, schon wieder auf zwei Rädern unterwegs? Das ging ja flott.»

«Glaubst du, ich will deiner Chefin im Rollstuhl gegenübertreten?»

Torsten verzog die Mundwinkel. Er mochte keine Witze über seine Chefin.

«Sie kommt gleich und will allein ein paar Worte mit dir reden. Zieh dich schon mal warm an.»

«Muss ich den Helm aufsetzen?», witzelte ich noch, da betrat die Jensen den Raum.

«Guten Tag, Herr Brentrop. Ich sehe, Sie sind nicht unterzukriegen. Ich wollte, alle meine Leute wären so.»

«Ich hol uns mal eben Kaffee», murmelte Torsten und ließ mich mit ihr allein.

«Herr Brentrop, wo wir grad ungestört reden können, lassen Sie mich ein paar persönliche Worte an Sie richten. Sie haben gute Arbeit geleistet, wir haben wichtige Informationen durch Sie gewonnen ...»

Das schmeichelte mir, mit Lob hatte ich nicht gerechnet.

«... dennoch muss ich Sie um eines bitten. Solange Sie als verdeckter Ermittler in diesem Fall arbeiten, gefährden Sie Ihren Erfolg nicht durch unbedachte sexuelle Eskapaden. Ein Mann wie Sie hat sicher seine Bedürfnisse. Glauben Sie, ich kann das sehr gut nachvollziehen. Aber solange Sie diesen Job für mich machen, laufen Sie bitte keinem weiteren Rock hinterher. Sie sehen ja, wie leichtfertig Sie damit die Ermittlungsergebnisse des gesamten Teams riskieren. Habe ich mich klar ausgedrückt?»

Hatte sie, ich nickte. Die Wunde auf der Stirn brannte.

«Ich würde das gern hören, aus Ihrem Munde.»

«Alles klar, keine Röcke.»

In dem Moment, in dem ich das ausgesprochen hatte, wusste ich, dass es ein Fehler gewesen war.

«Herr Brentrop, das hier ist keine Komödie. Sehen Sie, ich hatte gestern ein Gespräch mit dem Senator. Er gab mir unmissverständlich zu verstehen, dass der Erste Bürgermeister selbst an einer raschen Aufklärung interessiert ist ...»

Torsten kam mit einem kleinen Tablett herein, auf dem drei Becher Kaffee und ein Teller mit Keksen standen. Er brachte die Jensen nur für den Bruchteil einer Sekunde aus dem Tritt.

«Herr Hamann, ich habe Herrn Brentrop gerade über mein Gespräch mit dem Senator informiert. Der Senator ist sehr zufrieden mit dem Stand der Ermittlungen. Ich habe eine baldige Lösung des Falles in Aussicht gestellt.»

Ein erstaunter Ausdruck huschte kurz über Torstens Gesicht, dann fing er sich wieder. «Frau Jensen hat recht. Wir waren mittlerweile auch in den Niederlanden erfolgreich und konnten die Verbindungsdaten aus dieser Internet-Community auswerten. Leider sind diese Daten nicht ganz so ergiebig wie erhofft. Die meisten Nachrichten werden nach drei Tagen gelöscht. Und zwar wirklich gelöscht. Das

Einzige, was wir für einen gewissen Zeitraum nachvollziehen können, sind die reinen Verbindungsdaten, also wer wen kontaktet hat. Wir kennen ja nur die Usernamen der Opfer Gerd Vollmer und Dirk Zimmermann.»

Torsten zeigte auf die entsprechenden Fotos auf einer Magnettafel an der Wand.

«Die beiden hatten in der Community Kontakt mit dem Tatverdächtigen Ian Kruger.»

Das war zwar ein Indiz, sagte aber auch nicht so wahnsinnig viel aus, denn bei ‹GayRomeo› chattete jeder mit jedem.

«Wissen wir etwas über mögliche Motive?», fragte die Jensen.

Torsten schüttelte den Kopf: «Leider wissen wir fast nichts über das Privatleben dieses Kruger. Daher lässt sich über Motive nur spekulieren. Kruger nutzt ‹GayRomeo› zur Anbahnung von Sexualkontakten. Er gibt in seinem Profil an, er sei an erotischen Ringkämpfen interessiert. Aufgrund seiner Ausbildung beim südafrikanischen Militär dürfte er die praktischen Fähigkeiten besitzen, die Tat zu begehen.»

«Herr Brentrop, gemäß Ihren Informationen kommt er die Tage nach Hamburg?», warf die Jensen ein.

Ich nickte: «Ja, irgendwie hatte er beim Chatten das genaue Datum nicht zur Hand. Er wollte es mir noch mitteilen.»

Der Blick der Jensen heftete sich mit dem Ausdruck der Entschlossenheit auf mich.

«Brentrop, schnappen wir uns den Täter. Ich zähl auf Sie!»

«Geht klar, Frau Jensen.»

Sie sprang auf, schüttelte mir die Hand, nickte kurz Torsten zu und hatte schon den Raum verlassen.

Torsten sah mich aus seinen grauen Augen an und die Mundwinkel zuckten. «Lars, du frisst ihr auch schon aus der Hand ...»

Das war die spöttischste Bemerkung über seine Chefin, die ich je aus Torstens Mund gehört hatte.

«Sie kriegt immer, was sie will. Nicht umsonst ist sie in dieser Position.»

Ich nahm einen Schluck aus meinem Kaffeebecher. Dann wanderte mein Blick zum Foto von Gerd an der Magnettafel. Er lachte und das ließ das Grübchen am Kinn besonders hervortreten. Seinetwegen saß ich hier auf diesem Stuhl. Gerd hatte mir den Umschlag gegeben, und ich war grad auf dem besten Wege, das in mich gesetzte Vertrauen zu rechtfertigen.

«Hast du dich wieder eingekriegt? Hör zu, das ist noch nicht alles», kündigte Torsten mit stolzem Unterton an, «vielleicht haben wir noch einen weiteren Tatverdächtigen. Dein ‹Marko88› ist auch nicht ohne. Auch er hat mit den drei Opfern Kontakt gehabt. Er heißt übrigens Marko Kämpfert, wurde 1985 bei Stendal in der Altmark geboren ...»

«Wo ist das denn?»

«Bei Magdeburg. Keine Vorstrafen, drei Monate Fahrverbot wegen Nichteinhalten des Abstandes zu einem vorausfahrenden Fahrzeug bei einer Geschwindigkeit von 196 km/h, Abitur 2004, dann Bundeswehr, ist seit Kurzem in Afghanistan, er kann zur Tatzeit noch in Deutschland gewesen sein. Konkret haben wir seine Alibis noch nicht überprüft.»

«Also ist er nicht 1988 geboren, dieser verdammte Spinner. Er kann gute Geschichten erzählen.»

«Inwiefern?»

Ich erläuterte Torsten die Bedeutung der ‹88› und dass dies auf manche Schwule eine durchaus anziehende Bedeutung habe. Torsten schüttelte den Kopf. Dann erwähnte ich noch, dass Marko auch in Kontakt zu Karsten Schliep stünde.

«Am besten, du bleibst auch an ihm dran. Schlimmstenfalls dreht ihr eben ein gemeinsames Video.»

53.567286,10.041689
Hamburg-Eilbek, Eilbeker Weg

Der dicke Krankenpfleger hatte mich bei ‹GayRomeo› ausfindig gemacht und eine Nachricht hinterlassen. Er konnte doch nicht ernsthaft annehmen, mein Typ zu sein. Ich wollte ihn nicht vor den Kopf stoßen, immerhin hatte er mich mit Extraportionen Wurst versorgt. Fast zwei Kilo hatte ich im Krankenhaus abgenommen. Wer weiß, wie viele es ohne ihn geworden wären. Ich schrieb ihm ein paar nette Zeilen und machte ihn darauf aufmerksam, dass unsere persönlichen Vorlieben sicher nicht zusammenpassten. Der Dicke wusste bestimmt nichts mit Raufereien anzufangen.

Während ich mich noch damit abmühte, einige höfliche Worte auf den Schirm zu zaubern, traf eine Nachricht von Ian ein. Mit einem Mausklick versendete ich die Nachricht an den Dicken und las.

‹SailerCop: Hi Lars, how r u? Bist du still interested? Ankunft the day after tomorrow, 3.15 a.m.!›

Ich antwortete, dass ich mich freue. Leider hatte Ian keine Muße für Sightseeing. Aber er wollte unbedingt den Kampf. Seine größte Sorge war nur, dass ich vielleicht gar nicht echt sei.

Da konnte ich Abhilfe schaffen. Ich versprach, mir das Einlaufen des Kreuzfahrers vor Ort im Hafen anzusehen. Manchmal übertragen sie diese Ereignisse sogar im lokalen Fernsehkanal, real hatte ich das noch nie erlebt. Ich schickte ihm ein Bild von mir in Motorradklamotten. Dann müsste er nur beim Einlaufen am Terminal auf mich achten. Vielleicht könnte er mich ja bei den vielen Lichtern trotz Dunkelheit erkennen. Die farbige Motorradjacke war auf alle Fälle markant genug. Zumindest wüsste er dann, dass ich real und kein Faker sei. Die Idee gefiel ihm.

Dann lenkte Ian das Gespräch auf den Kampf. Zu meinem großen Erstaunen hatte er genaue Vorstellungen vom Ablauf.

‹SailorCop: I am not kidding. Therefore, I am definitely not talking about NHB fights. Just submission wrestling. Both of us need to return to their jobs next day.›

NHB bedeutete ‹no holds barred›, was im Deutschen so viel wie ‹alle Griffe erlaubt› hieß. Okay, Ian wollte klare Regeln absprechen, mag sein, er wollte mich nur in Sicherheit wiegen. ‹Submission Wrestling› bedeutet Kampf bis zur Aufgabe. Der Besiegte zeigt das durch Abklopfen an. Ian machte sich die Mühe, alle nicht erlaubten Techniken einzeln zu erwähnen. Jede ließ er sich von mir bestätigen: keine Schläge, keine Tritte, keine Finger in Körperöffnungen stecken, keine Hebelgriffe an Fingern oder Zehen, keine Griffe an Schwanz oder Eier. Außerdem nicht die Hände, Knie oder Ellenbogen ins Gesicht drücken. Kein Problem, das musste nun wirklich nicht sein. Und als ob zwei Mädels miteinander kämpfen wollten, erwähnte er auch noch An-den-Haaren-Ziehen, An-den-Ohren-Ziehen, Kratzen, Beißen und Kneifen als verbotene Mittel. Nur Werfen mit Sand vergaß er.

Ich wollte nach Würgegriffen fragen und schaute schnell im Internet nach, wie die auf Englisch heißen. Ian antwortete sofort: ‹Sleeper holds› seien aus seiner Sicht erlaubt! Meine linke Hand weitete unwillkürlich den Kragen des T-Shirts.

Für meine Begriffe war es an der Zeit, ein bisschen deutlicher zu werden. Also erwähnte ich Hinrich und den Kampf zwischen ihm und Ian an der Schlei. Ian schien das nicht zu irritieren, im Gegenteil. Für ihn war das eine Art Empfehlung.

Ians Schiff hatte bei einer Ostseekreuzfahrt in Kiel Station gemacht, und so hatte er Zeit für ein Treffen mit Hinrich gehabt. Er nannte die Begegnung scherzhaft ‹sumo-style wrestling›. Vermutlich hatte er die gleichen Erfahrungen gemacht wie ich.

‹SailorCop: Although that guy is so fat, he‘s incredible strong!›

Das war wohl wahr. Die Art der Verabredung nannte Ian ‹surprise attack›. Ich betonte, wie sehr mir so ein Überraschungsangriff gefallen würde.

Ian meinte, ich könne mich glücklich schätzen. Aufgrund zahlreicher früherer Besuche würde er sich auskennen. Wenn ich mich am Morgen am Kreuzfahrtterminal zeigen würde, erklärte er, dann hätte ich bei meiner Rückkehr nach Hause die Nachricht mit einer Ortsangabe mit Postfach.

‹SailorCop: Have 2 go offline right now. c u in Hamburg. Take care!›

Na bitte!

Noch wertete ich die Zusage als Erfolg und machte mir einstweilen keine Gedanken, was eine solche Einladung unter Umständen für mich bedeuten konnte. Torsten Hamann würde zufrieden sein. Außerdem würde ich ja nicht unvorbereitet in den Kampf gehen.

Ich startete das E-Mail-Programm, um die gute Nachricht an Torsten weiterzugeben. Im Posteingang lag bereits eine Mail von ihm. ‹Betreff: Kämpfert in Deutschland›.

Er teilte mir in knappen Worten mit, dass Marko Kämpfert bei Kunduz in ein Gefecht verwickelt worden sei. In dessen Verlauf sei ein Einheimischer getötet worden. Den Vorschriften entsprechend leite die Staatsanwaltschaft jetzt ein Ermittlungsverfahren ein. Marko Kämpfert sei deswegen nach Deutschland abkommandiert worden.

Da konnte man wirklich wütend werden. Dürfen sich unsere Leute nicht mal selbst verteidigen? Schießt jemand, hat er sofort den Staatsanwalt am Hals. Nein, um nichts in der Welt würde ich mit Marko Kämpfert tauschen wollen. Wenn damals die Russen schon nicht in Afghanistan klargekommen sind, wie soll das dann die brave Bundeswehr schaffen? Vor lauter Wut hätte ich den letzten Satz in Torstens Nachricht beinahe überlesen: ‹Seit seiner Ankunft in Deutschland ist Marko Kämpfert spurlos verschwunden.›

53.690243,10.113473
Hamburg-Lemsahl, Sarenweg

Das schmiedeeiserne Tor zu Karsten Schlieps Anwesen stand weit offen. Ich lenkte den Smart auf das Grundstück. Karsten stand auf dem Parkplatz, gegen den Dodge Pick-up gelehnt. Er trug eine khakifarbene Cargohose, die seine Beine betonte, und ein körpernahes dunkelblaues T-Shirt mit V-Ausschnitt, das seine Arme gut zur Geltung brachte.

«Was guckst du so eigenartig?», fragte er.

«Ich dachte grad, dass du auch selbst in einem deiner Filme mitspielen könntest, so wie du aussiehst», erwiderte ich.

«Wir wollen mal nicht übertreiben. Doch das fehlte mir grad noch. Ich bleibe lieber im Hintergrund.»

Ich zeigte auf den in der Sonne blitzenden Pick-up.

«Der ist ja picobello sauber. Ist das nicht Rod Hanson seiner?»

«Er fährt ihn, wenn er in Europa ist.»

Schade, ich hätte Rod gern mal getroffen. Vielleicht nicht gleich vor der Kamera. Aber auf einen Klönschnack, wie sie das hier in Hamburg nennen.

«Verdammt schwül ist das heute. Im Auto merkt man das mit Klimaanlage gar nicht so.»

«Dann komm endlich rein, da ist es kühler.»

«Willkommen in den Studios von ‹Body-Video›.» Er öffnete die Tür mit einer Chipkarte. «Ich zeige dir am besten mal die Örtlichkeiten. Kennst du ja noch nicht.»

Im Gebäudetrakt, in dem wir uns jetzt befanden, betrieb er sein Videostudio. Die Wohnräume im Haupthaus bekam ich nicht zu Gesicht. Zum Studio gehörte ein Kraftraum und ein mit Matten ausgelegter Dojo. Alles weiß gestrichen und mit eigener Beleuchtungstechnik. Im Schneideraum mimte ich den Fachmann. Sie hatten zwei große Macs mit je zwei 30-Zoll-Bildschirmen. Ich fragte, ob sie mit ‹Final Cut Pro› arbeiteten, und Karsten nickte ganz begeistert. Ich erfuhr, dass die Aufnahmen bereits in HDTV produziert werden, auch wenn momentan nur DVDs in Standardauflösung in den Verkauf gelangten. Aber sie bereiteten sich schon auf den Vertrieb von BlueRay-Discs vor.

Ich folgte ihm zum Studio-Dojo.

«Lass hören, was hast du denn für Pläne?», fragte ich.

«Wir können jetzt endlich den Film mit dem Soldaten machen. Marko ist in Hamburg.»

Mir fiel beinahe die Kinnlade herunter.

«Der ist wirklich 'ne arme Sau», brummte Karsten, «erst

schicken sie ihn da runter und lassen ihn kräftig Staub fressen. Wenn er dann seinen Job richtig macht, hetzen sie ihm den Staatsanwalt auf den Hals.»

«Wie?», fragte ich und versuchte, möglichst unwissend zu tun.

«Sie haben ihn nach einem Kampfeinsatz, bei dem er vermutlich ein paar Kameraden das Leben gerettet hat, sofort in die Heimat geschickt. Hier muss er sich jetzt dafür rechtfertigen, dass er zuerst geschossen hat.»

«Ja, das Leben kann schon reichlich ungerecht sein.»

«Als ob das nicht genug wäre, geht der Idiot hier auch noch stiften und versteckt sich. Die arme Sau ist total durch den Wind. Aber ich stehe in Kontakt. Und das mit dem Video geht klar, der Junge braucht die Kohle jetzt mehr denn je.»

«Aber ich verstehe das nicht, hat er denn irgendwas Verbotenes getan?»

Karsten machte eine wegwerfende Handbewegung.

«Quatsch. Natürlich nicht. Sie untersuchen das halt der Form halber. Aber es nimmt ihn innerlich ungeheuer mit. Natürlich zeigt er das nicht, lässt den harten Mann raushängen. Und so ist er eben abgehauen. Hoffentlich verschlimmert er damit nicht alles.»

Karsten hatte die Handlung des Videos bereits in grobem Rahmen abgesteckt, wenn man denn überhaupt von so etwas wie Handlung sprechen konnte. Dieses Mal würde es keine große Requisite geben. Marko und ich würden im weißen Studio-Dojo gegeneinander antreten. Allerdings hatte Karsten sich so seine Gedanken zu unserer Bekleidung gemacht. Die Sachen hatte er extra bereitgelegt.

«Hier, das ist für Marko. Hose in Wüstenflecktarn, beigefarbene Kampfstiefel und das braune Tropenunterhemd der Bundeswehr. Schön eng, betont das seine fetten Oberarme. Die Hose überspielt seine etwas zu dünnen Beine ...»

Karsten zwinkerte mir zu.

«... was Luke Bullson ja nicht nötig hätte. Hier eine Zunfthose für dich. Extra angefertigt aus Stretchcord. Sitzt hoffentlich perfekt. Kommt gut mit prolligem Trägerunterhemd und Arbeitsstiefeln!»

Ich wunderte mich einmal mehr über seine Detailversessenheit. Sein geschäftlicher Erfolg kam eben nicht von ungefähr.

«Sag mal, Karsten, weißt du, was mich wundert? Versteh mich nicht falsch. Es ist alles absolut okay so. Ich hatte immer befürchtet, ich müsste hier über so eine Art Besetzungscouch rutschen. Doch nichts dergleichen. Das fand ich schon ziemlich professionell.»

«Dank dir. Für mich ist eben Dienst Dienst und Schnaps Schnaps.» Karsten verschränkte für einen Moment die Arme vor der Brust. «Für mich zählt nur die Qualität des Films und sonst nichts. Wir machen hier teilweise überaus spezielle Sachen und meine Filme werden auch international hoch geschätzt. Ich habe einen Ruf zu verlieren.»

«Ist es eigentlich indiskret, wenn ich frage, ob du allein lebst?»

«Für einen jungen Mann wie dich ist das wirklich etwas indiskret.»

«Ich meine, du siehst verdammt gut aus und für dein Alter erst recht.»

Karsten lachte schallend.

«Ich bin doch grad mal Mitte 40! Soll ich da schon verwelken?»

Ich boxte ihm freundschaftlich gegen den Oberarm.

«Eben drum! Gehst du nie mit deinen Darstellern auf die Matte? Ich würd gern mal mit dir meine Kräfte messen.»

Karsten winkte mit der Handinnenfläche ab.

«Lars, ich nehm das als Kompliment. Aber akzeptiere bitte meine Grundregeln. Love it or leave it.»

«Okay ...»

«Hey, Schluss jetzt damit. Komm, ich lade dich ins Steakhaus ein. Wir essen mal wieder ein ordentliches Stück Rindfleisch. Alles klar?»

Karsten stieg zu mir in den Smart. Ich freute mich auf ein

Filetsteak. Während der Fahrt musterte Karsten das Innere des Kleinwagens.

«Drinnen ist ja mehr Bewegungsfreiheit, als man von außen annimmt.»

«Das stimmt. Und praktisch ist er in der Stadt auch.»

«Ich muss grad an einen Bekannten denken», Karsten lachte, «der ist Naturwissenschaftler. Weißt du, was der mal über Männer und die Größe ihrer Autos gesagt hat?»

«Na?»

«Er meinte, die Wagengröße sei immer umgekehrt proportional zur Größe des Begattungsorgans vom Fahrer.»

Ich lachte mit. «Als Smart-Fahrer muss ich ihm recht geben. Scheint ein vernünftiger Bekannter zu sein! Aber mal 'ne ganz andere Frage: Was hältst du eigentlich von Überraschungskämpfen?»

«Von was?»

«Na ja, man verabredet sich im Internet. Der Ort wird per GPS-Koordinaten mitgeteilt. Man geht dorthin und wird dann plötzlich und unerwartet von einem Unbekannten überfallen.»

Die beiden Falten auf Karstens Stirn kräuselten sich. Für ein paar Sekunden fixierten mich seine Augen.

«Wo hast du das denn her? So was Verrücktes! Das macht man wirklich nur, wenn man so jung ist wie du und zu viel Testosteron im Blut hat. Fehlt nur noch, dass du dich dabei filmen lassen willst!»

«Gute Idee, warum eigentlich nicht.»

«Schluss jetzt, davon will ich nichts mehr hören!»

53.64238,10.077218
Hamburg-Wellingsbüttel, Wellingsbütteler Weg

Auf dem Parkplatz des Steakhauses parkte ich den Smart neben einem Porsche Cayenne. Wir gingen hinein und nahmen an einem Tisch im Wintergarten Platz. Diese Einladungen waren ganz nach meinem Geschmack. Karsten schaute mir zu, wie ich mein Steak verzehrte. Seine Augen drückten Zufriedenheit aus.

«Schön, dass es dir schmeckt», meinte er.

«Ich esse für mein Leben gern Rind. Männer sollten sich ausschließlich von Rindfleisch ernähren.»

«Fleischessen ist wirklich so ein Männerding», bestätigte Karsten. «In manchen Ländern gelten sogar Stierhoden als Delikatesse.»

Ich verzog den Mund.

«Wieso das denn?»

«Na, weil man da immer ein Stück Männlichkeit mitisst. Das nächste Mal lade ich dich zum Spanier ein und wir bestellen uns gefüllte Stierhoden. Bolitas de Oro. Hast du das schon mal gegessen?»

Ich schüttelte den Kopf.

«Du weißt, was Testosteron ist?», fragte er.

«Klar, das männliche Sexualhormon.»

«Genau. Es bewirkt alles, was Männer zu Männern macht. Ein Franzose hat vor über 70 Jahren zum ersten Mal Testosteron aus Rinderhoden isoliert. Er brauchte 100 Kilo Hoden für zehn Milligramm Testosteron.»

«Das ist nicht viel ...»

«Nein, wirklich nicht. Ein kostbarer Stoff. Ein Deutscher, Adolf Butenandt, hat zum ersten Mal ein Abbauprodukt des Testosteron in männlichem Urin nachgewiesen. Dazu hat er 15.000 Liter Pisse von Polizisten gesammelt ...»

Ich hätte mich beinahe verschluckt.

«Wie bitte? Wie viel? Das ist ja widerlich ...»

«Doch, doch. 15.000 Liter für 50 Milligramm Hormon.»

«Und wieso von Polizisten?»

«Sie mussten ja reinen Urin von Männern haben. Da haben sie die Pisse in den Klos von Berliner Polizeiwachen aufgefangen.»

«Pfui Teufel ...»

«Na ja, immerhin hat er dafür 1939 den Nobelpreis bekommen.»

«Dann war es das ja wert.»

Beim Erzählen hatten Karstens Augen einen eigenartigen Glanz angenommen. Ich schob mir das letzte Stück meines Filetsteaks in den Mund, es zerging wie von selbst auf der Zunge und ich spülte mit alkoholfreiem Bier nach.

«Bier ist übrigens hormonmäßig nicht so genial.» Karsten deutete auf mein Glas.

«Wieso das denn nicht?»

«Der Hopfen enthält eine Substanz, die im Körper wie Östrogen wirkt. Es begünstigt die Fetteinlagerung. Was meinst du wohl, woher der ‹Bierbauch› kommt und warum Spanier und Italiener meistens keinen haben. Die trinken Wein statt Bier. Mit der Kalorienmenge hat das nichts zu tun.»

Das hatte ich nicht gewusst.

«Woher weißt du das alles?», fragte ich.

«Du hast vermutlich von Natur aus diese stämmige Figur, nimmst deine männliche Optik als selbstverständlich hin. Ich musste mir jedes Gramm Muskelmasse hart erarbeiten ...»

Er konsumierte also anabole Steroide. Doch ich wollte ihn nicht unterbrechen.

«Lars, wenn ich dich so sehe, dein Auftreten, wie du dich raumgreifend bewegst, mit lauter Stimme sprichst und diese besondere Art von Selbstbewusstsein ausstrahlst, dann sehe ich einen echten Mann vor mir.»

Karsten unterbrach seine Erläuterungen, um beim Kellner zwei Espresso zu bestellen. Nachdem er einen ersten Schluck des bitteren Getränks genommen hatte, fuhr er fort.

«Manchmal, wenn ich mal sozusagen Testosteron pur erleben will, wenn ich spüren will, wie sich Testosterongeschwängerte Luft anfühlt, dann fahre ich nach Jenfeld zur Bundeswehrhochschule. Wenn sie nachmittags da rauskommen, diese Nachwuchsoffiziere in ihren tiefergelegten Autos, dann kannst du das Testosteron in der Luft schmecken.»

«Karsten, jetzt spinnst du!»

«Lass mir doch meine kleinen perversen Freuden!»

Karsten verlangte die Rechnung und zahlte. Wir verließen das Steakhaus. Draußen war die Luft noch drückender geworden. Karsten schaute suchend zum Himmel, der sich zum Abend hin langsam eingetrübt hatte.

«Ich glaube, das gibt heute noch ein ordentliches Gewitter.»

53.539173,9.996464
Hamburg-Grasbrook, Chicagokai

Ich stand in der Hafencity am ‹Hamburg Cruise Center›. Es war jetzt genau drei Uhr morgens. Der Kreuzfahrer hatte schon die Höhe der St.-Pauli-Landungsbrücken erreicht. Kleine bullige Schlepper waren dabei, das Schiff zu drehen. Zum Schutz vor dem Regen zog ich mir das Basecap tiefer ins Gesicht. Während sich beim Einlaufen bekannter großer Kreuzfahrtschiffe oft Tausende Schaulustiger am Ufer versammelten, schien dieses niemanden zu interessieren. Oder lag es am Wetter? Ein paar Meter entfernt versuchte ein Mann vergeblich, seinen Camcorder vor der Nässe zu schützen. Ansonsten war der Platz leer, keine Schaulustigen.

Eine Stunde zuvor hatte mich der Wecker aus dem Schlaf gerissen. Westwind peitschte Regentropfen gegen das Schlafzimmerfenster. Ich beschloss, mit dem Smart zu fahren und das Motorrad stehen zu lassen.

Gewohnheitsmäßig checkte ich noch schnell meine E-Mails und die Nachrichten in ‹GayRomeo›. Eine Mail von Torsten Hamann lag vor. Sie hatten Detailinformationen über das Schiff, auf dem Ian Kruger fuhr. Der Kreuzfahrer hieß ‹Joana› und bot Platz für etwa 800 Passagiere. Er gehörte der ‹Bartholomew Cruise Lines›, sein Heimathafen war Nassau auf den Bahamas.

Mittlerweile bugsierten die Schlepper das Schiff in Richtung Liegeplatz. Ich suchte die Decks der ‹Joana› nach Ian ab, konnte aber niemanden ausmachen. Obwohl ich mit dem Wagen gekommen war, trug ich die Motorradjacke, damit er mich identifizieren konnte. Die ‹Joana› hatte nun ihre Position am künftigen Liegeplatz erreicht. Vom Schiff flogen Wurfleinen herüber. Die Festmacher nahmen die Leinen auf und zogen daran die eigentlichen Trossen zu sich herüber. Während ich die kräftigen Festmacher bei ihrer Arbeit beobachtete, dachte ich an Karsten und seine Betrachtungen über das Testosteron und dessen Wirkung. Einen Moment lang vergaß ich das Wetter und Ian. Dann sah ich ihn winken. Er stand an einer geschützten Stelle an Deck und trug ein weißes Uniformhemd. Als unsere Blicke sich kreuzten, legte er die Hand zum Gruß an den Mützenschirm und ich grüßte ebenfalls.

Damit war dieser Teil unserer Abmachung erfüllt und ich kehrte in meine Wohnung zurück. Die durchfeuchtete Lederjacke hängte ich zum Trocknen über einen Stuhl. Meine erste Aufmerksamkeit galt dem iMac. Die Nachricht lag bereits vor.

Ian hatte nicht damit gerechnet, dass ich bei dem Wetter wirklich kommen würde. Nun war er sich sicher, dass auch unser Kampf tatsächlich stattfinden würde. Er witzelte wegen des Wetters und schrieb, dass er noch nie an einem Schlammringkampf teilgenommen hätte. Als Zeit gab er 14:00 Uhr Ortszeit vor und die Koordinaten hatte er auch nicht vergessen:

53.748758,10.159596

Ich kopierte den Text in eine E-Mail und schickte sie umgehend an Torsten Hamann. Dann schaute ich selbst in Google Maps nach, wo der Ort war. Es handelte sich um einen Sandweg, der ein freies Feld querte. Wo wollte Ian sich da verstecken? Doch dann fiel mir etwas ganz anderes auf. Der Treffpunkt lag nur rund drei Kilometer von dem Ort entfernt, an dem Gerd ermordet worden war.

Der Regen wurde wieder stärker. In der Ferne donnerte es. Wenn das Wetter nicht besser würde, dann stünde mir tatsächlich ein Schlammringkampf bevor. Einstweilen legte ich mich wieder ins Bett. Ich würde nachher ausgeruht sein müssen.

53.604863,10.010648
Hamburg-Winterhude, Polizeipräsidium

Gegen neun Uhr weckte mich ein Anruf auf dem Handy. Es dauerte eine Weile, bis ich zu mir kam und das Gespräch annahm. Torsten war dran.

«Lars, aufwachen! Bis zu deinem Treffen mit dem Tatverdächtigen haben wir einiges vorzubereiten. Ich erwarte dich in einer Stunde hier im Präsidium. Und bring die Klamotten mit, die du auch bei der Verabredung tragen willst. Du wirst zwischendurch keine Zeit haben, nach Hause zu fahren.»

Alles klar. Ich zog eine Jogginghose, ein T-Shirt und ein Kapuzenshirt an. Das Kapu-Shirt könnte ich nachher vor dem Treff im Auto lassen. In Erwartung einer schlammigen Begegnung legte ich alle Klamotten doppelt in meine Sporttasche, damit ich mich nach dem Kampf gegebenenfalls umziehen konnte.

Im Präsidium holte mich einer von Torstens Leuten am Eingang ab. Torsten Hamann war nicht anwesend. Auf seinem Tisch lagen Satellitenbild-Ausdrucke aus Google Maps im Format A3.

Auf der Magnettafel war am rechten Rand bei den Tatverdächtigen ein Bild von Marko dazugekommen. Sie hatten die Aufnahme aus ‹GayRomeo› vergrößert ausgedruckt. Die typischen Störungen durch die Bildkompression hatten sich als Schachbrettmuster über seine tarngefleckte Uniform gelegt. Auf dem Foto lachte Marko eine Spur zu selbstbewusst, als wollte er eine diffuse Angst vertreiben. So wie durchs Pfeifen im Walde.

In der Reihe darunter die Bilder der Opfer. In der Mitte der Blondschopf von diesem Angeber. Wie hieß er noch gleich? Ich musste den Namen von der Tafel ablesen. Ach ja, Dirk Zimmermann. Meine tiefe Abneigung gegen seine Angeberei machte es mir schwer, wirklich Mitleid zu empfinden.

Dafür lachte mich auf dem Bild daneben Gerd an. Eine Welle der Zuneigung durchflutete mich. Doch nichts war in dieser Situation hinderlicher als Gefühle. Sie würden einer professionellen Herangehensweise nur im Wege stehen. Andererseits, hätte ich rechtzeitig Gerd gegenüber ein paar Gefühle gezeigt, wer weiß, ob ich jetzt hier an dieser Stelle stünde.

«Was ist, Jungs, läuft hier nichts ohne den Chef?», fragte ich in den schweigenden Raum hinein, um die Situation aufzulockern.

Statt lange zu reden, holten sie einen Technikmenschen, der mir einen Sender verpassen sollte. Am besten so, dass es in den Sportklamotten nicht auffiel. Erst wollte er sein Gerät im Kapu-Shirt unterbringen. Auf meinen Einwand, dass ich das Shirt im Auto liegen lassen würde, wirkte er leicht verzagt. Am Ende befestigte er die winzige Kapsel mit ein paar Nähstichen in der Hosentasche der Jogginghose. Es gab keine Alternative.

Endlich tauchte Torsten auf, zusammen mit einem ziemlich drahtigen großen Mann, den er als Kollegen vom MEK vorstellte.

«Hast du dich heute früh unter die Seeleute gemischt und deinem Kreuzfahrer beim Einlaufen zugeschaut?», fragte Torsten.

«Mir ist jetzt weniger nach flapsigen Sprüchen. Lass mich lieber was Beruhigendes von eurer Einsatzvorbereitung hören.»

Der MEK-Mann nahm das Stichwort auf.

«Ich war gleich heute Morgen dort. Sicherheitshalber bin ich als Jogger vorbeigelaufen. Schön matschig übrigens. Der Feldweg führt mitten durch ein Maisfeld. Auf 250 Meter Länge jede Menge Versteckmöglichkeiten für den Täter. Inzwischen haben wir auch unsere Leute dort platziert, ebenfalls im Maisfeld. Leider hat man mitten im Mais keinen Überblick über das Geschehen.»

«Ach ...»

Dann musste er sich eben Überblick verschaffen. Wozu waren sie das MEK?

«Deswegen haben wir noch jemanden am Waldrand auf einem Hochsitz postiert. Der sitzt da in Jagdklamotten und ist mit einem Fernglas bewaffnet.»

«Und wie stellt ihr euch nun den Ablauf vor?», fragte ich.

Torsten sah den MEK-Mann aufmerksam an. Der zog das Satellitenfoto heran und zeigte auf das Waldstück am nordöstlichen Ende des Feldwegs.

«Du fährst bis hier und lässt den Wagen dann da stehen. Im Wald ist noch so eine Art Unterstand, eine reetgedeckte Schutzhütte für Spaziergänger. Dort machst du ein paar Aufwärmübungen. Falls er dich beobachtet, soll er sich in Sicherheit wiegen. Dann gehst du los. Nicht laufen, nur gehen. Nicht langsam, nicht zu schnell. Beobachte dabei ruhig aufmerksam den Mais links und rechts am Weg. Das würde jeder machen. Wenn er dann auftaucht, lass dich auf den Kampf ein. Sobald es losgeht, greifen wir zu.»

Einen Moment lang musterte er mich mit flinken Augen. Dann deutete er auf das Pflaster auf meiner Stirn.

«Was ist das? Alles okay mit dir?»

Ich nickte. Darüber brauchte er sich keine Sorgen zu machen. Innerlich hoffte ich allerdings, dass Ian nicht auf die Idee kommen würde, auf die Wunde zu drücken. Nach wie vor schmerzte sie bei Berührung höllisch.

«Ich hoffe, ihr seid schnell genug da, um meinen Arsch zu retten, wenn es so weit ist. Wie viel Leute sind vor Ort?»

«Genug», antwortete der MEK-Mann und schaute mich fest an. Er strahlte geballtes Selbstbewusstsein aus.

Hamann sagte nichts und keiner seiner Mundwinkel zuckte. Er sah mich nur mit seinen grauen Augen an. In diesem Moment öffnete sich die Tür und die Jensen trat ein. Mit ausgestreckter Hand kam sie auf mich zu. Sie griff nach meiner Rechten, schüttelte sie und legte ihre andere Hand auf meine Schulter.

«Viel Glück, Brentrop.»

Plötzlich fiel mir auf, was an ihrem Äußeren heute anders war. Berit Jensen trug keines ihrer üblichen Kostüme, sondern sportliche khakifarbene Outdoor-Klamotten. Da wusste ich, dass sie auch vor Ort sein würde.

53.748758,10.159596
Amt Bargteheide-Land, Gemeinde Bargfeld-Stegen

Der Einfachheit halber gab ich im Smart den Zielort in das Navigationssystem ein. Wenn ich schon nicht mit dem Motorrad fuhr, wollte ich mir diesen Luxus auch gönnen. So musste ich mir keine Fahrtroute merken, ließ mich einfach von der sanften Stimme leiten. Sie gibt einem ein Gefühl der Sicherheit. Was ich auch unternahm, die Stimme wurde niemals ärgerlich.

Jetzt zum Beispiel. Ich fuhr in einen Kreisverkehr hinein. Die Stimme schlug vor, im Kreisel gleich die erste Straße rechts abzubiegen. Wenn ich das jetzt nicht täte, bliebe die Stimme dennoch ganz ruhig, verbindlich und freundlich. Sie ließe mich einfach eine Ehrenrunde im Kreisverkehr drehen und würde erneut ungerührt die Anweisung geben, rechts abzubiegen. Doch ich wollte kein Spielverderber sein, folgte der Anweisung und bog ab. Das winzige Motörchen im Smart schnarrte vor sich hin.

Mittagszeit am nördlichen Hamburger Stadtrand, Zahnarztgattinnen saßen in ihren Minis und fuhren zum Shopping ins Alstertal-Einkaufszentrum. Die Stimme gab weiter ihre Anweisungen. Da links lag der Wanderparkplatz, auf dem Gerd seinen BMW abgestellt hatte. Daneben die Hochlandrinder auf ihrer Wiese. Die Sonne brach stellenweise durch die dichte Wolkendecke und ließ das feuchte Gras dampfen.

Die letzten Meter kämpfte sich der kleine Wagen durch einen verschlammten Waldweg. Ich hielt an dem reetgedeckten Unterstand und öffnete die Tür. Die Luft draußen war warm und feucht. Ich zog das Kapuzenshirt aus. Ob die Jogginghose nicht zu warm war? Nun hatte ich keine Wahl mehr, ich musste sie anbehalten. Vorsichtshalber hatte ich ein hautenges T-Shirt angezogen, wollte dem Gegner möglichst wenig Angriffsfläche bieten. Ich fühlte mich startbereit.

Was hatte der MEK-Mann gesagt? Du machst dort Aufwärmübungen. Also machte ich Aufwärmübungen. Ich lief im Kreis um den Unterstand und den Smart herum, mindestens ein Dutzend Runden, beim Zählen kam ich durcheinander. Es folgten einige Sprints, dazwischen Liegestütze. Ich klopfte den Sand von den Händen.

Ja, das war's! Ich war bestens vorbereitet.

Warum nicht noch ein bisschen Stretching? Dann hätte ich Gelegenheit, mich in Ruhe umzusehen. Ich drückte gegen einen einzeln stehenden Baum, spürte jeden Muskel in den Beinen. Niemand war zu sehen. Kein Ian, kein MEK, keine Jensen. Ob sie mich sahen? Dann noch ein paar Dehnübungen für Brust und Brustwirbel. Und abschließend schön lockern!

Aus dem Handschuhfach piepte es: mein Handy. Das war das Signal. 14 Uhr nachmittags. Ich musste jetzt los. Einzelne Sonnenstrahlen durchbrachen die dunkle Wolkendecke. Es regnete nicht mehr. Mein Adrenalinpegel war perfekt, alle Sinne auf Empfang, alles unter Kontrolle. Das MEK kannte den Ort, war meine Rückversicherung. Vermutlich würde ich in einer halben Stunde wieder im Wagen sitzen. Mit Sicherheit schmutzig.

Ich trabte los, den beschriebenen Feldweg entlang. Links und rechts nichts als Mais. Mannshoch. Ian musste darin irgendwo lauern. Bloß wo? Das war der Reiz, das Adrenalin. Immerhin wusste ich in diesem Moment schon, wie er aussah.

Ich sah ihn nicht kommen. Auf einmal war er da. Im Nu fand ich mich am Boden wieder. Verdammter Schlamm! Ich sprang auf, dachte nicht nach, reagierte nur. Instinktiv: Griffe, Würfe, Abwehr. Ian war überall zugleich. Überall und nirgends. Verdammt!

Nach kurzer Zeit verlagerte sich der Kampf auf den Boden. Normalerweise brächte mir das Vorteile. Gegenüber drahtigen Typen war ich mit meiner robusten Statur am Boden eher im Vorteil. Ihre Beweglichkeit nutzte ihnen da weniger, ich konnte meinen Vorsprung an Körperkraft ausspielen. Dummerweise war Ian auch kein drahtiger Typ. Trotz des kräftezehrenden Bodenkampfs ließen sich bei ihm keine Ermüdungserscheinungen feststellen. Ian war eben nicht Hinrich. Wo blieben eigentlich die Jungs vom MEK?

Noch hielt Ian sich an die Vereinbarungen. Er schlug und trat nicht, verhielt sich fair. Es kam mir vor, als lägen wir hier schon eine halbe Stunde im Schlamm. Warum kommen die MEK-Leute nicht?

Immer noch keine Ermüdungserscheinungen bei Ian. Ich durfte jetzt keinesfalls nachlassen. Ihm keine falschen Signale übermitteln, damit er keine Siegeszuversicht schöpfte. Das kostete Mühe, verdammt viel Mühe.

Plötzlich schloss sich seine rechte Ellenbogenbeuge um meinen Hals. Das durfte ich nicht zulassen! Schon drückte sein anderer Arm dagegen. Die Klammer schloss sich. Mir wurde schwarz vor Augen.

In diesem Moment müssen sie uns auseinandergerissen haben. Ich lag auf dem Rücken und kam langsam wieder zu mir. Sie hatten sich Ian geschnappt und drückten ihn unsanft in den Schlamm. Zwischen all den schwarzen Einsatzanzügen tauchte Torsten Hamann auf.

«Herr Ian Kruger? Ich nehme Sie vorläufig fest. Gegen Sie besteht dringender Tatverdacht, Dirk Zimmermann und Gerd Vollmer getötet zu haben.»

Ian antwortete nichts und verhielt sich ruhig. Er wusste, dass Kommentare und Gegenwehr in diesem Moment zwecklos waren. Sie verfrachteten ihn in ein Zivilfahrzeug und schon war er auf dem Weg ins Präsidium.

«Wo habt ihr so lange gesteckt?», fragte ich.

«Wieso, lief doch alles wie am Schnürchen!»

«Mir kam es vor, als hätte ich hier stundenlang mit einem Bären gerungen.»

Torsten lachte und neben ihm tauchte die Jensen auf. Ihr

Outdoor-Anzug war makellos. Sie strahlte und schüttelte mir zur Gratulation die Hand.

Ich war ein klein wenig stolz auf mich.

8

Navigationssystem. Ein Gerät, in dem ein GPS-Empfänger und digitale Landkarten kombiniert sind. Es dient der Berechnung von Routenvorschlägen und der Zielführung.

53.711432,10.107321
Hamburg-Duvenstedt, Wragekamp

Der Treffpunkt war ein Motorradhändler in Hamburgs Norden. Ich stellte die Kati auf dem Kundenparkplatz ab. Es war Torstens Idee gewesen; er hatte die übliche Mail mit GPS-Koordinaten geschickt. In der Betreffzeile der Mail hatte das Wort ‹Abschlussbesprechung› gestanden.

Solange ich wartete, widmete ich mich den ausgestellten Neufahrzeugen. Zwei 16-Jährige drückten sich die Nase an den Schaufenstern vor den Vespas platt. Eigentlich könnte ich mir auch mal eine neue Kiste gönnen. Meine eigene Ninja war doch schon etwas in die Jahre gekommen. Schluss mit Grasgrün. In der Ecke mit den grellbunten Rennern lockte eine 1000er GSX-R in den Suzuki-Hausfarben Blau und Weiß. Orange wäre allerdings auch eine Alternative. Die Kati schaute mich vom Kundenparkplatz her an. Schade, dass die Austro-Bikes so teuer sind.

Aber halt: Irgendwann würden sie meine Kati doch in eine Versteigerung geben. Man müsste einfach nur zuschlagen, wenn es so weit war. Ich beschloss, Torsten danach zu fragen.

In diesem Moment stieg er von seiner grasgrünen Kawa. Wie immer trug Torsten diesen schrecklich vernünftigen schwarzen Gore-Tex-Anzug. Dabei sah es nicht nach Regen aus. Der letzte Guss war beim Einlaufen der ‹Joana› niedergegangen. Zwei Tage war das schon her. Die Sommerluft hatte sich längst wieder aufgeheizt. Er musste in dem dicken schwarzen Ding doch zerfließen! Unerotisch war das Teil sowieso. Ich würde so was freiwillig nicht anziehen. Wegen der Sommerhitze hatte ich heute Morgen statt der Lederhose eine normale Jeans übergezogen. Das Sicherheitsdenken war ja ganz gut und schön, nutzte aber nichts, wenn man in den Protektorenanzügen hart an der Grenze zum Kreislaufkollaps herumkutschierte.

«Ein Glück, dass du kommst, sonst hätte ich womöglich noch ein neues Moped gekauft. Zahlen die dir Provision?»

Torsten hängte den Helm an einen Rückspiegel seiner Ninja.

«Ich dachte, du wärst jetzt auf dem KTM-Trip?»

«Kann schon sein. Im Ernst, sagst du mir Bescheid, wenn die KTM in die Versteigerung geht?»

Torsten schaute mich an, die Mundwinkel zuckten und er nickte.

«Wenn's weiter nichts ist. Das kann ich dir gern versprechen; ich kenn da jemanden. Ob's klappt, kann ich allerdings nicht garantieren. Du musst mir nur noch sagen, wie viel du anlegen willst. Und am besten gibst du sie ungeputzt und ohne Klebestreifen auf der Sitzbank ab. Für etwaige andere Interessenten soll sie möglichst unattraktiv rüberkommen.»

«Verstehe. Ich mach mal Kassensturz und schick dir 'ne Mail. Nun aber mal Klartext. Wozu hast du mich hierherbestellt?»

«Das wird heute gewissermaßen unsere Abschlussbesprechung. Natürlich hätten wir uns auch im Präsidium treffen können. Aber ich bummele lieber Überstunden ab. So können wir noch mal 'ne Runde ordentlich Gummi geben. Wer weiß, wann wieder jemand mitten in der Woche mit mir 'ne Motorradtour macht. Die Jensen hat's übrigens gleich genehmigt. Bei der haben wir beide momentan 'nen Stein im Brett.

Reiß dich mal von den Suzukis los und sieh zu, dass du in Wallung kommst.»

Ich folgte Torsten aus der Stadt hinaus. Er legte das gewohnt schnelle Tempo vor, hielt sich dabei jedoch sklavisch an jede Geschwindigkeitsbegrenzung. Mir schien, jedes einzelne Dorf hatte vor der Schulbushaltestelle die zulässige Höchstgeschwindigkeit auf 30 km/h beschränkt. So zuckelten wir durch die Gegend und durchquerten irgendwann die Kreisstadt Bad Oldesloe.

Ich konnte mir nur schwer vorstellen, dass jetzt Schluss sein sollte. Schluss mit aufregenden Mitteilungen in ‹GayRomeo›, Schluss mit den noch aufregenderen anonymen Treffen. Na ja, mit Flo war sowieso schon Schluss.

Stattdessen in Düsseldorf die immer gleichen Dienste schieben. Dienste mit den Kollegen, deren Verhalten ebenso pflichtbewusst wie vorhersehbar war. Angefangen bei Bergner. Bergner würde mir abraten, die Kawa zu verkaufen. Je älter ein Motorrad, desto geringer sei der Wertverlust. Deswegen hätten seine Frau und er ja damals den gebrauchten Wohnwagen erstanden. Und überhaupt, totfahren könnte ich mich auch mit der alten Kawa.

Dann Sakowski. Ich bemühte mich, im Zusammenhang mit Sakowski nicht an Worte wie ‹Spinner› oder ‹Idiot› zu denken. Sakowski würde niemals alle Einzelheiten meines Einsatzes in Hamburg erfahren. Doch er würde Details aufschnappen. Und er würde eins und eins zusammenzählen können. Die Summe ergäbe einen seiner berüchtigten Sprüche auf dem schmalen Grat zwischen Wahrheit und schlechtem Geschmack.

Petersdorff würde offiziell ebenso wenig von diesem Einsatz erfahren wie Sakowski. Doch im Gegensatz zu Sakowski würde er in einem vertraulichen Vieraugengespräch ohne Umschweife danach fragen. Und ich wusste jetzt schon, dass ich alles haarklein berichten würde. Man hatte keine Geheimnisse vor Petersdorff, denn man konnte sicher sein, dass kein einziges Detail die vier Wände seines Dienstzimmers verließ. Petersdorff würde den Kauf der KTM begrüßen. Für ihn wäre dies ein erster Schritt auf dem Weg zur einzig wahren Sportart, dem Motocross.

Zwischenzeitlich waren wir von Bad Oldesloe über herrlich kurvige Nebenstrecken nach Ahrensbök gefahren, wo wir an einer freien Tankstelle am Ortseingang Sprit fassten. Die Tankstelle hatte einen Tisch mit Bänken aufgestellt, ideal zum Pausieren zwischendurch. Doch Torsten wusste eine noch bessere Stelle am Straßenrand, wo wir ungestört waren.

Wir bogen in eine schmale Landstraße ein, die nur eine einzige Fahrspur breit war. Sie schlängelte sich durch die ostholsteinische Landschaft, und mir dämmerte, warum man die Gegend hier auch ‹Holsteinische Schweiz› nennt. Die Ninja vor mir wurde sauschnell, und ich musste mich ranhalten, um dranzubleiben. Plötzlich bremste Torsten abrupt neben einer Sitzgruppe am Straßenrand. Man hatte sie wohl für Fahrradtouristen aufgestellt, jedenfalls war kein Platz, um einen Wagen zu parken.

Wir stellten die Motorräder auf den Grünstreifen zwischen Fahrbahn und Pferdekoppel und machten es uns gemütlich. Torsten zog eine Rolle Doppelkekse aus seinem Tankrucksack und legte die geöffnete Packung einladend auf den Tisch. Ich sah ihn erwartungsvoll an.

«Und, den Einsatz vorgestern gut überstanden?», fragte er.

«Eine Zeit lang dachte ich, euer MEK würde niemals auftauchen.»

«Na ja, wir wollten schließlich abwarten, bis er tatsächlich seinen Würgegriff ansetzt.»

«Wie bitte? Ich glaube, ich höre nicht richtig.»

«Der Staatsanwalt hat einen Haftbefehl beantragt und Ian Kruger ist gestern in U-Haft genommen worden. Damit ist der Fall praktisch abgeschlossen. Den Papierkram erledigen wir. Du kannst deinen Einsatz als beendet betrachten.»

Ich wusste nicht recht, was ich antworten sollte. Den Einsatz als beendet betrachten. Irgendwie kam es mir nicht so vor.

«Seid ihr euch sicher mit Ian?»

«Alles spricht gegen ihn. Wir haben seine Kabine auf dem Schiff durchsucht und den Laptop sichergestellt. Ian hat Kontakt zu allen Opfern gehabt. Auf seiner Festplatte fand sich eine säuberlich sortierte Bildersammlung. Alle Opfer haben ihm Bilder geschickt, auch dein Freund Gerd.»

Ich schluckte, als der Name fiel.

«Meinst du, der Besitz von Bildern ist ein gerichtsfester Beweis?»

«Natürlich nicht. Aber wie es aussieht, hat er keine Alibis. Jedes Mal, wenn der Täter zuschlug, war Ian Krüger auf einem Schiff irgendwo in der Nähe. Wenn nicht in Hamburg, dann in Travemünde, Warnemünde, Kiel oder Kopenhagen. Er hat eine bemerkenswerte Vorliebe für Ostsee-Kreuzfahrten. Dann haben wir ja noch die Aussage von Hinrich Petersen. Er und Ian Kruger haben sich zweifellos zu einem Überraschungskampf getroffen. Und unser verdeckter Ermittler auch. Du siehst, warum ich den Würgegriff abwarten wollte.»

«Und trotzdem. Warum hat Ian so vernünftig alle Regeln für den Kampf abgesprochen?»

«Vielleicht wollte er dich in Sicherheit wiegen? Egal warum, das ist jetzt unser Job, noch ein paar belastende Spuren zusammenzutragen. Er muss sich Autos gemietet haben, um zu den Treffs zu kommen. Irgendjemand wird ihn dabei gesehen haben, vielleicht hat er seine Kreditkarte benutzt. Die Jensen hat jedenfalls deinen Einsatz für beendet erklärt.»

«Tja, dann hilft das alles nichts. Werd ich wohl nach Düsseldorf zurückmüssen. Hamburg fing grad an, mir zu gefallen.»

«Wenn es weiter nichts ist, kann dir geholfen werden.»

«Inwiefern?»

«Die Chefin lässt einen schönen Gruß ausrichten. Sagt, sie sei sehr zufrieden. Und du kannst mir glauben, sie sagt das nur sehr, sehr selten. Eigentlich eher nie, aber das ist ein anderes Thema. Ich soll dich ermuntern, nach Hamburg zu kommen. Wenn du dich hier bewerben willst, dann kannst du auf ihre Unterstützung zählen.»

Ich war platt, bedankte mich förmlich und versprach, mir die Sache zu überlegen. Torsten packte die Doppelkekse wieder ein und wir machten uns gemeinsam auf die Rückfahrt.

Zurück in Hamburg, stellte ich die Kati vor dem schrecklichen Hochhaus ab und stieg in den Fahrstuhl. Ein bisschen wehmütig legte ich den Helm auf die Garderobe im winzigen Flur. Morgen würde ich meine Sachen packen.

Ich schaute aus dem Fenster. Unten auf der Wandsbeker Chaussee rollte die Blechlawine in stetem Strom vorbei. Es gab wahrhaftig idyllischere Plätzchen in dieser Stadt.

Im Kühlschrank müssten eigentlich noch ein paar Flaschen Holsten liegen. Auf dem Weg in die Küche klingelte mein Handy.

53.552917,10.017756
Hamburg-St. Georg, Böckmannstraße

«Luke Bullson?»

Seltsam. Wer kannte denn da meinen Künstlernamen? Und meine Handynummer noch dazu?

«Wer spricht?»

Am anderen Ende der Leitung hüstelte jemand, vielleicht sollte es sich wie ein Lachen anhören.

«Hier ist Orkan. Meine deutschen Freunde nennen mich übrigens Ork.»

«Hallo Ork. Meine Freunde nennen mich Lars und nicht Luke Bullson.»

«Lars, was machst du grad? Ich hab heute Nachmittag frei. Hast du Bock auf Training?»

Nanu, wie kam ich denn zu der Ehre? Im Grunde war das eigentlich keine schlechte Idee. Ein gemeinsames Training könnte mich an meine Grenzen führen. Die Einladung klang vielversprechend. Kurz entschlossen sagte ich zu. In einer halben Stunde würden wir uns vor der Muckibude treffen, in der Orkan trainierte. Er diktierte die Adresse. Böckmannstraße. Ausnahmsweise mal keine Koordinaten.

Als ich aus dem Smart stieg, stand er schon da und wartete. Seine Arme spreizten sich wie immer von seinem massigen Körper, als bereite es ihm Mühe, sie einfach hängen zu lassen. Zur Begrüßung streckte er mir die Rechte entgegen und präsentierte sein schiefes Lächeln. Ich konnte mir nicht helfen, dieses Lächeln verlieh dem ansonsten so robusten Mann einen Hauch von Schüchternheit.

«Lass uns reingehen, bevor jemand dein peinliches Auto sieht. Voll schwul!»

Ich verriegelte den schwulen Kleinwagen, warf die Sporttasche lässig über die Schulter und folgte ihm hinein. Die Eingangstür quietschte ein wenig in den Angeln. Hier ging es offenbar anders ab als zu Hause im Top-Fitness. Keine blendenden Halogenstrahler, keine Mädels im Sport-BH hinterm Tresen. Stattdessen ein loftmäßiger alter Fabrikraum, vielleicht eine ehemalige Druckerei, die gesamte Fläche vollgestellt mit Kraftmaschinen und Hanteln. Aus Lautsprechern kam Rockmusik; massige Männer mühten sich konzentriert an den Maschinen. An einer Wand hingen vergilbte Schwarz-Weiß-Bilder, auf einem Bord verstaubten Pokale.

Es roch nach Schweiß. Spinning? Fehlanzeige!

Am Tresen legte ich einen Fünf-Euro-Schein in die Kaffeekasse. Ork musterte mich von oben bis unten.

«Beine?», fragte er.

Ich nickte. Warum nicht. Schließlich wäre das ein Heimspiel für mich. Nahm ich jedenfalls an, denn ich hatte noch nie zuvor mit Ork trainiert. Wir zogen uns um und anschließend führte er mich zu einem Kniebeugenständer. Zum Aufwärmen absolvierten wir etwa 20 Kniebeugen mit leerer Hantelstange. Dann legte Ork Hantelscheiben auf, dass ich mich schon anstrengen musste, um dranzubleiben. Wir benutzten abwechselnd seinen Gewichthebergürtel. Zwischendurch wurde nicht gesprochen, nur gezählt. Nach den Kniebeugen verlagerte Ork das Training an eine 45-Grad-Beinpresse.

Dort verausgabten wir uns so, dass ich am Ende kaum noch gehen konnte. Schließlich standen wir nebeneinander im Duschraum. Ork seifte sich genüsslich sein Gemächt ein und grinste mich schief an. Gesprochen wurde kein Wort.

Eineinhalb Stunden nachdem wir uns getroffen hatten, standen wir wieder auf dem Gehweg vor der Muckibude.

«Gehen wir noch was essen?», fragte ich.

Ork nickte. Besonders mitteilsam war er ja nicht gerade. Er schlenderte zu meinem Smart und wartete.

«Willst du etwa in dieses superschwule Auto einsteigen?»

Wieder nickte Ork. Ich betätigte die Fernbedienung.

«Und wenn dich jemand sieht?»

«Egal.»

Nicht weit von dem scheußlich-schönen Hochhaus war mir mal ein Steakhaus aufgefallen. Das steuerte ich jetzt an. Unmittelbar vor der Tür konnte ich den Smart in eine winzige Parklücke zirkeln. Was für eine Genugtuung! Ork staunte bestimmt. Kurz darauf saßen wir im Restaurant und studierten die Karte. Orkan sprach immer noch nicht.

«Woher hattest du eigentlich meine Handynummer?»

«Karsten.»

Aha. Irgendwie musste es mir doch gelingen, ein Gespräch zustande zu bringen.

«Das war das schweigsamste Training, das ich je hatte.»

«Ich hasse Kerle, die mich beim Pumpen zutexten», antwortete Ork, «meinetwegen können wir das häufiger so machen.»

Der Salat wurde serviert. Schweigsam verschlang Orkan Tomatenscheiben. Doch dann, als er sich das letzte Salatblatt einverleibt hatte, fing er tatsächlich zu sprechen an.

«Was nimmst du zusätzlich noch an Proteinen und so?»

Ich zuckte die Achseln.

«Na ja, eigentlich nichts regelmäßig. Hab mir 'ne Zeit lang mal Proteindrinks gemixt, Kreatin mit O-Saft getrunken, und dann hatte ich so Dinger zum Kauen mit verzweigtkettigen Aminosäuren. Die schmeckten fürchterlich.»

«Wenn du was brauchst, dann sag Bescheid. Ich kann dir was besorgen, zu korrekten Kursen ...»

Aha, Ork handelte also mit Eiweißpülverchen. Ich musste an den schönen Tim im heimischen Top-Fitness denken.

«Und wenn du willst, astreines Testo.»

Ach, er dealte auch noch mit anabolen Steroiden?! Ich winkte ab.

«Nee, lass mal, noch hab ich genug Eigenproduktion.»

Mittlerweile waren wir beim Steak angelangt. Wieder erstarb das Gespräch und wir kauten schweigend.

«Außerdem bin ich nur noch morgen in Hamburg. Ich geh zurück nach Düsseldorf.»

Ork schaute mich an. Sah ich da Enttäuschung in seinen Augen?

«Gefällt's dir nicht in Hamburg?»

«Doch, schon. Aber mein Einsatz hier ist zu Ende.»

Das Wort ‹Einsatz› war mir so rausgeflutscht.

«Wie, Einsatz?»

«Einsatz. Ich dachte, da wo du aufgewachsen bist, riecht man Bullen, bevor sie um die Ecke kommen.»

«Ey, das war 'n Scherz ...»

Seine beiden dunkelbraunen Augen musterten mich eine ganze Zeit lang. Der Farbunterschied zwischen Iris und Pupillen war nur marginal. Ich konnte nicht beurteilen, ob er mir glaubte oder nicht. Das war aber letztlich auch egal. Die ohnehin schon träge Konversation erstarb vollends. Wir zahlten mit getrennter Rechnung und Orkan nahm die U-Bahn.

Meinetwegen hätte er auch mit hochkommen können.

53.567286,10.041689
Hamburg-Eilbek, Eilbeker Weg

Am nächsten Morgen fiel mein erster Blick auf die drei Umzugskartons. Flach gelegt hatte ich sie im Schlafzimmer hinter den Kleiderschrank geschoben. Nur ein schmaler Pappstreifen lugte hervor. Auf meinem Weg ins Bad zog ich sie heraus und lehnte sie gegen die Heizung. Heute war Packen angesagt.

Nach dem Frühstück stellte ich den ersten Karton auf. Der war für die Motorradsachen. Schade, die Ausfahrten mit Torsten würde ich vermissen.

Wenigstens wollte ich ein letztes Mal den iMac hochfahren. Noch mal bei ‹GayRomeo› nach eingegangenen Mitteilungen schauen. Der Einsatz war zwar vorbei, aber wo stand geschrieben, dass man dort nicht auch ohne Einsatz stöbern durfte? Eben.

Hinrich hatte eine Nachricht hinterlassen. Zurück aus dem Urlaub. Von den Kanarischen Inseln ins nördliche Schleswig-Holstein. Mich fröstelte. Wenn er wüsste, dass Ian jetzt hinter Schloss und Riegel saß, nicht zuletzt auch seiner Information wegen. Dennoch, ein paar freundliche Worte aus Ecktown, ich freute mich. Der Message nach zu urteilen hatte er im Süden seinen Spaß gehabt. Hinrich war kein Kind von Traurigkeit.

Flo hatte ja schon von Zusammenleben und gemeinsamer Wohnung geträumt. Ob Hinrich auch solche spleenigen Ideen hatte? Vermutlich nicht, er war ja eher der Bodenständige. Oder gerade deswegen? Spaßeshalber versuchte ich mir vorzustellen, wie das wäre. Mit jemandem wie Hinrich zusammenleben. Leben auf dem elterlichen Bauernhof, die Mama ist auch noch da. Macht den Haushalt und kocht. Jobmäßig ein beschauliches Dasein als Dorfsheriff irgendwo an der dänischen Grenze. Aufpassen, dass die Trinksportvereine der Gemeinde nicht über die Stränge schlagen. Oder mit ihnen gemeinsam über die Stränge schlagen. Nach Dienstschluss ein zünftiger Ringkampf auf dem Acker hinter dem Hof. Die Nachbarn müssten sich früher oder später daran gewöhnen. Am Wochenende eine Runde Motorrad fahren: Kappeln, Sörup, Satrup, Sterup, Schleswig. Die Kati fliegen lassen. Hinrich hatte ein Bild beigefügt: Die Husqvarna war fertig. Das schmale Motorrad versank fast unter dem massigen Mann. Und dann war da noch ein Link zu ‹YouTube›.

Hoffentlich nicht irgendwas von diesen Schenkelklopfer-Dingern, lustich, lustich, hahaha. Da konnte ich ja überhaupt nicht drauf. Ich klickte und es öffnete sich ein Musikvideo. Rummelsnuff, ein Kerl, der vom Ringen sang! Zum Glück hat der iMac ein gutes Soundsystem, sodass ich den Ton einigermaßen laut drehen konnte:

Du ein Mann, ich ein Mann,
beiden juckt das Fell.
Zum Ringen auf die Matte jetzt,
zum Kampfe, aber schnell.

Der Mann hatte ein paar Kilo Muskelmasse mehr drauf als ich. Sein Gegner im Video war vom gleichen Kaliber.

Während es aus dem iMac röhrte, machte es ‹Bing›. Eine weitere Nachricht war in ‹GayRomeo› eingetrudelt. Sie kam von ‹Destroyer›. Kannte ich nicht.

‹Destroyer: Hallo Bullenbeisser. Biete dir die einmalige Chance auf einen Überraschungskampf. Traust du dich oder kneifst du? Sei morgen früh um 05:15 Uhr am angegebenen Ort und finde heraus, ob du ein Mann bist: 53.821138,10.24731.›

So ein Quatsch! Bestimmt war das ein blöder Scherz. Vielleicht von Hinrich oder Orkan. Jemand wollte mich hochnehmen. In ‹YouTube› doppelklickte ich ein weiteres Mal den Ringer-Song. Rummelsnuff schulterte grad seinen Gegner. Das konnte ich auch.

In diesem Moment klingelte es an der Tür und ich drehte den Reibeisengesang leise.

Im Treppenhaus hüstelte jemand. Ich schaute durch den Spion. Draußen stand Karin, die Nachbarin mit dem eifersüchtigen Ex. Ich öffnete die Tür.

«Hallo Lars, ich habe mich immer noch nicht bei dir entschuldigt und bedankt.»

«Entschuldigt? Wofür? Komm doch rein.»

Karin drückte mir auf dem Weg ins Wohnzimmer eine

Packung Merci in die Hand. Ich zeigte auf den einzelnen Sessel und sie nahm Platz.

«Ich wollte mich wegen Wolfgang entschuldigen. Er hat dir ganz schön zugesetzt. Du warst doch ein paar Tage im Krankenhaus. Wie geht's dir denn?»

«Schon vergessen. Dafür hast du vermutlich ein paar Jahre Ruhe vor ihm.»

«Es klingt irgendwie albern, aber Eifersucht kann echt die Hölle sein. Wer es nicht mal selbst mitgemacht hat, kann das kaum nachvollziehen.»

Doch, das konnte ich. Flos Eifersuchtsanfall hatte mich an jenem Abend überhaupt erst dazu verleitet, vier Flachmänner Doppelkorn zu vernichten.

«Im Grunde hatte ich Wolfgang gern. Nur immer diese Kontrollen. Es war furchtbar! Und am Ende musst du das auch noch ausbaden. Ich würde mich gern irgendwie bei dir revanchieren.»

«Ach was, lass mal!»

Einen Moment lang sahen wir uns stumm an.

«Willst du etwa umziehen?» Karin deutete auf den Umzugskarton mit den Motorradsachen im Flur.

«Ja, ich muss wieder zurück nach Düsseldorf. Hat berufliche Gründe.»

Karins Mundwinkel sackten hinunter.

«Brauchst du vielleicht jemand, der dir hilft, hier klar Schiff zu machen? Du musst doch bestimmt die Wohnung sauber zurückgeben.»

Mir fiel ein Stein vom Herzen. Sauber machen war das Letzte, wozu ich hier Lust hatte.

«Das wäre super.»

«Hey, du strahlst ja richtig. Wie es aussieht, tu ich dir damit wirklich einen Gefallen ... Ihr Männer seid doch alle gleich!»

Karin stand auf und ging in Richtung Wohnungstür.

«Weißt du was, pack mal in Ruhe und klingel bei mir, wenn es so weit ist.»

«Alles klar. Das können wir morgen machen. Übermorgen fahre ich zurück nach Düsseldorf.»

Sie schüttelte mir die Hand und entschwand in ihre eigene Wohnung. Nur ein leichter Parfümgeruch blieb hängen. Ich öffnete das Fenster und ließ frische Luft herein.

Auf dem iMac war das Video schon lange ausgelaufen. In ‹YouTube› wechselten Thumbnails von anderen Musik- und Ringervideos einander ab. Ich klickte die Seite weg, wechselte zu ‹GayRomeo› und las nochmals diese merkwürdige Nachricht von ‹Destroyer›.

Das konnte doch kein Zufall sein. Ich öffnete das zugehörige Profil. Nichtssagend. Wie erwartet. Angeblich war er 99 Jahre alt. Ein klassisches Faker-Profil. Jemand machte sich einen Scherz. Und dieser Scherz klang verdammt verlockend.

Neben dem iMac lag noch die DVD, die Karsten Schliep mir ins Krankenhaus gebracht hatte. Ich legte sie ein und sah mir das Video an. Luke Bullson gegen Rocco Sporgenti. Schade eigentlich, dass Ork gestern so schnell wegmusste. Ich warf die Disc wieder aus und steckte sie zurück in die Plastikhülle.

Meine Güte, beinahe hätte ich tatsächlich vergessen, mich bei Karsten Schliep zu verabschieden. Peinlich! Ich griff zum Telefon und wählte. Ein Mann mit Kopfstimme meldete sich und ich verlangte Karsten.

«Wer spricht?», fragte die Kopfstimme.

«Luke Bullson.»

Der Hörer wurde weitergereicht.

«Hallo Lars, was liegt an?»

Das war der Tonfall, den ich von Karsten kannte.

«Hallo Karsten, ich wollte mich verabschieden.»

«Verabschieden?»

Ich erklärte ihm, dass ich aus beruflichen Gründen wieder nach Düsseldorf zurückmüsse.

«Aber warum sagst du denn nichts. Warst du nicht irgend so ein Medienfuzzi? Gestalter oder so? Ich habe jede Menge

Verbindungen, ich besorg dir 'nen Job in Hamburg, wenn's sein muss.»

Ich wehrte ab und beharrte auf Düsseldorf. Unglaubwürdig kam ich mir vor. Um nicht ganz wie ein Verräter dazustehen, versprach ich bei Bedarf für Videoproduktionen nach Hamburg zu kommen.

«Dann kann ich wohl an deinem Entschluss nichts mehr ändern. Reisende soll man eben nicht aufhalten.»

Karstens Lachen hallte ein bisschen zu laut durch das Telefon. Ich verabschiedete mich und legte auf. Eigentlich hätten wir zum Abschied noch was essen gehen sollen. Na ja, bestimmt hatte er bei sich schon einen anderen Kerl sitzen, scharf darauf, die Hauptrolle in einem der Videos zu bekommen. Rasch unterdrückte ich den Gedanken. So etwas wie Eifersucht würde ich mir niemals erlauben, auf gar keinen Fall.

53.821138,10.24731
Amt Bargteheide-Land, Gemeinde Travenbrück

Vielleicht hätte ich Torsten Hamann informieren sollen.

Quatsch!

Die Mordserie war vorbei. Der Tatverdächtige saß in Untersuchungshaft. Warum zum Abschluss meines Einsatzes nicht einfach ein bisschen Nervenkitzel genießen. Vielleicht wartet ja jemand wie der dicke Wikinger auf mich. Was weiß ich. Das war ja Teil der Spannung. Man würde sehen ...

Der angegebene Treffpunkt lag nördlich von Hamburg auf halbem Wege nach Bad Segeberg. Es war halb fünf morgens. Ich fuhr mit dem Smart nordwärts auf der B432. Die sanfte Frauenstimme des Navi wies den Weg. Ich bog rechts ab, verließ die Bundesstraße und fuhr an einer Art Krankenhaus vorbei, das als ‹Forschungszentrum› ausgeschildert war. Ich folgte einer Kreisstraße. Nach dem nächsten Dorf ließ mich das Navi nach links abbiegen. Die schmale Nebenstraße führte direkt zu einem Hügel, auf dem ein Fernmeldeturm stand. Die gesamte westliche Hälfte des Hügels war bewaldet. Ich parkte den Smart unterhalb des Turms.

Ein Radweg verlief parallel zur Straße. Ich folgte ihm ein Stück den Hügel hinab. Auf der anderen Straßenseite zweigte ein Waldweg ab. Die Kreissparkasse Stormarn hatte einen Rundweg ausgeschildert.

Vom Waldrand hatte man in Richtung Südwesten eine wunderbare Aussicht, doch dafür hatte ich im Moment keine Zeit. Mitten im Wald standen einige künstlich angehäufte Hügel, die Eingänge zu Bunkern tarnten. Ich kontrollierte die Bunkereingänge. Alle Türen waren zugeschweißt. Jemand hatte Schilder angebracht. Dies seien Rückzugsräume für Fledermäuse. Ich war beruhigt, dass ich nicht in aufgelassenen Bundeswehrbunkern umherstolpern musste. Das hätte mir noch gefehlt.

Von Westen her strich ein kühler Wind durch den Wald. Ich hatte mir Sportklamotten angezogen. Jogginghose und T-Shirt. Das Kapuzenshirt lag im Wagen, ganz wie bei der Festnahme von Ian. Doch das war am Nachmittag gewesen. So früh am Morgen fröstelte ich. Besser ein Stück laufen? Nur die Ruhe.

Der Rundweg machte einen Knick und der Waldrand gab den Blick auf Äcker in nördlicher Richtung frei. Da vorn, dort musste es sein. Ein Trampelpfad zweigte ab. Ich stapfte durch das Gebüsch. Das Unterholz wurde immer dichter. Ein morgendlicher Waldlauf wäre hier ausgesprochen idyllisch.

Doch ich suchte keine Idylle. Ich suchte den Kampf.

Eine Brombeerranke traf mich beinah im Gesicht. Weitere Ranken hingen kreuz und quer herum. Ich schob sie vorsichtig mit den Fingern beiseite. Handschuhe bräuchte man jetzt. Nur noch zwei Schritte, dann wäre ich durch die Brombeeren durch. Nur noch eine letzte große Ranke beiseiteschieben. Besonders hässliche Stacheln schauten mich an.

In diesem Moment traf mich ein Hieb am Kopf und ich fiel zu Boden. Die Brombeerranke schnellte durch die Luft. Es wurde dunkel.

53.821138,10.24731
Amt Bargteheide-Land, Gemeinde Travenbrück

Es ist schön, tief und fest zu schlafen. Ganz weit in der Ferne spürte ich ein Pieken. Etwas piekte in meine linke Wade. Störte die Ruhe. Noch einmal. Es kribbelte. Kratzen half nicht. Es piekte wieder, nun auch rechts. Schon begann das Kribbeln auch im Nacken. Verflucht!

Die Hand war ganz schmutzig. Erdverschmiert. Wo lag ich überhaupt? Ich wollte den Kopf heben. Es ging nicht. Jemand klopfte von innen mit einem Hammer gegen die Stirn. Ich ließ den Kopf wieder sinken.

Tausend Nadelstiche am Hinterkopf. Ich lag auf einem Kissen aus Tannennadeln. Es kribbelte nun auch im Gesicht und ich wischte das Kribbeln weg. Prompt saß es nicht mehr im Gesicht, sondern auf der Hand. Es bewegte sich Richtung Ärmel. Eine Ameise!

Genau genommen nicht nur eine Ameise. Dutzende! Sie krochen die Beine hoch. Sie krochen in den Nacken. Sie krochen überall. Ich musste hier weg.

Doch da war noch der Hammer. Erbarmungslos klopfte er gegen die Stirn. Verdammter Mist!

Ich richtete mich Stück für Stück auf, lehnte rücklings gegen einen Baumstamm. Der Geruch frischen Harzes mischte sich mit dem Aroma der feuchten Erde. Nicht weit von mir keuchte etwas. Bitte nicht noch mehr Tiere. Am besten die Augen offen halten. Klar doch, ich war mitten im Wald. Jetzt erinnerte ich mich. Zwischen den Nadelbäumen wuchs keine Krautschicht. Nur Nadeln, weich und stachelig zugleich.

Woher kam nur das Keuchen? Da vorn: Zwei Gestalten im Gegenlicht. Ich hob die rechte Hand vor die Stirn, um einen Sonnenstrahl abzuschirmen. Ich kannte die beiden.

«Lars? Hallo!»

Wer sprach da?

«Was ist? Mein Schädel ...»

«Lars, hilf mir!»

Plötzlich mischte sich eine andere Stimme ein, ganz außer Atem.

«Hilf lieber mir, der Kerl ist ja völlig durchgedreht!»

Was? Wer? In meinem Kopf hämmerte es unentwegt.

Die beiden Gestalten kämpften miteinander. Eine blonde Person konterte den Angriff eines stämmigen Mannes. Der stämmige Mann fluchte.

Irgendwas stimmte hier nicht. Ich musste unbedingt das Hämmern abstellen. Konzentriere dich, Lars Brentrop!

Ich rappelte mich hoch und tappte ein paar Schritte auf die Kämpfenden zu. Flo und Karsten! Das waren Flo und Karsten in einem verbissenen Kampf!

Flo sah mich kommen, seine Augen hellten sich kurz auf. Karsten nutzte den Moment der Ablenkung und versetzte ihm einen Fausthieb. Flo ging zu Boden, Karsten begrub ihn unter sich.

«Lars, hilf mir! Er will dich totschlagen.» Flos Stimme klang hell und schrill. Er hyperventilierte.

Karsten dröhnte mit Bassstimme. «Du blöder, eifersüchtiger Idiot, mit 'nem Polizeiknüppel!»

Ich schaute mich um. Tatsächlich, dort lag ein Tonfa unter den Brombeerranken. Langsam wurde es Zeit, sich einzumischen.

«Jetzt mal Klartext. Flo, hast du mich niedergeschlagen?»

Flo befreite sich wieder aus der Umklammerung und sprang auf. Er zielte mit einem Tritt auf Karstens Brust, traf aber ins Leere.

«Quatsch. Denk nach. Würde ich dich schlagen?»

Karsten umkreiste Flo, die Kerbe in seinem Kinn vertiefte sich.

«Meine Güte, hat Lars nicht auch so einen Überraschungskampf verdient? Und dann kommt der eifersüchtige Ex angeschlichen und ruiniert alles!», brummte seine sonore Stimme, bevor er zuschlug.

Flo ging zu Boden, rollte sich ab und stand im Nu wieder.

Karsten hatte sich den Kampf als Überraschung ausgedacht? Eine coole Idee! Wahrscheinlich war er deswegen gestern Abend so kurz angebunden gewesen. Wollte nichts verraten. Tatsächlich: Trotz Anstrengung und Konzentration waren da immer noch die Lachfältchen. Karsten ließ gerade eine Serie von Faustschlägen auf Flo niedergehen.

«Lars, der Typ hat dich überfallen! Wenn ich nicht gewesen wäre ...», bettelte Flo aus der Deckung heraus.

Das war ja nicht auszuhalten. Karsten brachte ihn wieder zu Fall. Musste Flo sich so lächerlich machen?! Im Nachhinein war ich mir sicher: Er war es auch, der die Sitzbank zerschlitzt hatte. Das nahm ich ihm wirklich übel. Die Kati hatte mit all dem nichts zu tun. Womöglich war er sogar auf das Krad eifersüchtig gewesen, weil er mich mit Torsten Hamann fahren lassen musste. Selbst hatte er ja keins.

Flo kam nicht schnell genug wieder auf die Beine. Karsten warf sich auf ihn.

Die Sache mit Karsten Schliep und den Videos war Flo von Anfang an ein Dorn im Auge gewesen. Dabei war dieser Kampf heute doch eine tolle Idee. Klar, dass Flo nicht locker genug sein konnte, um sich mit mir zu freuen. Im Gegenteil, obwohl wir Schluss gemacht hatten, überwachte er mich. Spionierte mir nach. Benahm sich wie eine widerliche eifersüchtige Schwuchtel. Zog mir eins mit dem Tonfa über den Schädel. Pfui Teufel.

Die beiden Kontrahenten lagen ineinander verkeilt auf dem Boden und pflügten die Tannennadeln. Zeit, einzugreifen. Dem Spuk ein Ende zu bereiten. Ich stand auf, ignorierte den Hammer in meinem Schädel. Von hinten packte ich Flos rechten Arm und drehte ihn auf den Rücken.

Flo stöhnte. «Lars, was machst du ...»

Ich drückte den Arm ein bisschen nach oben, damit es wirklich wehtat. Um dem Schmerz zu entgehen, erhob sich Flo und stand schließlich vornübergebeugt vor mir.

«Verdammt, was soll ...»

Halt doch bloß die Klappe!

«Lars ...» Flos Stimme kippte, dann war endlich Ruhe.

«Was machen wir mit ihm?», fragte ich. «Wir können ihn ja schlecht festbinden. Andererseits ist er nun wirklich zu weit gegangen.»

«Lass mich mal machen», antwortete Karsten.

Er packte Flo am T-Shirt und verpasste ihm einen kräftigen Faustschlag gegen die Schläfe. Flo sackte zusammen. Das T-Shirt zerriss.

«Und jetzt weg hier, bevor jemand kommt», kommandierte Karsten. Zugleich tat er einen Schritt hinter eine der Fichten und zog ein Stativ mit Kamera hervor.

Nanu, was war das denn?

«Dir zuliebe wollte ich den Kampf sogar aufnehmen», erläuterte er auf meinen fragenden Blick hin. «Aber nun erst mal weg hier. Mein Wagen steht da vorn. Ich setz dich dann unten am Parkplatz ab.»

Ein letzter Blick auf den bewusstlosen Flo, dann lief ich hinter Karsten her. Tatsächlich, am nördlichen Waldrand stand Karstens Audi auf einem zugewachsenen Waldweg. Er verstaute Kamera und Stativ im Kofferraum.

«Eifersucht kann echt anstrengend sein», keuchte Karsten und schlug die Wagentür hinter sich zu. «Wann hast du dich denn von dem kleinen Blonden getrennt?»

«Kürzlich erst. An dem Abend, als mich dieser andere Irre überfallen hat. Deswegen war ich ja so stark angetrunken.»

«Und ich hatte mich schon gefragt, ob du ein heimlicher Alki bist. Stimmt es, dass der kleine Blonde ein Bulle ist?»

«Ja, ist er. Und er ist eifersüchtig. Krankhaft eifersüchtig! Ich fasse das einfach nicht!»

«Lass uns mal zu mir fahren, da regst du dich ein bisschen ab. Vielleicht planen wir gemeinsam ein neues Video?»

Karsten schlug mit seiner Pranke kurz und kräftig auf mein Knie. Ich schaute zu ihm hinüber. Die Kerbe im Kinn vertiefte sich, als er Gas gab.

«Was soll's. Es ist ja vorbei.»

Der Waldweg mündete am Fernmeldeturm in die Landstraße, dort stieg ich in den Smart. Karsten jagte den Q7 über die B432 zurück nach Hamburg. Zwischenzeitlich hatte sich die Straße mit morgendlichen Pendlern gefüllt, die in Richtung Hamburg zu ihrem Arbeitsplatz fuhren. Hinter dem Ortsausgang von Nahe scherte Karsten aus und überholte eine Kolonne. Der Motor des Smart kreischte bei dem Versuch, am Audi dranzubleiben.

53.690243,10.113473
Hamburg-Lemsahl, Sarenweg

Durch das schmiedeeiserne Tor rollten wir auf Karstens Grundstück. Dort stand immer noch der blitzsaubere übergroße Dodge Pick-up von Rod Hanson. Wurde das Ding eigentlich nie bewegt?

«Meinst du, Rod würde merken, wenn ich mir den Truck mal ausleihe?»

Karsten machte eine abwehrende Handbewegung. «Denk nicht mal dran!»

Schade. Ich strich über die Motorhaube des Trucks.

Karsten war schon vorweggegangen. Rasch folgte ich ihm zum Wohnhaus, das ich bislang noch nie betreten hatte. In einer großzügigen Designerküche bot er mir einen Stuhl am Esstisch an. Er würde nur kurz duschen und etwas Sauberes anziehen. Er wäre gleich wieder da. Anschließend könnte ich auch duschen.

Aus einem benachbarten Zimmer holte er das superflache MacBook, das er auch im Krankenhaus dabeigehabt hatte.

«Hast du eigentlich schon das Video gesehen, das wir bei eurem Raufwochenende aufgenommen haben?»

Er klappte den Bildschirm auf und schob mir das Notebook hin.

Direkt auf dem Desktop fand ich eine QuickTime-Datei mit dem Namen ‹Raufwochenende.mov›. Ich startete den Film mit Doppelklick. Ein weiteres Mal sah ich den Kampf von Rod Hanson gegen den schwächlichen Glatzkopf, dieses Mal mit den Augen der Kamera. In einer Szene konnte man im Hintergrund Flo und mich deutlich erkennen. Ich trug das Muskelshirt mit dem Aufdruck ‹ROD!› und hatte Flo im Arm. Während ich auf die Kämpfenden sah und sie laut anfeuerte, schaute Flo verliebt zu mir auf. Streng genommen himmelte er mich geradezu an. Ich muss blind gewesen sein. Mit etwas gesundem Menschenverstand hätte man alles vorhersehen können.

Das Video war abgelaufen. Ich ließ den Mauszeiger suchend über den Bildschirm gleiten. Aus berufsbedingter Neugierde klickte ich ‹Benutzte Objekte›. Schließlich kannte ich mich ja auf Macs aus. Eine Liste mit zehn Dateinamen erschien.

Ich überflog die Liste nur kurz, aber dann rührte mich der Schlag. Das konnte doch nicht sein?! Da stand ‹ddorfguy.mov›. Ich wusste, wer ‹ddorfguy› war. Das wollte ich mir genauer anschauen. Ich öffnete die Datei mit Doppelklick.

Ich sah Gerd. Gerd, wie er aus seinem BMW stieg, aufgenommen aus einem Versteck. Gerd in kurzer Jogginghose und Sweatshirt. Mit konzentriertem Gesichtsausdruck schritt er einen Waldweg entlang. Hinter ihm trat ein Koloss aus dem Gebüsch und stürzte sich auf ihn. Der Koloss setzte den Sleeper Hold an. Leise verebbte Gerds Keuchen. Unbarmherzig blieb die Kamera auf Gerds Hals gerichtet. Erst nach geraumer Zeit sagte eine volle Stimme: ‹Kannst loslassen, der ist fertig.› Daraufhin löste Rod Hanson den Griff.

Ich startete noch andere Filme, scrollte im Eilverfahren durch sie hindurch. Ich war in der Höhle des Löwen gelandet. Dummerweise hatte ich das Handy draußen im Wagen gelassen.

Zum Glück lag auf dem Esstisch ein schnurloses Telefon. Ich hatte schon die beiden Einsen getippt, da nahm mir jemand von hinten den Hörer aus der Hand.

«Besser, du legst das Ding beiseite», fistelte eine Stimme.

Zugleich legte sich ein einzelner Finger so an meinen Hals, dass die Halsschlagader darunter spürbar pochte. Die Person hinter mir begann, meinen Nacken zu massieren.

«Wie dumm für dich, dass du diese Videos gefunden hast. Wärst du besser nicht so neugierig gewesen. Dabei hast du das Beste noch gar nicht gesehen. Klick doch mal auf den Kraftpreußen. Das war eine wirklich harte Nuss. Mein Lieblingsfilm.»

Während der Serienmörder in meinem Rücken mir den Hals massierte, scrollte ich mit zittrigen Fingern zur Datei ‹kraftproisse.mov›. Endlich öffnete sich der Film.

«Geht doch», meinte die Kopfstimme hinter mir, «immer wenn ich mal schlecht drauf bin, schau ich's mir an. Dann weiß ich, mir kann keiner.»

Ein kleiner quadratischer Mann spazierte den unvermeidlichen Waldweg entlang. Die Beine holten weit aus und der Oberkörper schwankte im Takt. Der Mann versprühte Selbstbewusstsein. Dann kam Rod ins Spiel und tatsächlich musste er sich anstrengen. Endlich hatte er den Mann am Boden, doch mit dem Würgegriff wollte es nicht so recht klappen. Das lag schlicht daran, dass der Mann beinahe halslos war. So wurde das Video zu einem abstoßenden Beweis von Rods Brutalität. Am Ende gelang ihm der Mord, doch das Video war bald viermal so lang wie die übrigen. Zum Abschluss rutschte der quadratische Mann aus Rods Griff und lag schlaff auf dem Waldboden. Dieses Bild erstarrte als letzter Frame der QuickTime-Datei im Playerfenster.

«Er hat sich so sehr gewehrt und ist am Ende doch ganz sanft entschlafen», kommentierte Rod.

Ich atmete tief durch. Seine Rechte massierte noch immer meinen Nacken, während er mir mit der anderen Hand durchs Haar fuhr. Eines war klar: Rod war größer und breiter als ich. Über seinen Trainingszustand wusste ich nichts. Er musste eine Krankheit oder eine Verletzung erlitten haben, sonst hätte Karsten mich neulich nicht einspringen lassen. Also gab es eine Chance für mich. Einfach würde es trotzdem nicht werden. Einen Vorteil hatte ich auf meiner Seite. Für Rod ging es nur um die Frage: Knast oder nicht Knast. Ich dagegen würde um mein Leben kämpfen.

53.690243,10.113473
Hamburg-Lemsahl, Sarenweg

«So, wenn du willst, kannst du jetzt unter die ...»

Offenbar nichts ahnend kam Karsten in die Küche hereinspaziert, ein Handtuch unter dem Arm. Als er Rod und mich sah, verstummte er.

Ich nutzte das Überraschungsmoment, rammte Rod meinen Ellenbogen in die Leber, sprang auf und lief auf die Tür zu, durch die Karsten gerade gekommen war. Flucht war auf jeden Fall eine bessere Option als Kampf. Nur Dummköpfe halten Weglaufen für feige. Als Karsten versuchte, sich mir in den Weg zu stellen, schlug ich ihm mit der Faust auf die Schläfe und der Mann sackte umgehend in sich zusammen. Das klappte ja schon mal ganz gut.

Die Tür führte in einen Flur. Hinter mir hörte ich Rods Kopfstimme jammern. Anscheinend hatte er sich helfend über Karsten gebeugt, anstatt mich zu verfolgen. Das würde mir einen Vorsprung verschaffen.

Zweimal öffnete ich eine der Türen, die vom Flur abgingen. Doch in allen Räumen waren die Fenster zur Einbruchsicherung verriegelt. Sie ließen sich zwar kippen, aber nicht öffnen. Also lief ich weiter, den Flur entlang. Ich passierte eine stählerne Tür und fand mich plötzlich in einer Umgebung wieder, die mir bekannt vorkam. Klar, das hier war das Studio. Die Stahltür trennte aus Gründen des Feuerschutzes Arbeits- und Wohnbereich. Leider hatte sie eine Besonderheit: Sie ließ sich nur in Gegenrichtung öffnen.

Ich war gefangen.

Jetzt die Ruhe bewahren! Ich sah mich nach einem Telefon um und fand eins im Schneideraum. Es gab zwar ein Rufzeichen, aber kein Amt. Ich wählte die Null und es meldete sich Karstens volle Stimme.

«Lars, mach es dir und uns nicht so schwer. Dort, wo du bist, gibt es keine Amtsleitung. Und es gibt auch keinen Ausgang ...»

Ich legte den Hörer auf. Warum sollte ich mir das Gerede anhören und mich dadurch irremachen lassen. Ich brauchte jetzt einen kühlen Kopf.

Als nächste Maßnahme schob ich das schwere Ledersofa aus dem breiten Flur vor die Tür. So würden sie nicht ohne Weiteres in den Studiotrakt gelangen können.

Dann fielen mir die Macs im Schneideraum ein. Natürlich! Wenn ich von dort eine Internetverbindung bekäme, könnte ich Hilfe anfordern. Ich rannte in den Schneideraum und sah die edlen Alugehäuse der beiden MacPro-Rechner. Ich drückte die Einschaltknöpfe an beiden Geräten und wartete, dass sie hochfuhren. Das taten sie auch, allerdings erschienen auf den Bildschirmen nur Anmeldefenster. Eine Liste bot mir verschiedene User mit Bild zur Auswahl an. Ich klickte auf das Foto von Karsten mit dem vordergründig so sympathischen Grübchen. Nun wollte der Rechner ein Passwort.

Ich dachte einen Moment nach. Wenn Karsten sicherheitsbewusst war, dann hatte er ein kompliziertes Passwort. Allerdings war dies keine große Firma, sondern ein ganz kleiner Laden. Vermutlich kannte Karsten alle User persönlich. Bestimmt hatte er ein naheliegendes Passwort mit persönlichem Bezug gewählt. Ich tippte auf gut Glück ‹destroyer› ein. Das Eingabefenster schüttelte sich. Also falsch. Wie viel Fehlversuche mochte der Mac zulassen? Dann probierte ich es mit ‹testosteron›.

Bingo! Das war ja einfacher, als ich gehofft hatte. Ich war drin. Skype war leider nicht installiert. Also begann ich mit dem Download. Der sollte drei Minuten dauern. Während sich der Ladebalken schleppend bewegte, klingelte es an der Außentür zum Studiotrakt. Nanu?

Vorsichtig spähte ich um die Ecke. Zwei Personen standen draußen. Einer von ihnen betätigte erneut die Türklingel. Das waren Orkan und Flo! Flo trug ein rotes T-Shirt mit dem Aufdruck ‹Türkiye›, in dem er fast völlig verschwand. Ich rannte zur verschlossenen Tür, aber das Glas war so dick, dass eine Verständigung unmöglich war. Ich gestikulierte, wusste aber nicht, ob sie mich verstanden hatten.

Hinter mir rumpelte es im Flur. Das Ledersofa! Ich lief rasch zur Feuerschutztür, rückte das Sofa zurecht und verkeilte es zusätzlich mit einem Beistelltisch. Beinahe wäre es zu spät gewesen.

Als ich zur Eingangstür zurückkehrte, hob Orkan gerade einen großen runden Stein aus dem Garten und warf ihn in die Glasfüllung der Tür. Sie bekam nicht einmal einen Sprung. Am Ende zeigte ich einfach nur noch auf die Eingangstür zum Wohnbereich. Orkan und Flo liefen los.

Ich rannte weiter den Flur entlang und öffnete den einzigen Raum, den ich bislang noch nicht kannte. Auf der Tür stand ‹Requisite›. Der Raum war vergleichsweise klein und vollgestellt mit stählernen Regalen. In den Regalen lag augenscheinlich alles, was zur Herstellung einschlägiger Videos erforderlich war. Ich suchte nach etwas, das ich als Waffe einsetzen konnte. Einen Dildo konnte ich schlecht nehmen, selbst wenn der noch so groß war.

Es rumpelte vom Flur her und ich schaute nach. Rod hatte die Tür aufgedrückt und das Sofa beiseitegeschoben. Er kam lächelnd auf mich zu. Nun wurde es ernst.

In der Requisite musste es doch etwas geben, mit dem man sich verteidigen konnte! Da fiel mein Blick auf Schusswaffen. Das Regal war mit ‹Cop Stuff› beschriftet. Erleichtert griff ich zu, doch die Freude war nur von kurzer Dauer. Bloße Anscheinswaffen aus Plastik. Alles nur Fake, wenn auch sehr hochwertiger.

Draußen im Flur lockte Rod mit seiner Kopfstimme. «Lars, es hat doch alles keinen Sinn für dich. Wenn du dich nicht unnütz wehrst, kann es ganz schmerzlos gehen.»

Aber die Schlagstöcke waren nicht gefakt, sondern echt. Es gab gleich ein Dutzend zur Auswahl, von manchen zwei, drei Stück. Ohne nachzudenken, griff ich nach dem einzigen Tonfa, schob mir noch Handfesseln in die Tasche der Jogginghose und erwartete Rod Hanson neben der Tür. Ich hörte schon das Schlurfen seiner Schritte.

In diesem Moment erscholl ungeheurer Lärm im Wohnbereich. Irgendetwas war mit gewaltiger Kraft zerschlagen worden. Hoffentlich hatten sich Ork und Flo irgendwie Zutritt verschafft.

Der Krach hatte auch Rod Hanson abgelenkt. Ich nutzte die Situation, sprang hervor und stieß ihm mit voller Wucht meine gespreizten Finger in die Augen. Er schrie wie am Spieß. Ich setzte noch einmal nach und rammte ihm den Tonfa in den Magen. Rod Hanson ging zu Boden.

Ja!

Sofort kniete ich mich auf seinen Rücken, um die Handfessel anzulegen. Doch ich bekam die Arme nicht auf den Rücken. Der Mann hatte einfach zu viel Kraft. Obendrein machte er Anstalten, sich aufzurichten. Dass ich auf seinem Rücken kniete, schien ihn nicht weiter zu stören. In meiner Not drückte ich ihm den Tonfa gegen den Kehlkopf, doch auch das stoppte ihn nicht. Er stand schon aufrecht, ich hing an seinem Rücken und klammerte mich an den verdammten Stock, der ihn eigentlich würgen sollte.

Rod machte ein paar Schritte in Richtung Wohnung, mit mir huckepack. Da erschien Flo in der offenen Tür. Er erfasste die Situation augenblicklich, lief auf uns zu und versetzte dem Koloss einen Tritt in den Unterleib. Der sackte zusammen und jaulte, ich hielt den Druck auf seinen Kehlkopf aufrecht.

«Flo, in meiner linken Tasche, nimm die Handfessel. Wir machen ihn da vorn an dem Heizungsrohr fest.»

Flo legte ihm routiniert die Acht an und wir zerrten den wimmernden Koloss zum Ledersofa. Dort ketteten wir das andere Ende der Acht an ein Heizungsrohr.

Geschafft. Ich umarmte Flo.

«Danke!»

«Schon okay, kauf mir einfach 'n neues Auto. Der Peugeot ist als Rammbock draufgegangen.»

In dem Moment flog uns Karsten Schliep vor die Füße. In der Durchgangstür stand Orkan. Er rieb sich die Hände, als wolle er sie von Staub und Dreck befreien.

53.690243,10.113473
Hamburg-Lemsahl, Sarenweg

«Kann mir mal bitte jemand erklären, was hier abgeht?», fragte ich.

Karsten lag bäuchlings auf dem Boden, die Hände auf dem Rücken fixiert. Wütend stieß er die Atemluft hervor wie ein Stier und rüttelte an den Handschellen. Rod kauerte wie ein gefällter Baum auf dem Ledersofa und schniefte leise.

«Du kannst dich bei Flo bedanken», erklärte Orkan, «er war dein Schutzengel.»

Flo nickte.

«Hab ein bisschen auf dich aufgepasst, was du so treibst. Wenn es meine Dienste erlaubten, bin ich immer hinter dir her. Aber wenn Ork nicht geholfen hätte, wäre alles umsonst gewesen.»

«Was hast du denn neuerdings mit Orkan am Hut?», fragte ich.

Statt Flo antwortete Orkan. «Will mich bei der Bullerei bewerben. Flo hat mir neulich Tipps gegeben. Ehrensache, ihm zu helfen.»

«Dann gratuliere ich euch beiden. Ihr habt den Serienmörder zur Strecke gebracht.»

«Ich dachte, der sei längst gefasst?», fragte Flo und sein Unterkiefer klappte herunter.

«Das dachte ich auch. Bis ich vorhin rein zufällig auf ganz spezielle Videos gestoßen bin. Der wirkliche Mörder liegt dort», ich zeigte auf den gefällten Riesen, «und Karsten Schliep hat alles auch noch aufgenommen.»

Karsten lachte hart und laut. «Glaubst du denn, die Welt gibt sich mit diesen gestellten Wrestling-Pornos zufrieden? Pah! Ich orientiere mich nach oben, nicht nach unten. Da sind Leute draußen, die wollen wirkliche Action. Realistisch und hart. Nicht den Kinderkram mit Luke Bullson. Ich hab's dir neulich schon gesagt: Ich habe einen Ruf zu verlieren. Sie bewundern mich wegen dieser Videos. In Japan, China, Amiland. Die ‹Sleeper-Hold-Serie› genießt bei Insidern den besten Ruf. Ich liefere nicht die billige Dritte-Welt-Ware. Hier sterben Westeuropäer, Geschäftsleute, keine Typen aus der Gosse, die niemand vermisst. Und dann bringt Orkan mir gestern die übliche Lieferung Testo und fragt so nebenbei, ob du wohl ein Bulle wärst.»

«So ein Scheiß, woher sollte ich denn ...», rief Orkan dazwischen.

«Ich war wie elektrisiert. Je intensiver ich darüber nachdachte, desto mehr überzeugte mich der Gedanke. Du warst so plötzlich aufgetaucht, hast diese vielen arglosen Fragen gestellt und plumpe Komplimente gemacht. Dann dieses dumme Märchen vom Mediengestalter. Ich kenne genug Werbeleute und du siehst definitiv nicht wie einer aus! Eine Festanstellung hätte ich dir verschaffen können, aber du hast das Angebot, ohne nachzudenken, ausgeschlagen. Du musstest ein Schnüffler sein. Jemand, den sie auf mich angesetzt haben. Wenn ich das alles geahnt hätte! Und dann versaut mir ein eifersüchtiger Cop den ganzen Plan!»

Flo stieß ein triumphierendes Lachen hervor.

«Und warum dann noch die Kamera?», fragte ich.

«Wennschon, wollte ich die Gelegenheit nutzen. Ein toter Bulle auf Video, das wäre es wirklich gewesen, selbst ohne Uniform. Hätte ich eben ein paar Schlagzeilen als Beleg mit reingeschnitten. Ein toter deutscher Bulle wäre die Krönung meines Schaffens gewesen. So was gab es bisher nur aus dem Irak. Wenn nicht Rüdiger heute Morgen mal wieder schlappgemacht hätte.»

«Rüdiger?»

Karsten Schliep sah zu dem gefällten Koloss hinüber. Rod wimmerte leise.

«Rod heißt eigentlich Rüdiger. Rüdiger Hansen. Rüdi sieht

so groß und kräftig aus, doch in Wirklichkeit ist er wie ein kleiner Junge. Er braucht jemanden, der auf ihn aufpasst. Diese Wechsel zwischen Euphorie und Depressionen wurden im Laufe der Zeit immer schlimmer. Denk nur an das Video, bei dem du einspringen musstest. Heute Supermann, morgen Jammerlappen. Kam alles von den vielen Spritzen, die er sich gesetzt hat. Seine eigene Hormonproduktion hat doch schon lange aufgehört. Ist euch nicht seine Stimme aufgefallen?»

«Du hast ihn als Killer benutzt?», fragte Flo.

Karsten rüttelte wieder an seinen Handschellen. «Pah! Benutzt. Freude hat es ihm gemacht! Er wurde doch beinahe zärtlich, wenn er jemandem die Blutzufuhr abdrückte. Er genoss die volle Kontrolle über einen anderen Mann. Unter seinen Händen schliefen sie sanft ein.»

Ein Heulkrampf erfasste Rod Hanson. Ich fasste mir an den Kragen. Noch vor weniger als einer halben Stunde hatte der Koloss mit dem kindlichen Gemüt meinen Hals massiert. Es klingelte an der Haustür. Vermutlich war zwischenzeitlich die Polizei eingetroffen. Orkan ging, um ihnen den Weg ins Haus zu zeigen.

«Jedenfalls wollte ich die Gelegenheit nicht ungenutzt lassen», fuhr Karsten fort. Anscheinend hatte ihn die Redseligkeit erfasst. «So bin ich dann ohne Rüdi los. Hab mir einen Tonfa aus der Requisite mitgenommen und Lars damit eins übergezogen. Wenn dein eifersüchtiger Ex nicht dazwischengegangen wäre, dann hätte ich mich zur Abwechslung mal selbst am Sleeper Hold versucht.»

Flo und ich sahen uns eine Weile wortlos an. Kurz drauf kehrte Orkan mit Torsten und einem Gefolge uniformierter und nicht uniformierter Kollegen zurück. Torsten nahm mich beiseite.

«Was geht hier denn vor?», fragte er leise.

«Die beiden hier sind die wirklichen Serienmörder. Um euch Arbeit zu sparen, haben wir sie schon mal festgenommen.»

Torstens Mundwinkel zuckten. «Und was ist mit Ian Kruger? Ich meine, er hat sich doch auch solche Treffen ...»

«Was weiß ich. Vielleicht hat er irgendwo davon gehört und es nachgemacht. Jedenfalls haben die Partner ein Treffen mit Ian überlebt. Ein Rendezvous mit Rod Hanson dagegen brachte den Tod.»

Ich erklärte Torsten die Sachlage und führte die Videos vor. Währenddessen begannen seine Leute damit, das Anwesen zu durchsuchen. Karsten Schliep und Rod Hanson wurden abgeführt. Orkan und Flo warteten auf dem Parkplatz und bewunderten den Pick-up.

Als ich dazukam, sonderte sich Orkan ab. «Ich lass euch beide jetzt mal allein. Ich denke, ihr habt noch was zu besprechen.»

Beim Hauseingang drängelten sich Polizisten am Wrack des Peugeot vorbei. Neben dem Pick-up ließ es sich ungestört reden. Flo sah mich an. Die strohblonden Augenbrauen leuchteten im Tageslicht. Ich las die Erwartung in seinen Augen. Im Grunde musste ich nur ein paar ehrliche Worte der Entschuldigung über die Lippen bringen. Das sollte doch nicht so schwer sein.

«Ich bin ein Idiot gewesen ...», stammelte ich.

Flo machte keine Anstalten, den Gesprächsfaden aufzunehmen. Sah mich einfach nur an.

«Verdammt! Ja, ich war ein Idiot und du hast mir trotzdem geholfen. Du hast mir heute das Leben gerettet und ich danke dir dafür.»

Ich wusste nichts Besseres mehr zu sagen, umarmte ihn kurzerhand und drückte ihn kräftig.

«Das hättest du doch auch für mich getan», flüsterte er keuchend, «drück nicht so doll, ich krieg keine Luft.»

Ich lockerte den Griff. «Hey, so jemanden wie dich trifft man nur einmal im Leben.»

Flo schlang seine Arme um meinen Hals und gab mir einen Kuss. Ein Streifenwagen fuhr an uns vorbei. Sollten sie doch gucken!

Damit hatte ich die erste Klippe umschifft. Kunststück, schließlich hatte Flo sich ziemlich offensichtlich in mich verknallt. Er wollte mir verzeihen.

Flo lachte plötzlich laut auf. «Erinnerst du dich an das Raufwochenende? Ich hab dich spaßeshalber ‹Bulle› genannt. Und dieser durchgeknallte Karsten hat sich eingeredet, du wärst wirklich einer!»

Das größte Hindernis war noch nicht beseitigt. Ich war noch nicht weit genug zu Kreuze gekrochen. Irgendwie musste ich ihm beibringen, dass wir tatsächlich Kollegen waren. Das müsste Flo doch eigentlich freuen.

«Da ist auch noch 'ne gute Nachricht.»

Er sah mich erwartungsvoll an. Ich griff nach seiner Hand. Hoffentlich kam mein Gesichtsausdruck jetzt tatsächlich so freundlich und strahlend rüber, wie ich es wünschte.

«Karsten hat sich das nicht nur eingeredet. Es stimmt. Ich bin auch 'n Bulle ...»

Auf Flos Stirn bildete sich eine senkrechte Falte.

«... Es ist nämlich so ... ich ... also ich war als verdeckter Ermittler unterwegs.»

Seine Augen weiteten sich. Verdammt, er hatte wirklich nichts geahnt. Flo zog die Hand zurück. Die Nachricht ging nach hinten los. Sicherheitshalber schnell noch nachbessern.

«Aber glaub mir: Das, was zwischen uns war, das war nicht gespielt.»

Was für ein dummer Spruch!

Flo antwortete nicht. Er schaute mich nur an. Seine Augen füllten sich nicht mit Tränen. Eigentlich schaute er durch mich hindurch.

Und plötzlich, ohne Vorwarnung, flog die Faust. Der Schmerz explodierte in meinem Nasenbein und breitete sich im ganzen Kopf aus. Der zweite Schlag traf über dem Ohr und haute mich zu Boden.

Flo drehte sich um und ging.

EPILOG

51.209827,6.776767
Düsseldorf-Bilk, Friedrichstraße

Ich dich nicht. Das sind nur drei Worte, doch wie schwer gehen sie einem über die Lippen. Nur drei Worte und noch nicht einmal ein vollständiger deutscher Satz.

Ich dich nicht. Das heißt, du hast Pech gehabt. Du willst mich, doch ich will dich nicht. Der, der es sagt, geht erleichtert nach Hause. Doch den Adressaten trifft der Satz als Tiefschlag. Hau ab. Ich will dich nicht mehr. Ich komme ohne dich klar.

Ich dich nicht. Man muss Schwein sein, wenn man die drei Worte so ohne Weiteres dahinsagt. Petra hatte damals keine großen Skrupel gehabt, sie zu sagen.

Aus den Lautsprechern plätscherte leise ‹Perdono›. Im ‹Gino's› hatten sie wie immer die CD ‹Italo-Summer-Hits› eingelegt. Ein Fake, denn Tiziano Ferro singt in Wirklichkeit von Weihnachten. Was machte das schon. Ich hatte ja nicht vor, mich bei Angela zu entschuldigen. Mein Song hieße allenfalls ‹Ciao e arrivederci›.

Die Bedienung kam zum wiederholten Mal und fragte, ob ich bereits gewählt hätte. Ich antwortete zum wiederholten Mal, dass ich auf eine Dame warte. Die Bedienung lächelte freundlich. Oder grinste sie schon? Ich nippte an meinem Weißbier.

Noch ganz genau erinnerte ich mich an den Tag, als Petra ihren Job als Krankenpflegerin schmiss. Nun sei endlich Schluss mit dem Helfersyndrom, hatte sie mir erklärt. Sie dächte jetzt auch mal an sich selbst. Sprach's und startete ihre Karriere in der freien Wirtschaft. Zwei Jahre später stand auch ich ihrem Ego im Wege. Sie sagte die paar Worte zu mir: Tschüss, Lars. Ich dich nicht.

Das Weißbierglas war nur noch zu einem Drittel gefüllt. Was würde ich tun, wenn Angela nicht käme? Angela mit dem Halogenstrahler-Lächeln und den Möpsen, die sich nur schwerlich bändigen ließen. Ich konnte es ihr schlecht am Telefon sagen. Oder gar eine SMS schicken.

Doch meine Entscheidung stand fest. Auch ich würde nicht im ersten Reflex meinem Helferinstinkt nachgeben. Ich würde keine dauerhafte Beziehung mit einer Frau eingehen, nur weil sie zufällig Petra ähnlich sah und auf der Suche nach einem verlässlichen Vater für ihren Sohn war. Wenn ich alle alleinerziehenden Mütter in Düsseldorf beglücken wollte, hätte ich viel zu tun. Es war Zeit, mal an mich zu denken.

Um nicht dauernd auf die Uhr schauen zu müssen, beobachtete ich das Treiben auf der Straße. Die ersten Einzelhandelsgeschäfte verriegelten die Türen. Feierabend. Bald würde der Straßenverkehr abflauen. Vor dem ‹Gino's› hielt ein Mitsubishi Pick-up, machomäßig aufgepeppt mit chromblitzenden Bügeln an der Frontpartie und auf der Ladefläche. Ich dachte an Colt Sievers und lächelte. Der unbekannte Pick-up-Fahrer war mir sympathisch. Die Beifahrertür öffnete sich und, ich traute meinen Augen nicht, Angela stieg aus. Sie winkte dem Fahrer und trat herein.

Ich erhob mich und umarmte sie zur Begrüßung. Kaum saßen wir, stand die Bedienung wieder bereit. Angela wollte keine Pizza und bestellte lediglich eine ‹Insalata caprese›. Ich entschied mich für ‹Pizza diavolo›.

Die Bedienung entschwand in Richtung Küche, Angela und ich sahen uns über den leeren Tisch an. Angela trug wieder einen dieser schrecklichen Sport-BHs. Ich fragte mich, ob sie direkt von der Arbeit gekommen war.

«Wie war's in Hamburg», fragte sie. «War deine Fortbildung erfolgreich?»

Ja, wenn man so will. Erfolgreich war ich. So erfolgreich, dass ich beschlossen hatte, dauerhaft nach Hamburg zu ziehen.

«Doch, das kann man wohl so sagen. Du, ich hab mir ein paar Gedanken gemacht. Wir müssen ...»

Ihre Hand griff nach meiner und berührte sie kurz.

«Lars, du warst ja eine ganze Zeit weg und ich ...»

Die Bedienung brachte Salat und Pizza. Ich bestellte noch ein Weißbier.

«Mann, hab ich Hunger.»

Ich schob mir mit der Gabel ein Stück heiße Pizza in den Mund.

Angela stocherte unschlüssig im Büffelkäse.

«Lars ...»

«Was ist denn, sag es ruhig.»

«Lars, während du in Hamburg warst ...»

«Ich weiß, du wolltest unbedingt warten. Ich hatte schon ein schlechtes Gewissen.»

«Lars, da ist jemand anderes. Er heißt Florian.»

Die Halogenstrahler in ihren Augen waren erloschen. Ich wusste überhaupt nicht, was los war. Woher wusste sie von Flo? Kein Wunder, dass sie schlecht drauf war.

«Angela, bitte versteh mich. Ich möchte dir nicht wehtun, aber ich werde nach Hamburg gehen.»

Nun war das ‹Ich dich nicht› endlich heraus. Doch hatte sie es überhaupt verstanden?

«Lars, hast du mitgekriegt, was ich gesagt habe? Ich werde nicht mit dir nach Hamburg gehen. Während du weg warst, habe ich einen anderen Mann kennengelernt. Er heißt Florian. Ich weiß, was ich dir vorher versprochen habe. Aber schau, Florian und ich verstehen uns prima. Und außerdem ist Justin ganz vernarrt in ihn, denn Florian ist Feuerwehrmann. Bitte nimm mir das nicht übel.»

Ich schluckte mein Pizzastück hinunter. Langsam begriff ich. Wir hatten uns hier getroffen, weil jeder dem anderen behutsam sein ‹Ich dich nicht› beibringen wollte.

Nun griff ich nach ihrer Hand und bemühte mich um ein gewinnendes Lächeln.

«Niemand ist dir böse. Ich wollte dir im Grunde das Gleiche sagen. Ich habe beschlossen, nach Hamburg zu gehen. Allein. Wie gesagt, ich bin dir nicht böse, mir fällt ein Stein vom Herzen.»

Langsam nahmen die Halogenstrahler ihre Arbeit wieder auf. Angela schaute abwechselnd zu mir und zu jemandem, der sich schräg hinter mir befinden musste. Auf meine Frage gestand sie, dass Florian ihr vor lauter Eifersucht in die Pizzeria gefolgt sei. Er saß offenbar irgendwo in der Tiefe des ‹Gino's› und beobachtete uns. Ich schaute mich um und sah ihn an einem kleinen Tisch im Halbdunkel sitzen, an ein Glas Cola geklammert.

Auch Angela konnte nicht aus ihrer Haut. Der Typ hatte irgendwie die gleiche Statur wie ich. Hatte sie ihn ebenfalls im Top-Fitness aufgegabelt? Er kam mir vom Sehen bekannt vor. Ob aus dem Studio oder von irgendeinem Einsatz, konnte ich nicht sagen. Er war eindeutig älter als ich, fast zehn Jahre. Alles klar, Angela wollte Sicherheit. Der arme Mann saß allein an seinem Tisch und schaute wie ein geschlagener Hund zu uns herüber. Sein Blick allein verriet, wie sehr er dort drüben litt, während seine neue Freundin hier mit mir, ihrem Ex-Lover, sprach.

Im Grunde gab es nur noch eines, was ich hier tun konnte. Und genau das tat ich.

Ich stand auf, wünschte Angela alles Gute und ging zum Tresen, meine Rechnung bezahlen. Im Gehen beobachtete ich, wie er zu Angela an den Tisch kam und sich auf meinen Stuhl setzte.

Am besten ging ich auch gleich noch die paar Schritte zum Top-Fitness, um dort meine Mitgliedschaft zu kündigen. In meiner Hemdtasche summte das Handy: eine SMS von Torsten.

‹Auktion erfolgreich abgeschlossen. Die KTM gehört dir. Wann kommst du nach Hamburg?›

ANHANG

Locations

Alle Personen und Handlungen in diesem Roman sind frei erfunden. Ähnlichkeiten mit tatsächlich lebenden Personen sind unbeabsichtigt und rein zufällig. Die UTM-Koordinaten in diesem Roman lassen sich allerdings auch in der wirklichen Welt aufsuchen, ebenso in Google Maps.

Natürlich wurde dabei mit zweierlei Maß gemessen. Alle Tatorte sind mehr oder minder auf den Meter genau aufzusuchen. Insbesondere im Norden Hamburgs kann man sie auch zu einem durchaus reizvollen längeren Spaziergang im Oberalster-Gebiet kombinieren. Der Tatort bei Geesthacht ist für Hundehalter besonders geeignet. Traumhaft schön ist der Kampfplatz an der Schlei, man muss sich allerdings schon etwas anstrengen, um ihn zu erreichen.

Wohnorte und Arbeitsstellen sind naturgemäß nur als ungefähre, diffuse Ortsangabe zu verstehen. Nichtsdestotrotz kann es recht reizvoll sein, auch sie aufzusuchen. Bitte nicht wundern, wenn man sich mitten auf einer Kreuzung wiederfindet.

Alles auf der Welt ist Veränderungen unterworfen, auch die hier zugrunde liegenden Locations. Sie müssen sich also nicht in dem gleichen Zustand präsentieren, in dem der Autor sie wahrgenommen hat. Doch das macht die Sache ja doppelt spannend!

Danke!

Viele Menschen haben mich bei meinen Bemühungen unterstützt. Frau und Sohn zeigten stets Verständnis, wenn ich stundenlang am Computer gesessen habe. Außerdem hat mein Sohn mich in Kampfsportfragen beraten.

Die Grundidee zu diesem Roman geht auf meinen Freund Michi zurück, denn er hat vor Jahren die Einladung zu einem anonymen Kampf bekommen (die er nicht wahrgenommen hat).

Herzlichen Dank an Jibben und Philipp von den Gay-Cops Hamburg für die Beratung. Dank geht auch an Barbara für die Infos in Sachen Zupfinstrumente und Hella für die Korrektur der plattdeutschen Dialoge. Last but not least gilt mein Dank Joachim Bartholomae vom Verlag für das kritische Lektorat.

Quellen

Donald Black: Wrestling for Gay Guys. London 1995

Brockhaus ABC Biochemie. Leipzig 1976

Mark Hatmaker, Doug Werner: No Holds Barred Fighting. The Ultimate Guide to Submission Wrestling. San Diego 2002

Ralf Heinsohn: Das große Motorrad-Praxishandbuch. Kiel 2000

John Hopp, Grit Petersen: Die Hölle in der Idylle. Das Außenkommando Alt Garge des KZ Neuengamme. Hamburg 1987

Wolfgang Linke: Orientierung mit Karte, Kompaß, GPS. Herford 1996

« Ich sah ihn nicht ko
war er da. Im Nu fand i
wieder. Verdammter Sc
auf, dachte nicht nach, reagierte nur. Er
war überall zugleich. »

Der Mörder braucht keine anderen Waffen als das Internet und seine bloßen Hände. Die Hamburger Kripo tappt im Dunklen, doch eines der Opfer war mit Lars Brentrop, einem Streifenpolizisten, befreundet. Undercover ermittelt Lars in der Ringerszene und in einem dubiosen Filmstudio. *Bullenbeißer* ist eine explosive Mischung aus Steroiden, GPS und schnellen Motorrädern.

Rolf Redlin wurde 1958 als Sohn eines Hafenarbeiters geboren. Er lebt in Hamburg und ist in der Medizintechnik tätig. Nach mehreren Sachbüchern erschien 2009 sein erster Roman *Bodycheck*.

ISBN 978 3 939542 87 2